AGÊNCIA Nº 1
DE MULHERES DETETIVES

ALEXANDER McCALL SMITH

AGÊNCIA Nº 1 DE MULHERES DETETIVES

Tradução:
CARLOS SUSSEKIND

2ª edição

COMPANHIA DAS LETRAS

Título original:
The Nº 1 Ladies' Detective Agency

Capa:
Barrie Tullett

Mapas:
Sírio Cançado

Preparação:
Leny Cordeiro

Revisão:
Ana Maria Barbosa
Maysa Monção

Os personagens e situações desta obra são reais apenas no universo da ficção; não se referem a pessoas e fatos concretos, e sobre eles não emitem opinião.

Dados Internacionais de Catalogação na Publicação (CIP)
(Câmara Brasileira do Livro, SP, Brasil)

McCall Smith, Alexander, 1948-
Agência Nº 1 de Mulheres Detetives / Alexander McCall Smith ; tradução Carlos Sussekind. — São Paulo: Companhia das Letras, 2003.

Título original: The Nº 1 Ladies' Detective Agency.
ISBN 85-359-0319-4

1. Ficção policial e de mistério (Literatura inglesa) I. Título.

03-6733 CDD-823

Índices para catálogo sistemático:
1. Romance : Literatura norte-americana 823

2003

EDITORA SCHWARCZ LTDA.
Rua Bandeira Paulista, 702, cj. 32
04532-002 — São Paulo — SP
Telefone: (11) 3707-3500
Fax: (11) 3707-3501
www.companhiadasletras.com.br

Este livro é para
Anne Gordon-Gillies
na Escócia

e para
Joe e Mimi McKnight
em Dallas, Texas

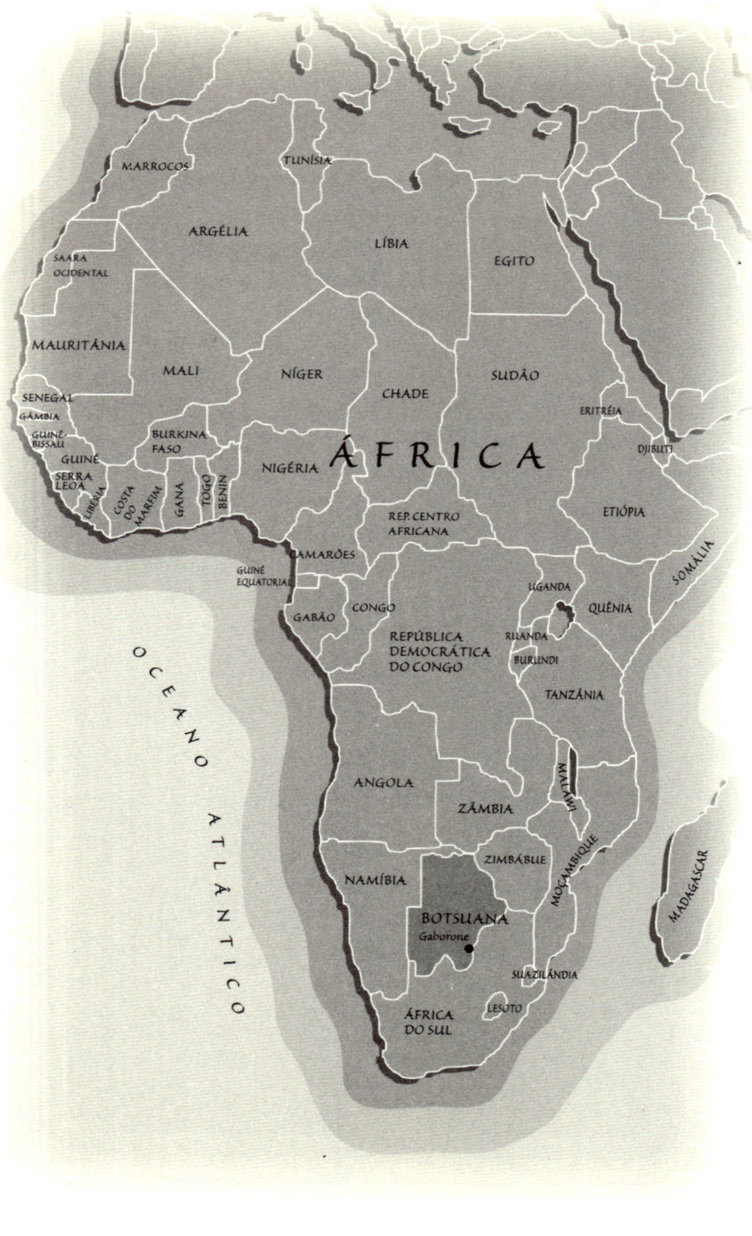
MARROCOS
TUNÍSIA
ARGÉLIA
LÍBIA
EGITO
SAARA OCIDENTAL
MAURITÂNIA
MALI
NÍGER
CHADE
SUDÃO
SENEGAL
GÂMBIA
GUINÉ-BISSAU
GUINÉ
SERRA LEOA
LIBÉRIA
COSTA DO MARFIM
GANA
TOGO
BENIN
BURKINA FASO
NIGÉRIA
ÁFRICA
ERITRÉIA
DJIBUTI
ETIÓPIA
REP. CENTRO AFRICANA
CAMARÕES
GUINÉ EQUATORIAL
SOMÁLIA
UGANDA
QUÊNIA
GABÃO
CONGO
REPÚBLICA DEMOCRÁTICA DO CONGO
RUANDA
BURUNDI
TANZÂNIA
OCEANO ATLÂNTICO
ANGOLA
MALAWI
ZÂMBIA
MOÇAMBIQUE
ZIMBÁBUE
NAMÍBIA
MADAGASCAR
BOTSUANA
Gaborone
SUAZILÂNDIA
LESOTO
ÁFRICA DO SUL

ANGOLA
ZÂMBIA
NAMÍBIA
r. Okawango
ZIMBÁBUE
Maun
Lago Xau
Bulawayo
Plumtree
Orapa
Francistown
BOTSUANA
r. Limpopo
Mahalapye
DESERTO DE KALAHARI
r. Notwane
Molepolole
Pilane
Mochudi
Gaborone
Katsana
Lobatse
Mafikeng
Johannesburgo
SUAZILÂNDIA
r. Malopo
Namaqualand
Bloemfontein
Tlokweng
LESOTO
Durban
ÁFRICA DO SUL
Cidade do Cabo
OCEANO ÍNDICO

1
PAIZINHO

Mma Ramotswe tinha uma agência de detetives na África, no sopé da colina Kgale. O patrimônio da agência era: uma pequenina van branca, duas escrivaninhas, duas cadeiras, um telefone e uma velha máquina de escrever. Havia ainda um bule em que Mma Ramotswe — a única mulher detetive particular em Botsuana — preparava seu chá de *rooibos*, uma erva nativa. E três canecas — uma para ela própria, uma para a secretária e uma para o cliente. Uma agência de detetives precisa de mais alguma coisa? Agências dependem de intuição e inteligência humanas, ambas bem presentes em Mma Ramotswe. Mas esses são itens que ninguém jamais pensaria em incluir num inventário, é claro.

Havia também a vista, mas isso tampouco seria citado num inventário. Como uma lista desse tipo poderia descrever o que se via da porta de Mma Ramotswe? Logo na frente, uma acácia, árvore espinhosa que se espalha pelas amplas fronteiras do Kalahari; os grandes espinhos brancos, uma advertência; as folhas, cinza-oliva, tão delicadas, em absoluto contraste. Nos galhos da árvore, ao cair da tarde, ou no frescor das primeiras horas da manhã, era possível vislumbrar um anu-branco, ou melhor, escutá-lo. E adiante da acácia, para além da estrada poeirenta, os telhados da cidade entre a copa das árvores e o mato em expansão; no horizonte, envoltos num halo azulado de calor, os morros, como cupinzeiros gigantescos e inverossímeis.

Todos a chamavam de Mma Ramotswe; mas se houvesse nas pessoas a intenção de ser mais formais deveriam tratá-la por Mme Mma Ramotswe. Seria o mais adequado para alguém de sua condição, só que ela própria não fazia a menor questão desse tipo de tratamento. Então sempre a chamavam de Mma Ramotswe em vez de Preciosa Ramotswe, nome que muito poucos usavam.

Era uma boa detetive e uma boa mulher. Uma boa mulher numa boa terra, poderíamos dizer. Amava sua terra, Botsuana, que é um lugar de paz, e amava a África, com todos os seus flagelos. Não me envergonho de que me chamem de patriota africana, dizia Mma Ramotswe. Amo todas as pessoas criadas por Deus, mas especialmente sei amar as pessoas que vivem neste lugar. São minha gente, meus irmãos e irmãs. É meu dever ajudá-las a resolver os mistérios em suas vidas. É isso que me cabe fazer.

Em momentos de ócio, quando não estava pressionada por assuntos urgentes a tratar e quando todo mundo parecia meio entorpecido pelo calor, ela sentava-se debaixo de sua acácia. Era um lugar empoeirado para ficar, com as galinhas vez por outra indo ciscar ao redor de seus pés, mas era um lugar que de certo modo estimulava a reflexão. Era ali que Mma Ramotswe refletia sobre algumas das questões que no dia-a-dia acabam facilmente sendo postas de lado.

Não há nada que antes não tenha sido outra coisa, pensava Mma Ramotswe. Aqui estou eu, a única mulher detetive particular em toda a Botsuana, sentada diante de minha agência de detetives. Há pouco tempo, não existia nenhuma agência de detetives, e antes disso, antes mesmo de existir qualquer construção aqui, o que havia era tão-somente as acácias, o leito do rio ao fundo, o Kalahari mais adiante, tão próximo.

Naquele tempo não havia sequer Botsuana, somente o Protetorado de Bechuanalândia, e, mais antigamente ainda, o país de Khama e os leões recebendo o vento seco nas jubas. Mas vejam agora: uma agência de detetives bem aqui em Gaborone, e eu, a senhora detetive gorducha, sentada aqui fora e pensando em como o que hoje é uma coisa amanhã se torna outra inteiramente diversa.

Mma Ramotswe criou a Agência Nº 1 de Mulheres Detetives com o lucro da venda do gado de seu pai. Ele possuíra um rebanho enorme, e não tinha outros filhos, de modo que todos os animais, todos os cento e oitenta, inclusive os zebus cujos avós ele havia criado, ficaram para ela. O gado foi removido do pasto arrendado para Mochudi, onde os animais ficaram esperando, em chão de terra e sob as vistas de guardadores jovens e tagarelas, a chegada do corretor.

O preço alcançado foi dos melhores, graças às chuvas que não faltaram naquele ano, permitindo um pasto vicejante. Se tivesse sido no ano anterior, quando a maior parte do sul da África fora devastada pela seca, a situação teria sido outra. As pessoas viveram uma angústia terrível, não queriam se desfazer de seu gado, pois perder o gado era perder tudo; outras, tomadas por um desespero maior, venderam os animais, levando em conta que as chuvas vinham deixando de cair ano após ano enquanto elas acompanhavam o definhamento cada vez maior do gado. Mma Ramotswe agradeceu que a doença do pai o houvesse impedido de tomar qualquer decisão, já que agora o preço das reses subira e aqueles que resistiram a vender tinham sido bem recompensados.

"Quero que você abra seu próprio negócio", disse-lhe o pai no leito de morte. "Há de conseguir um bom preço para o gado agora. Venda-o e comece um negócio. Um açougue, talvez. Ou um depósito de bebidas. O que você quiser."

Mma Ramotswe segurou a mão do pai e olhou dentro dos olhos do homem que ela amava acima de todos os outros, o Papai, seu sensato Papai, cujos pulmões haviam sido tomados pelo pó das minas e que havia se privado de tudo e economizado tanto para oferecer-lhe uma vida que valesse a pena.

Era difícil vencer as lágrimas e falar, mesmo assim ela

conseguiu dizer: "Vou montar uma agência de detetives. Lá em Gaborone. Será a melhor de Botsuana. A Agência Nº 1."

Por um momento os olhos do pai se abriram desmesuradamente e ele pareceu fazer um esforço para falar.

"Mas... mas..."

Mas ele morreu antes de poder concluir a frase, e Mma Ramotswe debruçou-se sobre o peito do pai e chorou por toda a dignidade, amor e sofrimento que morriam com ele.

Mandou pintar em cores vivas uma placa, que foi colocada bem na saída da Lobatse Road, onde terminava a cidade. Apontava para a pequena casa que ela havia comprado: AGÊNCIA Nº 1 DE MULHERES DETETIVES. PARA TRATAR DE ASSUNTOS E INVESTIGAÇÕES CONFIDENCIAIS. SATISFAÇÃO GARANTIDA A TODAS AS PARTES. SOB ADMINISTRAÇÃO PESSOAL.

A criação da agência despertou considerável interesse público. Houve uma entrevista na Rádio Botsuana, em que ela se considerou um tanto rudemente pressionada a revelar suas qualificações; e um artigo bem mais satisfatório no *The Botsuana News*, que chamava a atenção para o fato de ela ser a única detetive particular botsuanesa, a única mulher detetive no país. Esse artigo foi recortado, copiado e colocado em destaque num pequeno quadro ao lado da porta de entrada da agência.

Depois de um início vagaroso, ela teve a surpresa de ver um aumento considerável na procura de seus serviços. Era consultada a propósito de maridos desaparecidos, credibilidade financeira de potenciais parceiros nos negócios, suspeitas de fraude em contratos trabalhistas. Em quase todos os casos conseguia obter pelo menos alguma informação para o cliente; quando isso não era possível, abria mão do pagamento, de modo que praticamente nenhum dos que a consultavam saía insatisfeito. Mma Ramotswe descobriu que as pessoas em Botsuana gostavam de conversar, e a simples menção do fato de que era uma detetive particular fazia jorrar um monte de informações sobre os mais diversos assuntos. As pessoas sentiam-se lisonjeadas, concluiu ela, ao serem abordadas por uma detetive particular, e isso efetivamente destravava suas línguas. Foi o que aconteceu com Happy Bapetsi, uma das primeiras clientes. Pobre Happy! Ter perdido o pai, depois encontrá-lo, e depois perdê-lo de novo...

“Eu tinha uma vida feliz”, disse Happy Bapetsi. “Uma vida muito feliz. Depois aconteceu o que aconteceu, e já não posso dizer que tenho uma vida feliz.”

Mma Ramotswe observava a cliente tomar o chá de *rooibos*. Tudo o que se desejasse saber de uma pessoa estava escrito no rosto, acreditava. Não que ela pensasse que a forma da cabeça era o que importava — apesar de muitos ainda terem essa crença —, era mais uma questão de examinar com cuidado as rugas e a aparência geral. E os olhos, é claro; eles eram muito importantes. Os olhos permitiam ver a pessoa por dentro, penetrar em sua própria essência — por isso as pessoas com algo a esconder usavam óculos escuros mesmo entre quatro paredes. Essas eram justamente as que precisavam ser observadas com o máximo cuidado.

Happy Bapetsi era inteligente; dava para perceber de imediato. Outra coisa: tinha poucas preocupações — demonstrava-o o fato de não haver rugas em seu rosto, além daquelas pequeninas rugas produzidas pelo sorriso, é claro. Logo, deve ser problema com homem, pensou Mma Ramotswe. Algum homem entrou na história e estragou tudo, destruindo a felicidade dela com mau comportamento.

“Deixe-me primeiro falar um pouco sobre mim”, disse Happy Bapetsi. “Sou de Maun, na bacia do Okavango. Minha mãe tinha uma pequena loja, e eu morava com ela na casa dos fundos. Tínhamos muitas galinhas e éramos bastante felizes.

“Mamãe me contou que o Paizinho tinha ido embora

muito tempo antes, quando eu ainda era um bebê. Ele saiu para ir trabalhar em Bulawayo e nunca mais voltou. Alguém nos escreveu — outro motsuana que vivia lá — dizendo achar que o Paizinho havia morrido, mas não tinha certeza. Essa pessoa disse que um dia foi visitar alguém no hospital de Mpilo e que viu num dos corredores uma maca com um morto que era incrivelmente parecido com o Paizinho. Mas não podia dar certeza.

"Decidimos, então, que ele provavelmente havia morrido, mas minha mãe não deu grande importância, porque ela jamais gostou muito dele, essa é que é a verdade. E eu, é claro, nem sequer podia me lembrar dele, de modo que não fez grande diferença para mim.

"Estudei em Maun, numa escola dirigida por missionários católicos. Um deles descobriu que eu tinha jeito para aritmética e passou um bocado de tempo me ajudando. Dizia que nunca havia visto uma menina que fizesse contas tão bem.

"Admito que era muito estranho. Ao ver um grupo de algarismos eu simplesmente os guardava na memória. Em seguida percebia que havia somado os algarismos de cabeça, sem sequer ter pensado nisso. O resultado vinha naturalmente, sem nenhum esforço.

"Eu me saí muito bem nos exames, e no fim do dia fui para Gaborone e aprendi o ofício de contador. Mais uma vez, foi muito simples: eu só tinha que olhar para uma folha cheia de algarismos e na mesma hora compreendia tudo. No dia seguinte, era capaz de me lembrar exatamente de cada algarismo, e, se fosse preciso, anotá-los um por um.

"Consegui emprego num banco e fui galgando postos, de promoção em promoção. Agora sou a subcontadora número um e não creio que possa subir mais, porque todos os homens estão preocupados em ficar parecendo uns burros. Mas estou pouco ligando. Ganho muito bem e posso encerrar meu expediente lá pelas três da tarde, às vezes até mais cedo. Aproveito para ir fazer compras. Tenho uma ótima casa com quatro quartos e sou muito feliz. Quem tem tudo isso aos trinta e oito anos não pode se queixar, não é?"

Mma Ramotswe sorriu. "Tudo isso é muito interessante. Você tem razão. Saiu-se muito bem."

"Tenho muita sorte", disse Happy Bapetsi. "Mas um belo dia tudo mudou. O Paizinho voltou para casa."

Mma Ramotswe segurou a respiração. Não estava esperando aquilo, pensara que fosse um problema de namorado. Pais são um assunto inteiramente diferente.

"Ele simplesmente bateu à porta", disse Happy Bapetsi. "Era uma tarde de sábado e eu estava descansando um pouco na cama quando ouvi as batidas. Levantei, fui atender, e lá estava um homem, de uns sessenta anos, parado na minha porta com um chapéu nas mãos. Disse que era meu pai, e que tinha vivido muito tempo em Bulawayo, mas que agora estava de volta a Botsuana para me ver.

"Você pode imaginar como fiquei chocada. Tive que me sentar, ou então acho que teria desmaiado. Enquanto isso, ele falava. Disse o nome de minha mãe corretamente, e disse que lamentava não ter feito contato antes. Aí me perguntou se podia ficar num dos quartos que estavam desocupados, já que não tinha para onde ir.

"Respondi que sim, é claro. De certo modo eu estava empolgada em rever o Paizinho e julguei que seria bom poder compensar todos os anos perdidos e tê-lo morando comigo, sobretudo com a ausência de minha pobre mãe. Então fiz a cama para ele num dos quartos e preparei um suculento bife com batatas que ele devorou num instante. Depois pediu mais.

"Isso foi uns três meses atrás. Desde então passou a ocupar aquele quarto e eu tenho feito todo o trabalho para ele. Preparo o café-da-manhã, deixo o almoço pronto, e de noite faço o jantar. Todos os dias compro uma garrafa de cerveja para ele, além de já ter comprado algumas roupas novas e um bom par de sapatos. Mas tudo o que ele sabe fazer é passar o dia na porta de casa, sentado numa cadeira ordenando o que devo fazer em seguida."

"Muitos homens são assim", interrompeu Mma Ramotswe.

Happy Bapetsi concordou com a cabeça. "Este é especialmente assim. Não lavou uma única panela desde que chegou, e eu fico no maior cansaço de ter que andar atrás dele para tudo. Além de gastar muito do meu dinheiro em cápsulas de vitaminas e *biltong*.

"Eu não me queixaria, sabe, se não fosse por uma coisa. Não acho que ele seja de verdade o Paizinho. Não tenho como provar, mas acho que esse homem é um impostor e que soube de minha família pela boca de meu próprio pai antes de ele morrer. Agora se faz passar por ele. Acho que é um homem à procura de um lar onde possa descansar, e que está muito feliz por ter encontrado um bom lugar."

Mma Ramotswe olhava estarrecida para Happy Bapetsi. Não havia a menor dúvida de que ela estava falando a verdade; o que a deixava perplexa era o descaramento, a absoluta falta de vergonha na cara dos homens. Como era possível que um cara surgisse de uma hora para outra e abusasse assim dessa pessoa prestativa e feliz? Que fraude mais hedionda! Um crime, pura e simplesmente um crime!

"Você pode me ajudar?", perguntou Happy Bapetsi. "Você tem como apurar se esse homem é de fato o Paizinho? Se for, nesse caso cumprirei meu dever de filha e agüentarei o que tiver de agüentar. Se não for, aí eu prefiro que ele vá para qualquer outro lugar."

Mma Ramotswe não vacilou. "Vou apurar", disse ela. "Pode levar um dia ou dois, mas vou apurar!"

Naturalmente, dizer era mais fácil que fazer. Já se faziam testes de sangue naquela época, mas ela tinha muitas dúvidas de que o sujeito concordasse em se submeter aos exames. Não, teria de tentar algo mais sutil, algo que provasse de fato se ele era mesmo o Paizinho. Interrompeu então sua linha de raciocínio. Sim! Havia algo de bíblico naquela história. O que Salomão teria feito?

Mma Ramotswe pegou o uniforme de enfermeira de sua amiga, a irmã Gogwe. Estava um pouco apertado, principalmente em torno dos braços, porque a irmã Gogwe, não obstante as proporções generosas, era ligeiramente mais magra que Mma Ramotswe. Porém, uma vez metida dentro dele, e tendo alfinetado o relógio da enfermeira na frente do uniforme, converteu-se na imagem perfeita de uma irmã do Hospital Princesa Marina. Era um bom disfarce, pensou, e tomou nota mentalmente de que valeria a pena tornar a usá-lo no futuro.

Enquanto conduzia sua pequenina van branca em direção à casa de Happy Bapetsi, refletia sobre como a tradição africana de dar apoio aos parentes podia criar uma situação crítica. Ela sabia de um homem, um sargento de polícia, que estava sustentando um tio, duas tias e um primo de segundo grau. A crer nos princípios que regiam a moral tradicional setsuana, não se podia mandar embora um parente, e havia muito que dizer em favor disso. Mas, por outro lado, criavam-se assim condições para que charlatões e parasitas encontrassem muito mais facilidade para se dar bem. Eram essas as pessoas que arruinavam o sistema, pensou ela. Eram essas que denegriam os bons e velhos costumes.

Ao aproximar-se da casa, aumentou a velocidade. Afinal de contas, aquela era uma missão de socorro, e se o Paizinho estivesse sentado na frente da casa teria de vê-la chegar em meio a uma nuvem de poeira. O Paizinho estava lá, é claro, curtindo o sol da manhã, e empertigou-se na cadeira quando viu a pequenina van branca frear levantando poeira junto ao portão. Mma Ramotswe desligou o motor e saiu apressada do carro, andando em direção à casa.

“Dumela Rra”, cumprimentou-o rapidamente. “O senhor é o Paizinho de Happy Bapetsi?”

O Paizinho ergueu-se. “Sim”, disse com orgulho. “Sou o Paizinho.”

Mma Ramotswe ofegava, como se tentasse recobrar o fôlego.

“Lamento dizer que aconteceu um acidente. Happy foi atropelada e está passando muito mal no hospital. Neste momento está sendo submetida a uma operação bastante delicada.”

O Paizinho deixou escapar um gemido. “Ai! Minha filha! Minha Happy querida!”

Bom ator, pensou Mma Ramotswe, a menos que... Não, ela preferia confiar no instinto de Happy. Uma garota não podia se enganar quanto ao pai, mesmo que não o tivesse visto desde quando era um bebê.

“Pois é”, prosseguiu ela. “É muito triste. Happy está bastante mal, bastante mal. E estão precisando de muito sangue, que é para compensar todo o sangue que ela perdeu.”

O Paizinho franziu a fronte. “Eles têm que dar esse sangue. Todo o sangue que for preciso. Eu pago.”

“Não se trata de dinheiro”, disse Mma Ramotswe. “O sangue é de graça. O que acontece é que não temos o tipo dela. Precisamos obter da família, e o senhor é o único parente que lhe resta. Estamos pedindo que nos doe um pouco de seu sangue.”

O Paizinho desabou sobre a cadeira.

“Sou um velho”, disse.

Mma Ramotswe percebeu que a artimanha ia dar certo. Sem dúvida, aquele homem era um impostor.

“Esse pedido só podia ser feito ao senhor”, disse ela. “Ela precisa de muito, muito sangue, e vão ter que tirar metade do sangue do senhor. E isso é muito perigoso. Na verdade, o senhor pode até morrer.”

O Paizinho ouviu boquiaberto.

“Morrer?”

“Sim”, disse Mma Ramotswe. “Mas, afinal, o senhor é

o pai dela e sabemos que faria isso por sua filha. Por favor, daria para o senhor se apressar? Senão pode ser tarde demais. Doutor Moghile está à espera."

O Paizinho ameaçou abrir a boca, mas em seguida desistiu.

"Vamos", disse Mma Ramotswe, inclinando-se e pegando-o pelo pulso. "Eu o ajudo a ir até a van."

O Paizinho levantou-se, depois tentou sentar-se novamente. Mma Ramotswe puxou-o com força.

"Não", disse ele. "Não quero."

"Mas é preciso", disse Mma Ramotswe. "Vamos, ande."

O Paizinho balançou a cabeça. "Não", disse com voz sumida. "Não vou. Entenda uma coisa: eu não sou o pai dela. Houve um engano."

Mma Ramotswe soltou o pulso dele. E então, cruzando os braços, encarou-o e disse-lhe sem mais rodeios: "Quer dizer que o senhor não é o pai! Muito bem! Entendi! Agora me diga: o que faz sentado nessa cadeira comendo a comida de Happy? Já ouviu falar no código penal de Botsuana? Sabe o que ele tem a dizer sobre pessoas como o senhor?".

O Paizinho baixou os olhos para o chão e balançou a cabeça.

"Bem", disse Mma Ramotswe. "Vá para dentro de casa e apanhe tudo o que é seu. O senhor tem cinco minutos. Depois eu o levo até a estação rodoviária e o senhor vai pegar um ônibus. Onde é que mora realmente?"

"Em Lobatse", disse o Paizinho. "Mas não gosto de lá."

"Bom", disse Mma Ramotswe. "Talvez se começar a fazer alguma coisa, em vez de só ficar sentado numa cadeira, goste um pouco mais. Lá há muitos melões para plantar. Que tal isso, para começar?"

O Paizinho parecia arrasado.

"Para dentro!", ordenou ela. "Só mais quatro minutos!"

Quando Happy Bapetsi voltou para casa, constatou que o Paizinho tinha ido embora e levado do quarto todos os pertences. Havia um bilhete de Mma Ramotswe sobre a mesa da cozinha. Um bilhete cuja leitura trouxe de volta o seu sorriso.

"Não era mesmo o seu Paizinho. Descobri da melhor maneira. Fiz com que ele próprio me contasse. Talvez um dia você encontre o Paizinho autêntico. Talvez não. Mas, enquanto isso, você pode voltar a ser feliz."

2
HÁ MUITOS E MUITOS ANOS

A gente não esquece, pensava Mma Ramotswe. Nossas cabeças podem ser pequenas, mas estão repletas de lembranças; assim como o céu pode às vezes estar apinhado de abelhas, milhares e milhares de lembranças, cheiros, lugares, pequenas coisas que nos aconteceram voltam inesperadamente para lembrar-nos quem somos. E quem sou eu? Sou Preciosa Ramotswe, cidadã de Botsuana, filha de Obed Ramotswe, que morreu por ter trabalhado nas minas e não conseguir mais respirar. Sua vida não ficou registrada; quem está a fim de registrar a vida de pessoas comuns?

Sou Obed Ramotswe e nasci nas proximidades de Mahalapye em 1930. Mahalapye fica a meio caminho entre Gaborone e Francistown, naquela estrada que parece não ter fim. Na época era uma estrada de terra batida, naturalmente, e a ferrovia era bem mais importante. Os trilhos começavam seu caminho em Bulawayo, cruzavam Botsuana em Plumtree, depois desciam para o sul seguindo por um dos lados do país até ir terminar em Mafikeng, no lado oposto.

Quando garoto, eu costumava olhar os trens na parada que faziam junto ao desvio. Soltavam grandes nuvens de vapor, e nos desafiávamos uns aos outros para correr o mais próximo que pudéssemos dos trens. Os foguistas se dirigiam a nós aos gritos, e o chefe da estação fazia soar seu apito, mas nunca conseguiam afugentar-nos. Escondíamo-nos por trás de plantas e caixotes, e quando saíamos, em disparada, era para pedir moedas embaixo das janelas fechadas dos trens. Víamos os brancos nos olhando através das vidraças, como fantasmas, e às vezes nos jogavam um de seus tostões rodesianos — graúdas moedas de cobre com um furo no meio — ou, se tínhamos sorte, uma moedinha de prata que chamávamos de *tickey*, que dava para comprar uma latinha de refresco.

Mahalapye era uma aldeia composta de esparsas cabanas de adobe e umas poucas construções com telhado de zinco. Estas últimas pertenciam ao governo ou à companhia ferroviária, e pareciam-nos representar um luxo distante e inatingível. Havia uma escola sob a direção de um velho sacerdote anglicano e uma mulher branca cujo rosto fora semidestruído pelo sol. Ambos falavam setsuana, o que era inusitado, mas ensinavam-nos em inglês, insistindo, à força de surras de vara, para que deixássemos nosso idioma no pátio do recreio.

Do outro lado da estrada ficava o início da planície que se estendia até o deserto de Kalahari. Era um território descaracterizado, com distribuição irregular de árvores espinhosas, em cujos galhos apoiavam-se calaus e irrequietos *molopes*, arrastando as caudas de longas penas. Era um mundo que parecia interminável — o que, eu diria, era justamente o que tornava tão diferente a África daqueles tempos. Um espaço que não acabava. Um homem podia caminhar, cavalgar ou mover-se sobre rodas sempre em frente sem jamais chegar a lugar algum.

Hoje estou com sessenta anos, e não creio que Deus me queira vivo por muito mais tempo. Talvez ainda me restem alguns anos, mas duvido; no Hospital da Reforma em Mochudi, um hospital holandês, consultei o dr. Moffat, que auscultou meu peito. Esse procedimento foi o bastante para que o médico soubesse que eu havia trabalhado nas minas, e então ele me disse, balançando a cabeça, que as minas têm muitos modos diferentes de fazer mal a um homem. Ouvindo-o falar, lembrei-me de uma canção que os mineiros do Sotho costumavam cantar: "As minas devoram o homem. Mesmo depois que você já não trabalha nelas, continuam a devorá-lo". Nós todos sabíamos que isso era verdade. Podia-se morrer por causa de uma pedra que caíra, ou podia-se morrer anos depois, quando as atividades subterrâneas não passavam de lembranças, ou de visitas noturnas sob a forma de pesadelos. As minas estariam de volta para cobrar o que tinham a receber, exatamente como tinham voltado agora para acertar as contas comigo. Por isso não me surpreendi com o que o dr. Moffat disse.

Certas pessoas não conseguem suportar uma notícia como essa. Acham que vão viver para sempre, e choram e se lamentam quando se dão conta de que chegou sua hora. Não tive essa reação, e a notícia que recebi do médico não me fez chorar. Só me entristece ter de deixar a África quando eu morrer. Amo a África, que é minha mãe e meu pai. Morto, terei saudades do cheiro da África, porque dizem que, para onde se vai, seja onde for esse lugar, não há cheiro nem sabor.

Não estou querendo dizer que sou um homem corajoso — não o sou —, mas realmente não me importo com a notícia que me deram. Posso olhar para trás, considerar os sessenta anos transcorridos, pensar em tudo o que vi, e em como comecei com nada e terminei com quase duzentas cabeças de gado. E tenho uma boa filha, uma filha leal, que cuida bem de mim e me faz o chá enquanto fico aqui sentado ao sol contemplando as colinas à distância. Quando vemos essas colinas ao longe, elas são azuis; como todas as distâncias neste país. Aqui estamos longe do mar, com Angola e Namíbia entre nós e o litoral, no entanto temos esse grande e vazio oceano de azul sobre nós e ao nosso redor. Nenhum marinheiro poderia estar mais só do que um homem plantado no meio de nossa terra, com quilômetros e quilômetros de azul à sua volta.

Nunca vi o mar, apesar de um homem que trabalhava comigo nas minas ter me convidado a visitar o lugar onde ele morava, na Zululândia. Contou-me que a região tinha os morros todos cobertos de verde, os quais se estendiam até o oceano Índico, e que da porta da casa podia ver ao longe os navios em trânsito. Contou que as mulheres de sua aldeia preparavam a melhor cerveja da região e que um homem podia sentar-se ao sol durante muitos anos e não fazer outra coisa a não ser gerar filhos e tomar cerveja de milho. Disse que, se eu fosse com ele, talvez conseguisse me arranjar uma esposa e que eles poderiam não se importar com o fato de eu não ser um zulu — desde que me dispusesse a pagar ao pai uma soma de dinheiro razoável pela filha.

Mas por que eu haveria de querer ir para a Zululândia? Por que desejaria outra coisa que viver em Botsuana, e casar-me com uma moça tsuana? Disse-lhe que a Zululândia parecia ser ótima, mas que todo homem tem um mapa de seu próprio país no coração, e que o coração jamais lhe permitirá esquecer esse mapa. Disse-lhe que em Botsuana não tínhamos os morros cobertos de verde que ele tinha em seu torrão natal, tampouco tínhamos o mar, mas tínhamos o Kalahari e terras que se estendiam além do que era possível imaginar. E disse-lhe que, se um homem nasceu em região seca, ainda que possa sonhar com a chuva, não faz muita questão disso e não se incomoda de ter o sol castigando-o sem parar. De modo que nunca fui com ele à Zululândia, e jamais vi o mar, jamais. Mas não fiquei infeliz por isso, nem uma só vez.

E então estou aqui sentado, agora, bem próximo do fim, e penso em tudo o que aconteceu comigo. Mas não se passa um dia sem que minha mente se volte para Deus e para indagações sobre como será morrer. Isso não me assusta, porque não me importo com a dor, sendo que a dor que sinto é, na verdade, bem suportável. Deram-me pílulas — grandes e brancas — e me recomendaram que fizesse uso delas se a dor no peito se tornasse forte demais. Mas essas pílulas me deixam sonolento, e eu prefiro estar acordado. Então penso em Deus e fico só imaginando o que me dirá quando estivermos frente a frente.

Alguns concebem Deus como um homem branco, idéia que os missionários trouxeram para cá muitos e muitos anos atrás e que parece ter grudado na mente das pessoas. Não acho que seja assim, porque não existe diferença entre os homens brancos e os homens negros. Somos todos iguais; somos simplesmente pessoas. E, de qualquer forma, Deus já estava aqui antes de os missionários chegarem. Nós o chamávamos por um nome diferente, naquela época, e ele não pairava sobre as terras dos judeus; vivia aqui na África, nas pedras, no céu, em lugares onde sabíamos que gostava de ficar. Quando morríamos, íamos para um outro lugar, e Deus estaria lá também, só que não haveria como chegar muito perto dele. Afinal, para quê?

Temos uma lenda em Botsuana que fala de duas crianças, um irmão e uma irmã, que foram levados para o céu por um furacão e descobrem que o céu é repleto de um lindo gado branco. É assim que gosto de imaginar, e espero que seja verdade. Espero que, quando eu morrer, vá parar num lugar que tenha um gado assim, com hálito doce, todos os animais distribuídos à minha volta. Se for isso o que me espera, não tenho por que não ir amanhã, ou agora mesmo, neste exato momento. Gostaria só de poder me despedir de Preciosa e de estar segurando a mão de minha filha na hora de partir. Seria um modo feliz de ir embora.

Amo o meu país, e tenho orgulho de ser um motsuana. Não há outro país na África que possa viver de cabeça erguida como nós. Não temos, nem nunca tivemos, nenhum preso político. Temos democracia. Fomos prudentes, o Banco de Botsuana está cheio de dinheiro, dos nossos diamantes. Não devemos nada.

Mas as coisas iam mal no passado. Antes de construirmos nosso país, tínhamos que seguir para a África do Sul em busca de trabalho. Fomos para as minas, da mesma forma que os habitantes de Lesoto, Moçambique, Malaui e todos aqueles países. As minas sugaram nossos homens e só deixaram aqui os velhos e os meninos. Cavamos em busca de ouro e diamantes, e enriquecemos os homens brancos. Eles ergueram casas grandes, com muros e carros na garagem. E nós cavamos nas profundezas e de lá trouxemos as pepitas que lhes permitiram construir tudo o que construíram.

Fui para as minas aos dezoito anos. Pertencíamos, na época, ao Protetorado de Bechuanalândia e os ingleses governavam o país para proteger-nos dos bôeres (pelo menos era o que diziam). Havia um comissário que ficava em Mafikeng, na fronteira com a África do Sul; ele pegava a estrada e aparecia para falar com os dirigentes locais. Dizia: "Façam isso, façam aquilo". E todos os dirigentes obedeciam, porque sabiam que, se não obedecessem, seriam destituídos. Mas alguns deles eram mais espertos, e quando o inglês dizia "Faça isso", eles diziam "Sim, sim, senhor, farei isso" mas, pelas costas, faziam o contrário ou simplesmente fingiam estar fazendo alguma coisa. O resultado foi que, durante muitos anos, não aconteceu nada. Era um bom sistema de governo, porque a maioria das pessoas não queria mesmo que algo acontecesse. Esse é o problema com os governos em nossos dias. Querem o tempo todo fazer coisas; estão sempre muito ocupados pensando no que podem fazer em seguida. Não é o que as pessoas desejam. As pessoas desejam ficar em paz para cuidar do seu gado.

Deixamos Mahalapye naquela época e mudamos para Mochudi, onde morava a família de minha mãe. Eu gostava de Mochudi e teria ficado feliz em permanecer lá, mas meu pai disse que eu devia ir para as minas, uma vez que suas terras não eram boas o suficiente para sustentar a mim e a uma esposa. Não tínhamos muito gado, e plantávamos o estritamente necessário para manter-nos durante o ano. Assim, quando o caminhão de recrutamento chegou, vindo do outro lado da fronteira, fui até eles. Puseram-me numa balança e auscultaram meu peito e me fizeram subir e descer correndo uma escada, durante dez minutos. Aí um homem disse que eu daria um bom trabalhador de minas, e eles me mandaram escrever o nome num pedaço de papel. Perguntaram-me o nome do dirigente de minha região e se eu já tivera algum problema com a polícia. E foi tudo.

Parti com o caminhão na manhã seguinte. Para levar minhas coisas eu tinha um único baú, que meu pai comprara na loja indiana. Não tinha mais que um par de sapatos, mas levava uma camisa de reserva e algumas calças. Isso era tudo o que eu tinha, além de um pouco de *biltong* que minha mãe havia preparado para mim. Coloquei meu baú no caminhão e então todas as famílias que estavam ali para se despedir começaram a cantar. As mulheres choraram e nós demos adeus agitando as mãos. Os rapazes sempre tentam não chorar e não parecer tristes, mas eu sabia que dentro de todos nós os corações estavam frios.

Levamos doze horas para chegar a Johannesburgo. Naquele tempo as estradas eram péssimas, e, se o caminhão aumentasse a velocidade, correria o risco de partir um eixo. Atravessamos a banda ocidental do Transvaal enfrentando um calor imenso, confinados no caminhão como gado. De hora em hora, o motorista parava o veículo, saltava e ia até a parte traseira para passar-nos cantis com que eles abasteciam a cada cidade que atravessávamos. Cada um de nós tinha direito a reter o cantil por alguns segundos apenas, e deveria aproveitar esse tempo para tomar o máximo de água de que fosse capaz. Aqueles que já estavam no segundo ou terceiro contrato sabiam de tudo isso e levavam garrafas com água que partilhavam com quem estivesse desesperado. Os batsuanas estávamos todos juntos, e um homem seria incapaz de ver um companheiro motsuana sofrer.

Os mais velhos conversavam com os mais novos. Diziam-lhes que, uma vez tendo assinado o contrato para trabalhar nas minas, não eram mais garotos. Avisaram-nos de que presenciaríamos coisas em Johannesburgo que jamais imagináramos que pudessem existir, e que, se nos mostrássemos fracos, ou estúpidos, ou se não trabalhássemos com bastante afinco, nossa vida dali por diante seria nada mais que puro sofrimento. Avisaram-nos de que veríamos atos de crueldade e perversidade, mas que, se nos mantivéssemos ligados aos outros batsuanas e fizéssemos o que os mais velhos nos dissessem para fazer, sobreviveríamos. Achei que talvez pudessem estar exagerando. Lembrei-me do que os garotos mais velhos tinham dito, na época da escola de iniciação por que todos tivemos de passar, alertando-nos sobre o que nos esperava. Tudo o que disseram foi para nos amedrontar, e a realidade foi muito diferente. Porém esses homens que iam conosco para as minas disseram-nos a absoluta verdade. O que nos esperava nas minas era exatamente o que eles haviam previsto, e até pior.

Em Johannesburgo nos treinaram durante duas semanas. Todos éramos aptos e bastante fortes, contudo ninguém podia descer às minas antes de haver se fortalecido ainda mais. Por isso nos levaram para um prédio que haviam aquecido com vapor e onde nos fizeram saltar sobre bancos durante quatro horas por dia. Isso era mais do que alguns homens podiam agüentar; eles desmaiavam e precisavam ser reerguidos. Mas de algum modo consegui sobreviver e passei à etapa seguinte do treino. Disseram-nos que seríamos levados para dentro das minas, e explicaram em que consistia o trabalho que esperavam de nós. Falaram de segurança e de como uma pedra podia cair e esmagar-nos se estivéssemos desatentos. Levaram um homem sem pernas, que colocaram sobre uma mesa, e depois nos fizeram ouvi-lo contar o que lhe havia acontecido.

Ensinaram-nos funagalo, que é a língua usada para dar ordens lá embaixo nas minas. É uma língua estranha. Os zulus riem quando a escutam, porque nela há muitas palavras zulus, mas não é a língua zulu. É uma língua adequada para dizer às pessoas o que devem fazer. Há muitas palavras que significam fazer força, pegar, empurrar, carregar, e nenhuma para amar, para felicidade, ou para os sons que os pássaros fazem de manhã.

Depois fomos aos poços das minas e nos mostraram o que fazer. Colocaram-nos em elevadores que pareciam gaiolas presas em grandes roldanas, e esses elevadores-gaiolas disparavam para o fundo do poço como se fossem falcões lançando-se sobre uma presa. Lá embaixo havia trens — pequenos — em que éramos colocados e que nos levavam ao final de túneis longos e escuros, um mundo de pedras com limo e pó. Meu trabalho consistia em carregar as pedras depois de devidamente dinamitadas, tarefa que eu repetia sete horas por dia. Fiquei mais forte, sem dúvida, mas o pó infestava tudo, era pó e pó e mais pó por toda a parte!

Algumas minas eram mais perigosas do que outras, e todos sabíamos distingui-las. Quando a mina era segura, dificilmente víamos macas lá embaixo. Já quando se tratava de minas perigosas, as macas eram freqüentemente requisitadas, e víamos nos elevadores-gaiolas homens gritando de dor ou, pior ainda, silenciosos sob pesados cobertores vermelhos. Todos sabíamos que a única maneira de sobreviver era entrar numa equipe na qual os homens tivessem o que todo mundo chamava de sensibilidade das pedras. Isso era algo que não podia faltar num bom trabalhador das minas. Ser capaz de perceber o que a pedra estava fazendo — o que estava sentindo — e de saber quando era preciso um reforço para contê-la. Se um ou dois homens numa equipe não soubessem isso, de nada adiantava os outros serem muito bons. A pedra desabaria e cairia tanto sobre os maus como sobre os bons trabalhadores.

Outro fator que afetava as chances de sobrevivência de uma pessoa era o tipo de trabalhador branco a que estava vinculada. Os trabalhadores brancos lideravam as equipes, mas muitos não precisavam fazer quase nada. Se a equipe era boa, o monitor sabia exatamente o que e como fazê-lo. O trabalhador branco fazia de conta que dava as ordens, mas sabia muito bem que quem se encarregava de fazer cumprir a tarefa era o monitor. Quando acontecia de o trabalhador branco ser um imbecil — e havia muitos —, ele resolvia tratar a equipe com extrema dureza. Gritava com os homens e batia neles, se achasse que não estavam trabalhando num ritmo satisfatório, e isso podia tornar-se muito perigoso. E quando a pedra desabava, o trabalhador branco nunca estava lá; ele voltava à entrada da galeria e lá permanecia com os outros trabalhadores brancos, esperando que aparecêssemos para comunicar-lhes que a tarefa fora concluída.

Não era inusitado que um trabalhador branco espancasse os homens de sua equipe num acesso de irritação. Não deveria agir assim, mas os chefes de turno faziam vistas grossas e deixavam passar. No entanto, jamais tínhamos permissão de dar o troco, por mais imerecidas que houvessem sido as pancadas. Quem batesse num trabalhador branco estava liquidado. A polícia da mina estaria à espera do infrator no alto do poço e ele poderia pegar uma pena de um ou dois anos de prisão.

Éramos mantidos separados, porque esse era o jeito de trabalhar dos homens brancos. Os suázis ficavam todos isolados num único grupo, os zulus noutro, os malauianos noutro. E assim por diante. Cada um agrupado com sua gente e tendo que obedecer ao monitor. Se não procedêssemos dessa forma, e o monitor dissesse que havia um homem criando encrenca, este seria mandado embora ou fariam com que a polícia o enchesse de pancada até ele começar a se comportar corretamente de novo.

Todos tínhamos medo dos zulus, apesar de eu conhecer um zulu que era gente boa e meu amigo. Os zulus se achavam melhores do que qualquer um de nós, e às vezes nos chamavam de mulheres. Se estourava alguma briga, era sempre coisa dos zulus ou dos basotos, mas nunca dos batsuanas. Não gostávamos de brigar. Certa vez um motsuana embriagado perdeu-se e, por engano, foi parar num alojamento de zulus, num sábado à noite. Eles o espancaram com chicotes, os *sjamboks*, e o largaram deitado na rua para que fosse atropelado. Por sorte, uma van da polícia o viu a tempo e o salvou; do contrário ele teria morrido. E isso só por ter se enganado de alojamento.

Trabalhei durante anos naquelas minas, e guardei tudo o que ganhei. Outros gastaram o dinheiro com mulheres na cidade, ou com bebidas, ou com roupas elegantes. Eu não comprei nada, nem sequer um gramofone. Mandei o dinheiro para o Standard Bank em minha terra, e investi na compra de gado. Todo ano comprava algumas vacas, e dava-as para o meu primo cuidar. Elas tiveram bezerros e aos poucos meu rebanho foi aumentando.

Eu teria continuado nas minas, imagino, se não tivesse presenciado uma coisa terrível. Aconteceu depois de eu ter passado quinze anos lá. Na época, eu já tinha um cargo bem melhor, como assistente de dinamitador. Não tínhamos acesso ao cargo de dinamitador, que era monopolizado pelos brancos, mas me deram a incumbência de carregar explosivos para um dinamitador e ajudá-lo com os estopins. Era um bom trabalho, e eu gostava do homem para quem trabalhava.

Certa vez ele havia deixado algo numa galeria — a marmita em que carregava seus sanduíches — e pedira-me para ir buscá-lo. Lá fui eu galeria adentro à procura da marmita, na galeria onde ele estivera trabalhando. O túnel era iluminado por lâmpadas que estavam presas ao teto em toda a extensão, de modo que o percurso era feito com plena segurança. Mas mesmo assim era preciso ter cuidado, porque num ou noutro trecho existiam vastas galerias que a dinamite cavara na rocha. Elas chegavam a ter sessenta metros de profundidade, e abriam-se, pelos lados, para outros patamares de trabalho ainda mais abaixo. De tempos em tempos, os homens caíam dessas galerias, e sempre por culpa deles próprios. Ou não estavam olhando por onde andavam, ou estavam andando por uma galeria precariamente iluminada em virtude da bateria fraca da lâmpada de seus capacetes. Às vezes um homem dava um passo no vazio sem nenhuma justificativa, ou talvez porque estivesse infeliz e não quisesse mais viver. Eram coisas que não se tinha como apurar; muitas tristezas se aninham nos corações de homens que estão longe de sua terra.

Dobrei uma esquina naquela galeria e me vi num compartimento circular. O compartimento dava acesso a uma outra passagem, onde entrevi algo que me chamou a atenção. Quatro homens de pé, na beira da passagem que dava para o vazio, seguravam pelos braços e pelas pernas um homem. Quando cheguei àquela esquina, eles o levantaram e jogaram para a frente, precipitando-o na escuridão. O homem gritou, em xhosa, e eu ouvi o que ele disse. Era algo sobre uma criança, mas não deu para eu pegar tudo, porque não sou muito bom em xhosa. Em seguida, ele desapareceu.

Fiquei imóvel onde eu estava. Os homens ainda não haviam me visto, mas um deles virou-se para mim e gritou em zulu. Então eles começaram a correr em minha direção. Dei meia-volta, dobrei a esquina e refiz o percurso ao longo da galeria. Sabia que, se me pegassem, teria o mesmo destino daquela vítima. Era uma corrida que eu não podia deixar de ganhar.

Embora tivesse conseguido escapar, sabia que aqueles homens tinham me visto e que eu seria morto. Eu presenciara um crime e poderia servir de testemunha; logo, não podia permanecer nas minas.

Falei com o dinamitador. Era um homem bom e me ouviu com atenção quando lhe disse que teria que partir. Não havia nenhum outro homem branco a quem eu pudesse falar daquela maneira, mas ele compreendeu.

Mesmo assim, tentou me convencer a procurar a polícia.

"Conte para eles o que você viu", disse em africâner. "Conte para eles. Podem pegar esses zulus e enforcá-los."

"Não sei quem são aqueles homens. Eles me pegarão antes. Vou voltar para minha terra."

Ele olhou para mim e concordou com a cabeça. Depois tomou a minha mão e apertou-a, e foi a primeira vez que um homem branco agiu daquela forma comigo. Eu o chamei de meu irmão, e foi a primeira vez que agi daquela forma com um homem branco.

"Volte para junto de sua mulher", disse ele. "Se um homem se afasta de sua mulher por muito tempo, ela começa a criar problemas para ele. Pode crer. Volte e dê a ela mais filhos."

E assim deixei as minas secretamente, como um ladrão, e em 1960 voltei para Botsuana. Não dá para descrever a plenitude de meus sentimentos quando cruzei a fronteira de volta para Botsuana, deixando a África do Sul para trás e para sempre. Naquele lugar, todos os dias tive a sensação de estar com a vida por um fio. O perigo e a tristeza pairavam sobre Johannesburgo como uma nuvem negra, e lá nunca pude ser feliz. Em Botsuana era diferente. Não havia policiais com cachorros; não havia tútsis armados de facas e à espreita para roubar; não se acordava toda manhã com o lamento de uma sirene chamando a gente para ir sofrer no calor debaixo da terra. Não havia as mesmas aglomerações de homens, todos provenientes de lugares longínquos, todos saudosos de casa, todos querendo estar em algum local diferente. Eu havia deixado para trás uma prisão — uma enorme área de gemidos sob a luz do sol.

Quando voltei para casa, e desci do ônibus em Mochudi, e vi o *kopje* e a residência de nosso dirigente e as cabras, simplesmente parei e comecei a chorar. Um homem se aproximou de mim — um homem que eu não conhecia —, pôs a mão sobre meu ombro e perguntou se eu acabara de voltar das minas. Respondi que sim, ele balançou a cabeça e deixou a mão pousada em meu ombro até eu parar de chorar. Então sorriu e retirou-se. Ele tinha visto minha mulher caminhando em minha direção e não quis interferir no retorno de um marido ao lar.

Eu havia casado com aquela mulher três anos antes, no entanto tínhamos nos visto muito pouco desde o casamento. Uma vez por ano eu retornava de Johannesburgo e ficava em casa por um mês, e aquele era todo o tempo que tivéramos de vida em comum. Depois de minha última viagem ela engravidara, e minha filhinha havia nascido enquanto eu ainda estava fora. Agora iria vê-la; minha esposa a trouxera para conhecer-me assim que eu descesse do ônibus. Ali estava ela, com a criança nos braços; a criança que, para mim, valia mais do que todo o ouro extraído daquelas minas em Johannesburgo. Era minha primogênita, filha única, minha adorada, minha Preciosa Ramotswe.

Preciosa puxara à mãe, mulher boa e gorda. Brincava no quintal fora da casa e ria a valer quando eu a suspendia em meus braços. Tínhamos uma vaca, que dava um bom leite, e a mantínhamos por perto para Preciosa. Ela também tomava muito refresco, e comia ovos todo dia. Minha mulher passava vaselina na pele da menina, alisando-a, e assim ela ficava brilhando. Diziam que era a mais bela criança de Bechuanalândia, e as mulheres percorriam quilômetros só para vê-la e abraçá-la.

Até que um dia minha mulher, a mãe de Preciosa, morreu. Na época estávamos morando bem na saída de Mochudi, e ela costumava caminhar de nossa casa para o outro lado dos trilhos da ferrovia a fim de ir visitar uma tia que vivia perto da estrada de Francistown. Ela levava comida, pois a tia era velha demais para cuidar de si e morava com apenas um filho doente que sofria de *sufuba* e não era capaz de grandes caminhadas.

Não sei como aconteceu. Alguns disseram que estava se formando uma tempestade, com relâmpagos, e que ela pode ter se assustado e corrido sem olhar para onde estava indo. Estava nos trilhos da estrada de ferro quando o trem procedente de Bulawayo apareceu e passou por cima dela. O maquinista declarou que sentia muito, mas que não a vira, o que provavelmente era verdade.

Minha prima veio cuidar de Preciosa. Fez roupas para ela, levava-a à escola e preparava suas refeições. Eu vivia triste, e pensava: agora nada mais lhe resta nesta vida a não ser Preciosa e o gado que você possui. Em meio à minha tristeza, desloquei-me para fazer uma visita ao pasto arrendado e ver como andavam as minhas reses, bem como pagar os guardadores do rebanho. Agora eu tinha um gado maior, e cheguei a pensar em comprar uma loja e abrir um negócio. Mas resolvi esperar e deixar que Preciosa comprasse a loja quando eu morresse. Além do mais, o pó das minas arruinara meu peito, e eu não conseguia andar rápido nem levantar peso.

Um dia, voltando do pasto arrendado, cheguei à estrada principal que fazia a ligação entre Francistown e Gaborone. Era um dia quente e eu me sentara à sombra de uma árvore à beira da estrada, esperando pelo ônibus que deveria passar por ali mais tarde. Adormeci com o calor e acordei com o som de um carro parando perto de mim.

Era um carro grande, um carro americano, acho eu, e havia um homem sentado no banco de trás. O motorista veio até mim e falou comigo em setsuana, embora a placa do carro fosse da África do Sul. Disse que havia um vazamento no radiador e perguntou-me se eu sabia onde arranjar um pouco de água. Por acaso, havia um tanque para refrescar e matar a sede do gado no trajeto até o pasto que eu arrendava, e o que fiz foi levar o motorista e ajudá-lo a encher uma lata com água.

Quando voltamos para pôr a água no radiador, o homem que antes estava sentado no banco de trás havia saído do carro e achava-se de pé, olhando para mim. Ele sorriu, demonstrando que estava agradecido por minha ajuda, e eu lhe retribuí o sorriso. Foi então que me dei conta de quem era aquele homem, era ele que gerenciava todas as minas de Johannesburgo — um dos homens do sr. Oppenheimer.

Fui até ele e disse-lhe quem eu era. Disse-lhe que eu era Ramotswe, que havia trabalhado em suas minas, e que lamentava ter tido de partir antes do planejado, mas que voltara em função de circunstâncias que escapavam ao meu controle.

Ele riu e falou que contava a meu favor o fato de eu haver trabalhado nas minas por tantos anos. Falou que eu podia voltar no seu carro e que me levaria até Mochudi.

Assim foi que cheguei a Mochudi naquele carro e que aquele homem importante entrou na minha casa. Viu Preciosa e me disse que ela era uma excelente criança. Em seguida, depois de tomar um pouco de chá, olhou para o relógio de pulso.

"Agora preciso ir", disse. "Preciso voltar a Johannesburgo."

Comentei que sua esposa ia ficar aborrecida se ele não voltasse a tempo de comer o que ela lhe havia preparado. Ele concordou.

Saímos da casa. O homem do sr. Oppenheimer enfiou a mão no bolso e retirou uma carteira. Desviei o olhar enquanto ele a abria; eu não queria aceitar o dinheiro, mas ele insistiu. Disse-me que eu havia feito parte do pessoal do sr. Oppenheimer e que o sr. Oppenheimer gostava de cuidar do seu pessoal. Então ele me deu duzentos rands, e eu falei que usaria sua oferta para comprar um touro, pois acabara de perder um.

Ele gostou de ouvir isso. Eu lhe disse para ir em paz, e ele me disse para ficar em paz. Separamo-nos, e nunca mais tornei a ver meu amigo, apesar de ele estar sempre aqui, no meu coração.

3
LIÇÕES SOBRE MENINOS E CABRAS

Obed Ramotswe instalou sua prima num quarto nos fundos da pequena casa que, ao voltar das minas, comprou nos confins da aldeia. O plano inicial era fazer desse cômodo uma espécie de despensa ou quarto de depósito, um lugar para guardar seus baús de zinco, seus cobertores de reserva, o querosene que ele usava para cozinhar; mas para tais guardados havia espaço mais do que suficiente em outros pontos da casa. Com o acréscimo de uma cama e um pequeno armário, mais uma camada de caiação nas paredes, o quarto logo ficou em condições de ser ocupado. Do ponto de vista da prima, aquilo era um luxo além do imaginável; o marido a deixara seis anos antes, e ela voltara a morar com a mãe e a avó, tendo que dormir num quarto com apenas três paredes, uma das quais mal chegava ao teto. Elas a tratavam com um desprezo calado, uma vez que eram pessoas de outro tempo, aferradas à crença de que uma mulher abandonada pelo marido quase sempre merecia o destino que lhe coubera. Elas tinham que acolhê-la, sem dúvida, porém mais por obrigação do que por afeto.

O marido a deixara porque ela era estéril, e era quase inevitável que isso acontecesse a uma mulher incapaz de ter filhos. Ela gastara seu pouco dinheiro em consultas a curandeiros, e um deles havia prometido que, depois de alguns meses sob seus cuidados, ela conceberia. Administrara-lhe várias ervas e cascas pulverizadas; como não funcionaram, recorreu a feitiços. Algumas das poções fizeram-na adoecer, e uma quase a matou — o que não era de surpreender, considerando-se os ingredientes —, mas a esterilidade continuou e ela sentiu que o marido estava perdendo a paciência. Pouco depois de ir embora, ele escreveu de Lobatse para contar-lhe — cheio de orgulho — que sua nova mulher estava grávida. Um ano e meio mais tarde, chegou uma carta de poucas linhas com o retrato do filho. Nenhum dinheiro foi enviado, e foi a última vez que teve notícias dele.

Agora, com Preciosa em seus braços, dispondo de um quarto próprio entre quatro sólidas paredes caiadas, sua felicidade estava completa. Ela deixou Preciosa, então com quatro anos, dormir com ela em sua cama, e à noite passava longas horas acordada ouvindo a respiração da menina. Acariciava-lhe a pele, segurava entre seus dedos a mãozinha dela, e maravilhava-se com a perfeição do corpo da criança. Nas tardes quentes, enquanto Preciosa dormia, ela se sentava ao lado da criança, tricotando e cerzindo casacos e meias azuis e vermelhas, cores bem vivas, ao mesmo tempo que não deixava as moscas se aproximarem da menina adormecida.

Obed também estava contente. Toda semana dava dinheiro à prima para as compras de comida, além de um pequeno extra todos os meses para os gastos pessoais. Ela administrava bem os recursos, e sempre sobrava uma quantia para comprar alguma coisa a Preciosa. Ele nunca teve motivos para censurar a prima, ou para apontar falhas na maneira como ela educava sua filha. Tudo ia às mil maravilhas.

A prima queria desenvolver a inteligência de Preciosa. Ela própria não tivera muita instrução, mas lutara para aprender a ler, persistira e agora sentia possibilidades de mudança em seu futuro. Havia surgido um partido político ao qual as mulheres podiam afiliar-se — para indignação de alguns homens, que achavam aquilo tudo uma provocação, um modo de criar caso. As mulheres começavam a discutir entre si sobre o destino que lhes estava reservado. Ninguém desafiava os homens abertamente, é claro, mas agora, quando as mulheres falavam entre si, faziam-no por sussurros e por trocas de olhares. Ela pensava em sua própria vida; no casamento prematuro com um homem que mal conhecia e na vergonha por sua incapacidade de ter filhos. Recordava os anos em que morara no quarto com três paredes, e as tarefas que lhe haviam sido impostas, sem qualquer pagamento. Um dia, quem sabe, as mulheres seriam capazes de fazer ouvir sua própria voz e apontariam o que estava errado. Mas, para tanto, teriam de saber ler.

Ela começou por ensinar Preciosa a contar. Elas contavam cabeças de gado bovino e caprino. Contavam os meninos brincando no chão de terra. Contavam as árvores, dando a cada uma um nome individual: a encurvada; a que não tinha folhas; aquela em que as lagartas mopanes gostavam de se esconder; aquela em que nenhum pássaro pousava. E então ela dizia: "Se derrubarmos a árvore que parece um velho, sobram quantas?". Ela fez Preciosa decorar listas de coisas: os nomes dos membros da família, os nomes das reses que seu pai havia possuído, os nomes dos dirigentes. Às vezes sentavam do lado de fora do Pequeno Entreposto dos Comerciantes e ficavam à espera de que algum carro ou caminhão avançasse aos solavancos pela estrada esburacada. A prima dizia em voz alta o número da placa e Preciosa teria de lembrá-lo no dia seguinte quando ele lhe fosse perguntado, e talvez até mesmo um dia depois. Elas também brincavam de uma variedade de jogo da memória, em que a prima enchia uma bandeja de vime com objetos familiares e depois cobria tudo com um cobertor para, em seguida, retirar do conjunto um único objeto.

"Que foi que eu tirei da bandeja?"

"Um caroço velho de marula, todo empedrado e chupado."

"E o que mais?"

"Nada."

Ela nunca se enganava, essa criança que em tudo e em todos pousava seus olhos bem abertos e sérios. E, aos poucos, sem que ninguém jamais tivesse a intenção disso, os atributos de curiosidade e percepção foram sendo incentivados na mente da menina.

À época em que Preciosa entrou na escola, com seis anos de idade, ela já dominava o alfabeto, os números até duzentos, e sabia dizer de cor todo o primeiro capítulo do Livro do Gênesis em tradução setsuana. Também havia aprendido algumas palavras em inglês, e era capaz de recitar os quatro versos inteiros de um poema inglês que falava do mar e de navios. O professor ficou impressionado e cumprimentou a prima pelos resultados obtidos. Era praticamente o primeiro elogio que ela havia recebido em toda sua vida por uma tarefa realizada; Obed lhe havia agradecido, muitas e muitas vezes, generosamente, mas nunca lhe ocorrera elogiá-la, porque no seu entender ela apenas estava cumprindo seu dever de mulher e nada havia de especial nisso.

"Nós fomos as primeiras a arar a terra quando Modise (Deus) a criou", lê-se num antigo poema setsuana. "Fomos nós que preparamos a comida. Somos as primeiras a cuidar dos homens quando são meninos, quando são rapazes e quando estão velhos e a ponto de morrer. Estamos sempre presentes. Mas não passamos de mulheres, e ninguém nos vê."

LIÇÕES SOBRE MENINOS

Mma Ramotswe pensava: Deus nos pôs nesta terra. Éramos todos africanos então, no princípio, porque os homens começaram no Quênia, como o dr. Leakey e seu pai o provaram. De modo que, se pensarmos direito nisso, somos todos irmãos e irmãs; no entanto, para onde quer que olhemos, vemos o quê? Brigas, brigas e mais brigas. Ricos matando pobres; pobres matando ricos. Em toda parte, menos em Botsuana. Isto graças a Sir Seretse Khama, um homem bom que inventou Botsuana e fez do país um bom lugar. Ela ainda chorava por ele algumas vezes, quando pensava no estágio final de sua doença, com todos aqueles médicos em Londres dizendo para o governo: "Lamentamos muito, mas não podemos curar o seu presidente".

O problema, naturalmente, era que as pessoas não pareciam compreender a diferença entre o certo e o errado. Elas precisavam que as fizessem lembrar disso, porque, deixadas por sua própria conta, não estavam nem aí para esclarecer essa diferença. Simplesmente procurariam o que fosse melhor para elas, e na mesma hora isso passaria a ser a coisa certa. A maioria das pessoas pensava assim.

Preciosa Ramotswe aprendera a distinguir entre o bem e o mal na escola dominical. Sua prima a levara lá quando estava com seis anos, e até os onze passara a freqüentá-la sem faltar um domingo sequer. Foi o tempo suficiente para ela aprender tudo sobre o que era certo e o que era errado, embora tenha ficado perplexa — e assim permaneceu daí por diante — quando foram abordados alguns outros aspectos da religião. Ela não conseguia acreditar que o Senhor caminhara sobre as águas — isso simplesmente não havia jeito de se fazer — nem tampouco acreditava na história de alimentar os cinco mil, o que era igualmente impossível. Isso eram mentiras, tinha certeza, e a maior mentira de todas era que o Senhor não tinha nenhum pai neste mundo. Que mentira, pois se até as crianças sabiam que é preciso um pai para fazer um filho, e essa era uma regra que se aplicava tanto aos bois como aos frangos e às pessoas. Mas, quanto ao certo e ao errado — este já era um outro assunto, e ela não havia tido a menor dificuldade em compreender que era errado mentir, ou roubar ou matar outras pessoas.

Se a pessoa precisasse de indicações claras e precisas a esse propósito, ninguém melhor para fazer isso do que

Mma Mothibi, que dirigira a escola dominical em Mochudi durante mais de doze anos. Era uma senhora baixinha, quase inteiramente redonda, que falava com uma voz excepcionalmente grave. Ela ensinava as crianças a cantar hinos, tanto em setsuana como em inglês, e, pelo fato de aprender a cantar com ela, o coro infantil em sua totalidade cantava uma oitava mais baixo que todo mundo, como se fosse um coro de sapos.

As crianças, vestindo suas melhores roupas, sentavamse em fileiras no fundo da igreja, assim que acabava o serviço religioso, e recebiam aulas de Mma Mothibi. Ela lia a Bíblia para eles, fazia-os recitar os Dez Mandamentos um sem-número de vezes e contava-lhes histórias religiosas tiradas de um livrinho azul que ela dizia ter vindo de Londres, e do qual, acrescentava, não havia nenhum outro exemplar disponível no país.

"Estas são as regras para ser bom", salmodiava. "Um menino deve sempre acordar cedo e dizer suas orações. Depois deve engraxar seus sapatos e ajudar a mãe a preparar o desjejum da família, se tiverem desjejum. Algumas pessoas não têm desjejum porque são pobres. Depois ele deve ir para a escola e fazer tudo o que seu mestre mandar. Desse modo ele aprenderá a ser um menino cristão sabido que mais tarde irá para o Céu, quando o Senhor o chamar. Para as meninas, as regras são as mesmas, mas elas precisam ser cautelosas com os meninos e devem estar preparadas para dizer aos meninos que são cristãs. Alguns meninos não entenderão isso..."

É verdade, pensava Preciosa Ramotswe. Alguns meninos não entendem isso, e lá mesmo, naquela escola dominical, havia um menino assim, o Josiah, que era um menino mau, apesar de ter apenas nove anos. Ele insistia em sentar-se ao lado de Preciosa na escola dominical, mesmo quando ela tentava evitá-lo. Estava sempre olhando para ela e sorrindo encorajadoramente, apesar de ela ser dois anos mais velha do que ele. Ele também sempre encontrava um jeito de sua perna tocar na dela, o que a irritava e fazia com que mudasse de lugar para longe dele.

Mas pior que tudo era que ele desabotoava a frente da calça, apontava para aquilo que os meninos têm e ficava esperando que ela olhasse. Ela não gostava disso, não era algo que devesse acontecer numa escola dominical. E, afinal de contas, que havia de tão especial naquilo? Era uma coisa que todos os meninos tinham.

Ela acabou contando a Mma Mothibi, e a professora escutou-a com ar muito sério.

"Meninos, homens", disse ela. "São todos iguais. Acham que isso que têm é algo especial e todos sentem o maior orgulho disso. Não fazem idéia do ridículo que é."

Ela disse a Preciosa que lhe contasse na próxima vez em que se repetisse a ocorrência. Bastava que ela levantasse um pouco a mãozinha para Mma Mothibi ver. Esse seria o sinal.

A ocorrência se repetiu na semana seguinte. Enquanto Mma Mothibi estava no fundo da sala, olhando para os livros da escola dominical que as crianças tinham pousados à sua frente, Josiah desabotoou a calça e sussurrou a Preciosa que olhasse para baixo. Ela manteve os olhos presos ao livro e ergueu ligeiramente sua mão esquerda. Ele não tinha como ver isso, mas Mma Mothibi viu. Ela chegou-se furtivamente por trás do menino e suspendeu sua Bíblia bem no alto. Em seguida, baixou-a com ímpeto sobre a cabeça dele, produzindo um baque retumbante que causou o maior susto às crianças. Josiah desmontou sob a pancada. Mma Mothibi deu a volta a fim de colocar-se diante dele e apontou para sua braguilha aberta. No mesmo instante ergueu a Bíblia e tornou a bater no alto da cabeça do menino, dessa vez ainda com mais força.

Essa foi a última ocasião em que Josiah molestou Preciosa Ramotswe — ela ou qualquer outra, diga-se de passagem. Por sua vez, Preciosa aprendeu uma importante lição sobre como lidar com os homens, lição que lhe serviu por muitos anos e que se revelaria da maior utilidade tempos depois, como todas as lições aprendidas na escola dominical.

A PARTIDA DA PRIMA

A prima cuidou de Preciosa durante os primeiros oito anos de sua vida. Poderia ter permanecido em sua casa indefinidamente — o que teria sido muito conveniente para Obed, já que ela resolvia todos os problemas domésticos para ele sem reclamar nem pedir pagamento. Mas ele se deu conta, com o passar do tempo, de que poderia haver uma questão de orgulho envolvida, e que a prima poderia desejar casar-se de novo, não obstante o que acontecera da última vez. De modo que ele prontamente lhe deu sua bênção quando a prima lhe comunicou que havia travado conhecimento com um homem, que ele lhe havia proposto casamento e que ela aceitara.

"Eu poderia levar Preciosa comigo", disse ela. "É como se ela hoje fosse minha filha. Mas existe você..."

"É verdade", disse Obed. "Existo eu. Você me levaria também?"

A prima riu. "Meu novo marido é um homem rico, mas acho que ele só está pensando em se casar com uma única pessoa."

Obed tratou dos preparativos para o casamento, uma vez que era o parente mais próximo da prima e lhe cabia essa obrigação. Mas desincumbiu-se da tarefa com muito gosto, imensamente grato por tudo o que ela havia feito por ele. Providenciou o abate de dois bois e a preparação de cerveja em quantidade suficiente para o consumo de duzentas pessoas. Finalmente, de braço com a prima, entrou na igreja e viu o novo marido e sua família, outros primos distantes, seus amigos e pessoas da aldeia, convidadas ou não, esperando e observando.

Depois da cerimônia do casamento, voltaram para a

casa, onde haviam sido estendidas no alto, entre as acácias, coberturas de lona, e cadeiras tomadas de empréstimo se espalhavam ao ar livre. Os mais velhos sentavam-se enquanto os jovens passeavam de um lado para o outro, conversando e farejando no ar as exalações da grande quantidade de carne a crepitar nas fogueiras. Depois disso, comeram, e Obed fez um discurso de agradecimento à prima e ao novo marido, e este, por sua vez, respondeu que era grato a Obed por ter cuidado tão bem daquela mulher.

O novo marido tinha dois ônibus, que o tornaram rico. Um deles, o Expresso Especial de Molepolole, fora posto a serviço do casamento, e havia sido enfeitado para a ocasião com forro azul-claro. No outro, os noivos embarcaram depois de terminada a festa, indo o marido ao volante e a noiva no assento logo atrás dele. Houve gritos de empolgação e festivas exclamações por parte das mulheres, até o momento de o ônibus partir rumo à felicidade.

Eles se instalaram dezesseis quilômetros ao sul de Gaborone, numa casa feita de adobe que o irmão do novo marido havia construído para ele. Tinha um telhado vermelho e paredes brancas, à frente um pátio cercado no estilo tradicional, e nos fundos um casebre para moradia de empregado, com uma cloaca em anexo feita de zinco galvanizado. A prima tinha uma cozinha com um conjunto de panelas novinho em folha e dois fogões. Tinha uma geladeira grandona, fabricada na África do Sul, com motor a querosene que "ronronava" mansamente o dia inteiro, mantendo no seu interior tudo em rigorosa temperatura de conservação. Noite após noite, seu marido chegava em casa com a féria do dia obtida com os ônibus, e ela o ajudava a contar o dinheiro. Mostrou-se uma contadora de primeira, tanto assim que em pouco tempo passou a dirigir esse setor do negócio com absoluto sucesso.

Ela contribuiu para a felicidade de seu novo marido de outras maneiras. Em criança ele havia sido mordido por um chacal, e tinham-lhe ficado cicatrizes atravessando o rosto onde um jovem médico estagiário no Hospital Missionário Escocês ineptamente costurara os pontos. Nenhuma mulher até então lhe havia dito que ele era bonito, e ele jamais sonhara que um dia alguma lhe viesse a dizer isso, estando mais acostumado às expressões de compaixão. A prima, no entanto, lhe falou que ele era o homem mais bem-apessoado que já conhecera e também o mais viril. E não se tratava de mera adulação — ela estava dizendo a verdade, era o que sentia sinceramente, e o coração dele foi tomado pelo calor que emana dos elogios espontâneos.

"Sei que você está sentindo minha falta", a prima escreveu a Preciosa. "Mas sei que você quer que eu seja feliz. Estou muito feliz agora. Tenho um marido atencioso e delicado que me comprou roupas maravilhosas e me faz muito feliz o tempo todo. Um dia você virá e ficará aqui conosco, vamos poder contar as árvores novamente e cantar hinos juntas, como sempre fazíamos. Agora você precisa cuidar de seu pai, pois já tem idade para isso e ele também é um homem bom. Quero que você seja feliz, e rezo pensando nisso todas as noites. Que Deus proteja Preciosa Ramotswe. Que Deus olhe por ela esta noite e para todo o sempre. Amém."

CABRAS

Quando menina, Preciosa Ramotswe gostava de desenhar, uma atividade que a prima encorajou desde bem cedo. Ela havia recebido um bloco para fazer croquis juntamente com um conjunto de lápis de cor no seu décimo aniversário, e o seu talento logo ficou patente. Obed Ramotswe orgulhava-se da habilidade com que ela preenchia as folhas virgens de seu bloco de croquis com cenas extraídas da vida cotidiana em Mochudi. Este aqui era um esboço que mostrava o pequeno lago diante do hospital — tudo perfeitamente reconhecível — e este outro era um retrato da enfermeira-chefe do hospital olhando para um jumento. E nesta página um desenho representando a loja, o Pequeno Entreposto dos Comerciantes, com coisas colocadas em primeiro plano que podiam ser sacos de milho ou talvez pessoas sentadas — não dava para se ter certeza —, mas eram esboços excelentes e Obed já havia espetado vários nas paredes da sala de estar da casa deles, bem no alto, perto do teto, onde se instalavam as moscas.

Seus professores reconheciam esse talento e diziam-lhe que um dia ela ainda poderia ser uma grande artista, com seus desenhos na capa do Calendário de Botsuana. Isso a estimulava, e os esboços iam sendo produzidos um atrás do outro. Cabras, bois, morros, abóboras, casas; era tal a profusão de imagens existentes para os olhos da artista em Mochudi e seus arredores que ela não corria o menor risco de lhe faltarem temas.

A escola teve notícia de um concurso de arte para crianças. O Museu em Gaborone pediu a cada escola do país que apresentasse o trabalho de um dos seus alunos sobre o tema "A vida em Botsuana de hoje". É claro que não houve a menor dúvida na escola quanto a quem escolher para ter seu trabalho apresentado. Pediram a Preciosa que fizesse um desenho caprichado — sem se apressar —, que seria enviado a Gaborone como sendo a participação de Mochudi.

Ela fez o seu desenho num sábado, saindo cedo com seu bloco de croquis e voltando algumas horas depois para completar os detalhes dentro de casa. Era um desenho muito bom, pensou, e a professora entusiasmou-se quando Preciosa o mostrou na segunda-feira seguinte.

"Isto conquistará o prêmio para Mochudi", disse ela. "Todos vão se sentir orgulhosos."

O desenho foi cuidadosamente colocado entre duas folhas de papel corrugado e enviado ao Museu pelo correio em remessa registrada. Seguiram-se cinco semanas de silêncio, durante as quais todo mundo se esqueceu do concurso. Só quando chegou a carta para o diretor, e ele, radiante, leu-a em voz alta para Preciosa, foi que as pessoas se lembraram.

"Você ganhou o primeiro prêmio," disse ele. "Você irá a Gaborone, junto com seu pai, sua professora e eu, para receber o prêmio das mãos do ministro da Educação em cerimônia especial."

Era demais para ela, que começou a chorar, mas logo se controlou e teve permissão para sair cedo da escola a fim de voltar para casa e dar a notícia ao Paizinho.

Viajaram com o diretor em seu caminhão, e, tendo chegado cedo demais para a cerimônia, passaram várias horas sentados no pátio do Museu, esperando as portas se abrirem. Isso finalmente aconteceu, e outros chegaram, professores, profissionais da imprensa, membros do Legislativo. Até que chegou o ministro num carro preto, e as pessoas puseram de lado seus copos com suco de laranja e engoliram o último de seus sanduíches.

Ela viu seu desenho pendurado num lugar especial, numa das divisórias da sala, com um cartão espetado debaixo dele. Ela foi com sua professora olhá-lo de mais perto, e viu, com o coração aos saltos, seu nome nitidamente datilografado abaixo do desenho: PRECIOSA RAMOTSWE (10) (ESCOLA PÚBLICA PRIMÁRIA DE MOCHUDI). Ainda mais abaixo, também datilografado, o título que o Museu tomara a iniciativa de providenciar: BOIS PERTO DA REPRESA.

Ela ficou chocada, imóvel. Não era verdade. O desenho representava cabras, mas eles acharam que fossem bois! Ela estava recebendo um prêmio pela fraude de querer fazer passar cabras como sendo bois.

"O que está acontecendo?", perguntou seu pai. "Você deveria estar muito satisfeita. Por que essa cara triste?"

Ela não foi capaz de dizer nada. Estava a ponto de tornar-se uma criminosa, uma fraudadora. De jeito nenhum poderia aceitar o prêmio por um desenho de bois, quando ela simplesmente não o merecia.

Mas agora o ministro estava em pé a seu lado, e preparava-se para fazer um discurso. Ela ergueu os olhos para ele, que lhe dirigiu um sorriso caloroso.

"Você é uma verdadeira artista", disse ele. "Mochudi deve orgulhar-se de você."

Ela olhou para a ponta dos seus sapatos. Teria que confessar.

"Não é um desenho de bois", disse ela. "É um desenho de cabras. Vocês não podem me premiar por um engano."

O ministro franziu a testa e olhou para a etiqueta com o título. Depois se voltou para ela e disse: "Foram eles que se enganaram. Eu também acho que são cabras. Não acho que sejam bois".

Ele limpou a garganta e o diretor do Museu pediu silêncio.

"Este excelente desenho de cabras", disse o ministro, "mostra como são talentosos os nossos jovens neste país. Essa mocinha vai se tornar uma esplêndida cidadã e talvez uma artista famosa. Ela merece o prêmio que, neste momento, passo às suas mãos."

Ela recebeu o embrulho que lhe entregou o ministro, sentiu a mão dele sobre o seu ombro e ouviu-o sussurrar: "Você é a criança mais honesta que eu já conheci. Meus parabéns".

A cerimônia então terminou, e pouco depois eles retornaram a Mochudi no caminhão sacolejante do diretor, o retorno de uma heroína coberta de prêmios.

4

MORANDO COM A PRIMA E O MARIDO DA PRIMA

Aos dezessete anos, Mma Ramotswe deixou a escola ("A melhor moça desta escola", proclamou o diretor. "Uma das melhores moças de Botsuana.") Seu pai havia planejado que ela continuasse os estudos, para obter seu Certificado da Cambridge School e para chegar mesmo além disso, mas Mma Ramotswe havia enjoado de Mochudi. Entediara-se também com o trabalho no Pequeno Entreposto dos Comerciantes, onde todos os sábados fazia o levantamento do estoque e passava horas intermináveis percorrendo folhas com as pontas viradas (devido ao constante manuseio), dando baixa nos itens já verificados. Ela queria mudar de ares. Queria começar a vida.

"Você pode ir para a casa de minha prima", disse seu pai. "É um lugar bem diferente. Acho que você vai ver muitas coisas acontecendo naquela casa."

Não foi sem grande esforço que ele disse isso. Obed queria que ela ficasse, que cuidasse dele, mas sabia que seria egoísmo esperar que a vida dela girasse em torno da sua. Ela queria liberdade; ela queria sentir que estava fazendo algo com sua vida. E, é claro, no fundo de seus pensamentos, estava a idéia de casar-se. Em pouquíssimo tempo, ele sabia, haveria homens querendo casar-se com ela.

Ele jamais lhe negaria isso, é claro. Mas, e se o homem que quisesse se casar com ela fosse um brutamontes, ou um alcoólatra, ou um mulherengo? Tudo isso era possível; homens assim era o que não faltava, homens à espera de uma garota atraente a que pudessem se ligar e cuja vida pudessem ir destruindo aos poucos. Esses homens eram como sanguessugas; extraíam o que de bom e generoso houvesse no coração de uma mulher até deixá-lo seco, até que todo o seu amor houvesse sido gasto. Isso levava muito tempo, ele estava sabendo, porque as mulheres pareciam ter em si vastas reservas de bondade.

Se um desses homens pedisse a mão de Preciosa, o que poderia ele, um pai, fazer? Poderia adverti-la do risco, mas quem neste mundo já levou em consideração advertências sobre a pessoa que ama? Ele já havia visto isso acontecer tantas vezes; o amor era uma espécie de cegueira que fechava os olhos aos defeitos mais gritantes. A pessoa era capaz de amar um assassino, e simplesmente não acreditar que o seu amado fosse capaz de fazer mal a uma mosca, quanto mais de assassinar alguém. De nada adiantaria ele tentar dissuadi-la.

Na casa da prima estaria de certo modo segura, ainda que não pudesse ficar a salvo dos homens. Pelo menos a prima poderia manter vigilância sobre a moça, e o marido dela poderia ter condições de expulsar os homens mais inadequados. Ele era agora um homem rico, dono de mais de cinco ônibus, e teria a autoridade que têm os homens ricos. Poderia perfeitamente mandar alguns dos rapazes passear.

A prima gostou de ter Preciosa em sua casa. Decorou um quarto para ela, pendurando cortinas novas de um tecido amarelo encorpado que ela havia trazido de uma compra no Bazar OK de Johannesburgo. Depois encheu de roupas as gavetas de uma cômoda e sobre o móvel colocou um retrato emoldurado do papa. O chão foi coberto por uma esteira de junco decorada com motivos simples. Era um quarto claro, confortável.

Preciosa adaptou-se rapidamente a uma nova rotina. Conseguiu um emprego no escritório da empresa de ônibus, onde somava faturas e checava os algarismos lançados nos relatórios dos motoristas. Ela fazia isso com muita presteza, e o marido da prima notou que o trabalho dela rendia o dobro daquele produzido pelos dois antigos funcionários juntos. Estes se sentavam às suas escrivaninhas e fofocavam o dia inteiro, vez por outra mexendo nas faturas que tinham à sua frente, ou então se levantando para esquentar a chaleira.

Era fácil para Preciosa, com sua excelente memória, lembrar-se de como fazer coisas novas e como pôr em prática esse conhecimento sem falhas. Também estava sempre disposta a fazer sugestões, e rara era a semana em que deixava de dar alguma sugestão no sentido de tornar o escritório mais eficiente.

"Você está trabalhando demais", disse-lhe um dos funcionários. "Você está tentando ficar com os nossos empregos."

Preciosa olhou-os desconcertada. Ela sempre havia trabalhado dando o máximo de si em tudo o que fazia, e simplesmente não entendia como alguém pudesse proceder de outro modo. Como era possível que eles ficassem ali sentados, como ficavam o tempo todo, de papo para o ar, quando poderiam estar somando os algarismos ou checando a renda do dia apresentada pelos motoristas?

Ela checava por conta própria, muitas vezes sem que lhe houvessem pedido, e, apesar de em geral os números coincidirem com o resultado da verificação, vez por outra ela descobria uma pequena discrepância. É por causa de erro no troco, explicava a prima. Num ônibus repleto era difícil evitar, mas, desde que não fosse um erro muito significativo, eles simplesmente o ignoravam. Só que Preciosa descobriu mais do que isso. Descobriu uma diferença de pouco mais de dois mil pulas nas faturas de fornecimento de gasolina, e chamou a atenção do marido de sua prima para o fato.

"Você tem certeza?", perguntou-lhe ele. "Como é possível que estejam faltando dois mil pulas?"

"Roubados, talvez?...", disse Preciosa.

O marido da prima balançou a cabeça. Ele se considerava um empregador-modelo — um paternalista, sim, mas não era isso que os homens queriam? Ele não conseguia acreditar que nenhum de seus homens fosse capaz de passá-lo para trás. Como poderiam, se era tão bom para eles e fazia tanto por eles?

Preciosa começou por mostrar-lhe como o dinheiro havia sido tirado, depois ela e o marido da prima reconstituíram juntos como esse dinheiro havia sido transferido da conta certa para uma outra e acabara sumindo completamente. Apenas um dos funcionários tinha acesso a esses fundos; logo, só podia ter sido ele; não havia como encontrar outra explicação. Ela não assistiu à confrontação do patrão com o funcionário, mas ouviu-a da sala ao lado. O funcionário estava indignado, negando tudo aos berros. Em seguida fez-se silêncio por um instante, e logo a porta bateu com toda a força.

Esse foi o primeiro caso solucionado por ela. Foi o início da carreira de Mma Ramotswe.

A CHEGADA DE NOTE MAKOTI

Durante quatro anos ela trabalhou no escritório da empresa de ônibus. A prima e o marido haviam se acostumado à sua presença e começaram a chamá-la de sua filha. Ela não se importou com isso; eram sua gente e gostava deles. Gostava da prima, apesar de ela continuar a tratá-la como criança, repreendendo-a em público. Gostava do marido da prima, com sua tristeza, a cicatriz no rosto e as mãos grandes de mecânico. Gostava da casa e de seu quarto com as cortinas amarelas. Tinha conquistado para si uma vida agradável.

Todo fim de semana ela viajava para Mochudi num dos ônibus do marido da prima e visitava o pai. Ele ficava esperando por ela fora da casa, sentado em seu banquinho; ela vinha, cumprimentava-o com uma reverência, à maneira tradicional, e batia palmas.

Depois os dois comiam juntos, sentados à sombra na varanda que ele havia construído como prolongamento lateral da casa. Ela lhe contava como transcorrera a atividade semanal no escritório da empresa de ônibus, e ele absorvia tudo em seus mínimos detalhes, indagando nome por nome, que em seguida associava em complicadas genealogias. Todo mundo era aparentado de alguma maneira; não havia ninguém que não pudesse ser encaixado dentro das amplas fronteiras familiares.

O mesmo acontecia com os bois. Os bois tinham suas famílias e, quando ela terminava de falar, ele lhe transmitia as notícias ligadas aos bois. Embora raramente se deslocasse até o pasto arrendado, recebia toda semana relatórios orais e podia acompanhar a vida de seu gado com as informações ouvidas dos jovens guardadores tagarelas. Ele tinha um olho certeiro para avaliar os bois, uma estranha capacidade de detectar nos bezerros certos traços que só viriam a florescer na maturidade. Só de olhar, ele era capaz de dizer se um bezerro que parecia miúdo e magrela, e que portanto tinha um preço baixo, poderia com bom trato engordar e fortalecer-se. E bancava esse julgamento comprando o animal e fazendo dele um espécime de primeira (se as chuvas ajudassem).

Ele dizia que as pessoas eram como os seus bois. Bois magros e em mau estado tinham donos magros e em mau estado. Bois agitados — bois que perambulavam sem rumo certo — tinham donos incapazes de se concentrar num objetivo. E pessoas desonestas, sustentava ele, possuíam bois desonestos — bois que roubavam a comida de outros bois, ou que tentavam insinuar-se nos rebanhos alheios.

Obed Ramotswe era um juiz severo — de homens e de bois —, e Preciosa um belo dia deu consigo mesma pensando: que dirá ele quando souber de Note Mokoti?

Ela conhecera Note Mokoti num ônibus, no percurso de volta de Mochudi. Ele estava vindo de Francistown e sentara-se na frente, com o estojo do trompete pousado no assento a seu lado. Ela não tinha como deixar de notá-lo, com sua blusa vermelha e calças listradas de algodão grosso; e, ainda mais, com aquelas maçãs salientes e sobrancelhas arqueadas. Era o rosto de um orgulhoso, de um homem acostumado a que o olhassem e o apreciassem, e ela baixou os olhos imediatamente. Preciosa não gostaria que ele pensasse que ela estava olhando para ele, ainda que continuasse a olhá-lo do seu assento. Quem era esse homem? Um músico, a julgar pelo estojo de instrumento a seu lado; uma pessoa culta da Universidade talvez?

O ônibus fez uma parada em Gaborone antes de seguir para o Sul na direção de Lobatse. Ela permaneceu no seu assento e o viu levantar-se. Ele se pôs de pé, ajeitou o vinco das calças, depois se virou e olhou para trás. Ela sentiu o coração aos saltos; ele olhara para ela; não, não olhara, estava olhando para fora da janela.

De repente, sem pensar, ela se ergueu e desceu a bagagem do porta-malas. Ia sair, não porque tivesse algo que fazer em Gaborone, mas porque estava a fim de ver o que ele faria. Ele já havia saltado do ônibus, e ela se apressou murmurando algumas explicações ao motorista, um dos empregados do marido de sua prima. Do lado de fora, em meio à multidão, sob o sol do fim de tarde impregnado de pó e das exalações de viajantes suados, ela olhou à sua volta e o viu, parado, a pouca distância. Ele havia comprado de um ambulante uma espiga de milho assado, e comia-a, abrindo fileiras no sabugo. Ela foi tomada pela mesma sensação de desassossego de momentos antes, e não arredou pé de onde estava, como se fosse uma forasteira em dúvida para onde ir.

Ele a encarava, e ela virou o rosto aturdida. Teria ele visto que ela o estava observando? Talvez. Ela voltou a erguer os olhos, com uma rápida mirada em sua direção, retribuída, dessa vez, com um sorriso dele e um altear das sobrancelhas. Em seguida, jogando para longe o sabugo de milho, ele apanhou o estojo de trompete e caminhou na direção dela. Ela estava paralisada, incapaz de se mover dali, hipnotizada como a presa diante de uma serpente.

"Vi você naquele ônibus", disse ele. "Achei que já a conhecia. Mas não."

Ela olhou para o chão.

"Nunca o vi antes", disse ela. "Nunca."

Ele sorriu. Ele não era de intimidar, pensou ela, e aliviou-se um pouco da carga de desconforto que a oprimia.

"Neste país a gente vê a maioria das pessoas uma ou duas vezes", disse ele. "Não há forasteiros."

Ela balançou a cabeça. "Isso é verdade."

Fez-se um silêncio. Ele, então, apontou para o estojo a seus pés.

"Isso aí é um trompete, sabe? Eu sou músico."

Ela olhou para o estojo. Havia um adesivo em cima dele; a figura de um homem tocando violão.

"Você gosta de música?", perguntou ele. "Jazz? *Quella*?"

Ela levantou os olhos e viu que ele continuava a lhe sorrir.

"Eu gosto de música, sim."

"Eu toco numa banda", disse ele. "Tocamos no bar do Hotel Presidente. Você podia vir e ouvir. Estou indo para lá agora."

Os dois foram caminhando até o bar, que ficava a cerca de dez minutos da parada de ônibus. Ele pagou uma bebida para ela e sentou-a a uma mesa de trás, uma mesa com um único assento, que era como uma advertência para ninguém mais vir ocupá-la. E ele então começou a tocar, e ela ficou ouvindo, tomada pela música desenvolta e deslizante, orgulhosa de conhecer esse homem, de ser sua convidada. A bebida era estranha e amarga. Ela não gostava do sabor do álcool, mas beber era o que as pessoas faziam em bares, e ela se preocupava com a possibilidade de a julgarem destoante ou deslocada naquele ambiente, ou jovem demais, a ponto de ser notada.

Passado algum tempo, quando a banda fez um intervalo, ele veio ao seu encontro e ela viu o brilho de suor em sua testa, resultado do esforço que fazia ao tocar.

"Hoje não estou tocando bem", disse ele. "Há certos dias em que a gente consegue e em outros não."

"Achei muito bom. Você tocou bem."

"Não concordo. Sei tocar melhor. Há dias em que é como se o trompete conversasse comigo. A música sai sem eu precisar fazer nenhum esforço."

Ela viu que as pessoas estavam olhando para eles, e que uma ou duas mulheres lançavam-lhe um olhar crítico. Queriam estar no lugar dela, tinha certeza. Queriam estar com Note.

Ele a pôs no ônibus do último horário, depois que saíram do bar, e ficou acenando para ela quando o ônibus partiu. Ela retribuiu o aceno e fechou os olhos. Agora tinha um namorado, um músico de jazz, e ela iria revê-lo, a pedido dele, na noite da sexta-feira seguinte, quando a banda estaria tocando num churrasco, ou *braaivleis*, no Clube Gaborone. Os integrantes da banda, disse ele, sempre levavam suas namoradas, e lá ela iria conhecer pessoas interessantes, pessoas agradáveis, pessoas que ela não teria como conhecer normalmente.

E foi lá que Note Mokoti pediu Preciosa em casamento e ela aceitou, de modo bem curioso, sem dizer uma palavra. Foi depois de a banda ter terminado e eles estarem sentados no escuro, longe do vozerio dos que bebiam no bar. Ele disse: "Quero me casar logo e quero me casar com você. Você é uma boa moça que dará uma esposa excelente".

Preciosa não disse nada, porque estava insegura, e o seu silêncio foi interpretado como assentimento.

"Falarei com seu pai sobre isso", disse Note. "Espero que ele não seja um cara à antiga que faça questão de muitos bois em troca de você."

O pai era exatamente assim, mas ela não tocou no assunto. Não havia concordado ainda, pensou ela, mas talvez agora já fosse tarde demais.

Então Note disse: "Agora que você vai ser minha esposa, preciso lhe dizer para que servem as esposas".

Preciosa não disse nada. Era assim então que isso acontecia, supôs. Era assim que eram os homens, exatamente como suas amigas lhe haviam contado na escola, aquelas que eram "fáceis", claro.

Ele envolveu-a com o braço e pôs-lhe as costas sobre a grama. Eles se achavam na penumbra, e não havia ninguém por perto, apenas se escutavam os risos e a conversa em voz alta que vinham do bar. Ele tomou-lhe a mão e colocou-a sobre a própria barriga, onde a deixou, sem saber o que fazer. Em seguida começou a beijá-la, no pescoço, no rosto, nos lábios, e tudo o que ela ouvia eram as batidas de seu coração e a respiração cortada.

Ele disse: "As garotas precisam aprender isso. Alguém lhe ensinou?".

Ela balançou a cabeça. Não, não havia aprendido. E agora, sentiu, era tarde demais. Não saberia o que fazer.

"Fico contente", disse ele. "Vi logo que você era virgem, o que é muito bom para um homem. Mas agora as coisas vão mudar. Agora mesmo. Esta noite."

Ele machucou-a. Ela pediu-lhe que parasse, mas ele empurrou-lhe a cabeça para trás e bateu-lhe uma vez no rosto. Logo em seguida, porém, beijou-a onde dera a pancada, e disse que havia sido sem querer. O tempo todo ele não parava de empurrar o seu corpo contra o dela e de arranhá-la, às vezes riscando-lhe as costas com as unhas. Por fim, trocou de posição com ela, e tornou a machucá-la, batendo-lhe depois nas costas com o seu cinto.

Ela se sentou e juntou suas roupas amarrotadas. Preocupava-a, mesmo que para ele isso fosse indiferente, que alguém pudesse surgir dentro da noite e surpreendê-los.

Ela se vestiu e quando estava pondo a blusa começou a chorar baixinho, porque pensou em seu pai, que ela veria no dia seguinte na varanda dele, e que lhe contaria as notícias de seus bois, e que jamais imaginaria o que tinha acontecido a ela naquela noite.

Note Mokoti visitou seu pai três semanas depois, desacompanhado, e pediu-lhe Preciosa em casamento. Obed disse-lhe que falaria a esse respeito com a filha, o que de fato fez na visita seguinte que ela lhe fez. Ele se sentou no seu banquinho, olhou para ela e lhe disse que jamais precisaria casar-se com quem não quisesse. Isso fazia parte dos costumes de outros tempos, de um passado remoto, falou. Nem ela precisava ver o casamento como uma necessidade, de maneira alguma; nos novos tempos, uma mulher podia viver sozinha — havia um número cada vez maior de mulheres nessas condições.

A essa altura, ela poderia ter dito não, que era o que seu pai queria que ela dissesse. Mas ela não queria dizer isso. Ela vivia para seus encontros com Note Mokoti. Queria se casar com ele. Ele não era um bom homem, isso ela sabia, mas poderia modificá-lo. E, em última análise, era preciso levar em conta aqueles momentos de contatos no escuro, aqueles prazeres que ele "roubava" dela, e que eram viciantes. Ela gostava daquilo. Envergonhava-se só de pensar nisso, mas gostava do que ele fazia com ela, da humilhação, da insistência. Ela queria estar com ele, queria ser possuída por ele. Era como um bebida amarga que pede repetição. E, é claro, ela sentia que estava grávida. Era cedo demais para ter certeza disso, mas ela sentia que o filho de Note Mokoti estava dentro dela, um minúsculo e trêmulo passarinho bem dentro dela.

Casaram-se numa tarde de sábado, às três horas, na igreja de Mochudi, com os bois do lado de fora debaixo das árvores porque outubro já ia avançado e o calor estava no auge. A zona rural estava seca esse ano, já que as chuvas da estação anterior não haviam sido das melhores. Tudo se mostrava murcho e ressequido; a grama que restara era pouca, e os bois estavam que era só pele e osso. Era um período de desalento.

O ministro da Igreja Reformada casou-os, ofegante dentro de seu traje clerical preto, enxugando a testa com um grande lenço vermelho.

Ele falou: "Vocês estão sendo casados aqui à vista de Deus. Deus estabelece para vocês certas obrigações. Deus zela por nós e é o nosso apoio neste mundo cruel. Deus ama seus filhos, mas precisamos nos lembrar dos deveres que Ele exige de nós. Vocês, jovens, entendem o que eu quero dizer?".

Note sorriu. "Eu entendo."

Depois, virando-se para Preciosa: "E você, entende?".

Ela encarou o rosto do ministro — o rosto do amigo de seu pai. Ela sabia que seu pai lhe havia falado sobre esse casamento e sobre como se sentia infeliz por causa dele, mas o ministro declarara que não tinha como intervir. Agora o tom de sua voz era gentil, e ele tocou levemente na mão dela para colocá-la na de Note. Ao fazer isso, a criança moveu-se no corpo da mãe, e Preciosa estremeceu por ter sido o movimento tão súbito e tão firme.

Depois de dois dias passados em Mochudi, onde ficaram hospedados com um primo de Note, eles juntaram seus pertences nos fundos de um caminhão e partiram para Gaborone. Note encontrara onde instalar-se — dois cômodos e uma cozinha em casa de alguém perto de Tlokweng. Era um luxo dispor de dois cômodos; um ficou sendo o quarto deles, mobiliado com um colchão de casal e um velho guarda-roupa; o outro serviu de sala de estar e sala de jantar, com uma mesa, duas cadeiras e um aparador. As cortinas amarelas trazidas do seu quarto na casa da prima foram para essa sala, tornando-a clara e alegre.

Note ali guardou seu trompete e sua coleção de fitas com gravações. Ele se exercitava durante vinte minutos seguidos, depois, enquanto dava um descanso aos lábios, ouvia uma das fitas e tirava os ritmos ao violão. Ele sabia tudo sobre música urbana da África — sua procedência, quem cantava o quê, quem tocava qual parte com quem. Ele havia ouvido os grandes, também: Hugh Masikela ao trompete, Dollar Brand ao piano, Spokes Machobane no vocal; ele os escutara ao vivo em Johannesburgo e conhecia todos os discos que haviam gravado.

Ela o observava tirar o trompete do estojo e ajustar o bocal. Via-o erguê-lo à altura dos lábios, e então, de modo tão súbito, daquela mínima copa metálica grudada à sua carne jorrava o som como uma faca gloriosa e brilhante cortando os ares. Som que reboava na sala exígua, a ponto de sacudir as moscas de seu torpor e fazê-las zumbir em círculos como se cavalgassem as notas em seus volteios.

Ela ia com ele aos bares, e lá ele a tratava com delicadeza, mas parecia enredado no seu próprio círculo e ela sentia que ele realmente não a queria por lá. Dir-se-ia que aquelas pessoas não pensavam em nada que não fosse música; falavam interminavelmente sobre música, música e sempre música; até que ponto seriam capazes de continuar falando de música? Eles também não a queriam por lá, pensou, e assim foi que parou de ir aos bares e resolveu ficar em casa.

Nesse dia ele voltou para casa tarde, de madrugada, cheirando a cerveja. Era um cheiro amargo, tipo leite rançoso, e ela afastou a cabeça para o lado quando ele a empurrou para a cama e puxou suas roupas.

"Você se encheu de cerveja. A noite foi divertida."

Ele olhou para ela, com os olhos ligeiramente fora de foco.

"Posso beber quanto eu quiser. Será que você é dessas mulheres que ficam em casa e se queixam? É isso que você é?"

"Não sou não. Eu só quis dizer que você parece ter tido uma noite divertida."

Mas a indignação dele não podia ser aplacada, e ele disse: "Você está me obrigando a castigá-la, mulher. Você está me obrigando a fazer isso com você".

Ela gritou e tentou lutar, desvencilhar-se dele, mas ele era forte demais para ela.

"Não machuque o bebê."

"O bebê! Por que é que você vem falar desse bebê? Não é meu, não sou pai de nenhum bebê."

Mãos masculinas de novo, só que dessa vez metidas em luvas fininhas, que as tornavam descoradas e mal definidas, como as mãos de um branco.

"Sente doer aqui? Não? E aqui?"

Ela balançou a cabeça.

"Acho que o bebê está bem. E aqui em cima, no lugar dessas marcas? Dói só do lado de fora ou mais para dentro?"

"Só do lado de fora."

"Bem. Vou ter que dar uns pontos aqui. Em toda essa extensão até aqui, porque o ferimento foi feio. Vou aplicar um spray anestésico, a fim de não doer, mas é melhor para você que não fique me olhando dar os pontos! Há quem diga que os homens não são bons de costura, mas nós médicos até que damos conta do recado!"

Ela fechou os olhos e ouviu um som sibilante. Espalhou-se um spray frio sobre sua pele, seguido de um entorpecimento quando o médico começou a trabalhar na ferida.

"Foi seu marido quem fez isso? Estou certo?"

Ela abriu os olhos. O médico terminara a sutura e havia estendido algo para a enfermeira. Ele agora estava olhando para ela, enquanto retirava as luvas.

"Quantas vezes isso já aconteceu? Há alguém que possa proteger você?"

"Não sei. Não sei."

"Imagino que você vá voltar para ele."

Ela abriu a boca para falar, mas ele a interrompeu.

"Claro que vai. É sempre a mesma coisa. A mulher volta para receber mais."

Ele suspirou. "Provavelmente tornarei a vê-la, sabe como é, mas espero que não. Tenha cuidado."

Ela voltou para casa no dia seguinte, com uma echarpe em volta do rosto para esconder os cortes e as equimoses. Sentia dores nos braços e na barriga, e fisgadas agudas onde o médico costurara o ferimento. No hospital lhe deram comprimidos e acabara de tomar um, pouco antes de partir no ônibus. Isso pareceu aliviar a dor, e ela tomou mais outro durante a viagem.

A porta estava aberta. Ela entrou, com o coração aos pulos dentro do peito, e viu o que havia acontecido. A sala ficara vazia, a não ser pelos móveis. Ele havia levado as fitas dele, o baú novo de metal que pertencia aos dois, e as cortinas amarelas também. No quarto, ele estraçalhara o colchão com uma faca, e havia paina dos travesseiros espalhada por toda parte, como num curral de tosquia.

Ela se sentou na cama e ainda continuava sentada, olhando para o chão, quando o vizinho entrou e disse que providenciaria alguém para levá-la de caminhão a Mochudi, de volta a seu pai, Obed.

E lá ficou, cuidando de seu pai, durante os catorze anos seguintes. Obed morreu pouco depois de ela ter completado trinta e quatro anos, e foi então que Preciosa Ramotswe, agora órfã de pai e mãe, com um casamento de pesadelo no passado e a lembrança de cinco breves e encantadores dias de maternidade, tornou-se a primeira mulher detetive particular em Botsuana.

5
O QUE É PRECISO PARA ABRIR UMA AGÊNCIA DE DETETIVES

Mma Ramotswe pensara que não seria fácil abrir uma agência de detetives. As pessoas sempre cometiam o erro de julgar que iniciar um negócio era simples e depois descobriam que havia toda sorte de problemas ocultos e exigências imprevistas. Ela ouvira falar de pessoas que abriam negócios com uma duração de quatro ou cinco semanas e aí faltava o dinheiro ou o estoque, ou ambos. Era sempre mais difícil do que se imaginara que seria.

Ela foi procurar o advogado em Pilane, o mesmo que se encarregara dos trâmites para ela entrar na posse do dinheiro do pai. Ele havia organizado a venda dos bois, e obtivera um bom preço por eles.

"Consegui bastante dinheiro para você", disse. "O gado de seu pai não parou de crescer esse tempo todo."

Ela pegou o cheque e a folha de papel que ele passou às suas mãos. Era mais do que ela imaginara. Mas lá estava — todo aquele dinheiro, pagável a Preciosa Ramotswe contra apresentação do cheque ao Barclays Bank de Botsuana.

"Dá para você comprar uma casa", disse o advogado, "e montar um negócio."

"Vou fazer as duas coisas."

O advogado pareceu interessar-se. "Que espécie de negócio? Uma loja? Posso orientá-la, você sabe."

"Uma agência de detetives."

O advogado ficou desconcertado.

"Não há nenhuma à venda. Não existe."

O advogado contraiu o rosto ao ouvir o que ela falou. "É fácil perder dinheiro em negócios", disse-lhe. "Especialmente quando não se tem a menor idéia do que se está fazendo." Ele encarou-a com dureza. "Especialmente em tais situações. E eu lhe pergunto: mulheres podem ser detetives? Você acha que são capazes?"

"Por que não?", disse Mma Ramotswe. Ela ouvira dizer que as pessoas não gostavam de advogados, e agora achava que entendia por quê. Esse homem era tão cheio de certezas, tão seguro de si mesmo, tão completamente convencido. Que tinha ele a ver com o que ela fizesse? Era o seu dinheiro, era o seu futuro. E como se atrevia a dizer aquilo sobre as mulheres, ele que nem sequer se dava conta de que o seu zíper da braguilha estava mal fechado! Seria o caso de avisá-lo?

"As mulheres são quem está por dentro do que acontece", disse ela tranqüilamente. "São quem têm olhos para ver. O senhor não ouviu falar em Agatha Christie?"

O advogado pareceu confuso. "Agatha Christie? Claro que conheço. É, é verdade. Uma mulher enxerga mais longe do que um homem. Isso é sabido."

"Então", disse Mma Ramotswe, "quando as pessoas virem uma placa com os dizeres AGÊNCIA Nº 1 DE MULHERES DETETIVES, vão pensar o quê? Vão pensar que essas mulheres, essas sim, hão de saber o que está acontecendo. Essas são as que sabem."

O advogado coçou o queixo.

"Pode ser."

"Sim", disse Mma Ramotswe. "Pode ser." E acrescentou: "Seu zíper, Rra. Acho que o senhor não reparou...".

A casa foi o que ela encontrou primeiro, num terreno de esquina em Zebra Drive. Era cara, e ela resolveu fazer uma hipoteca de parte dela para ter com que custear a compra também de um lugar onde montar o escritório. Essa segunda compra foi mais difícil, mas ela acabou encontrando um imóvel pequeno perto da colina Kgale, no limite da cidade, que destinou à agência. A localização era favorável, porque muita gente caminhava por aquela rua todos os dias e veria a placa. Teria quase a mesma eficácia que publicar um anúncio no *Daily News* ou no *Botswana Guardian*. Em pouco tempo todo mundo ficaria sabendo a seu respeito.

O imóvel comprado tinha sido em sua origem uma loja para venda de mercadorias em geral, convertida depois numa lavanderia a seco e finalmente num depósito de bebidas. Por cerca de um ano esteve vago, servindo de abrigo para desocupados. Eles haviam feito fogueiras no seu interior, e em cada um dos cômodos havia trechos de parede com o reboco chamuscado ou mesmo carbonizado. O proprietário finalmente voltara de Francistown e expulsara os desocupados, pondo à venda o imóvel de má aparência. Um ou dois possíveis compradores se apresentaram, mas foram afugentados pelo estado de decadência da casa; depois disso, o preço baixou. Quando Mma Ramotswe fez sua oferta de pagamento à vista, o vendedor não pensou duas vezes; poucos dias depois ela recebeu a escritura.

Havia muito que fazer. Um pedreiro foi chamado para substituir o reboco danificado e consertar o teto de zinco; mais uma vez houve oferta de pagamento à vista, e o serviço ficou concluído em uma semana. Mma Ramotswe lançou-se, então, à tarefa de pintar a casa, em pouco tempo completando o revestimento externo em ocre e as paredes internas em branco. Comprou cortinas amarelas novas para as janelas, e, num inusitado impulso de extravagância, gastou um bom dinheiro com um conjunto novo em folha de duas escrivaninhas e duas cadeiras para escritório. Seu amigo, o sr. J. L. B. Matekoni, dono da Tlokweng Road Speedy Motors, trouxe-lhe uma velha máquina de escrever que estava sobrando em seu próprio escritório e que funcionava muito bem; a partir daí, a agência ficou pronta para iniciar suas atividades tão logo Mma Ramotswe contratasse uma secretária.

Essa foi a parte mais fácil de todas. Um telefonema para o Centro de Treinamento de Secretárias e Funcionários Administrativos de Botsuana produziu resposta imediata. Eles tinham a mulher exata para o posto, disseram. Mma Makutsi era viúva de um professor e acabara de passar nas provas de datilografia e prática administrativa do Centro com média 9,7; seria a secretária ideal, disseram.

Mma Ramotswe gostou dela de imediato. Era uma mulher magra, com um rosto comprido, que usava o cabelo em tranças e tingido com grande quantidade de hena. Usava óculos de lentes ovais com largas armações de plástico, e tinha um sorriso fixo, mas aparentemente bem sincero.

Inauguraram o escritório numa segunda-feira. Mma Ramotswe sentada diante de sua escrivaninha e Mma Makutsi sentada diante da dela, com a máquina de escrever à espera de entrar em ação. Mma Makutsi olhava para Mma Ramotswe com um sorriso ainda mais largo que de costume.

"Estou pronta para trabalhar", disse ela. "Estou pronta para começar."

"Humm", disse Mma Ramotswe. "A coisa não vai assim tão rápido. Acabamos de abrir. Temos que esperar que apareça um cliente."

Bem no fundo de seu coração, ela sabia que não haveria clientes. A idéia toda era um tremendo equívoco. Ninguém estava precisando de um detetive particular, e certamente ninguém estaria precisando dela. Quem era ela, afinal de contas? Era tão-somente Preciosa Ramotswe, de Mochudi. Nunca havia estado em Londres ou aonde quer que os detetives se dirigissem para aprender a ser detetives. Ela nunca havia estado sequer em Johannesburgo. E se alguém chegasse e dissesse: "Você conhece Johannesburgo, não é?", ela teria que mentir ou simplesmente ficar em silêncio.

Mma Makutsi olhou para ela, depois para o teclado

da máquina de escrever. Abriu uma gaveta, deu uma espiada dentro, e em seguida tornou a fechá-la. Nesse momento, uma galinha entrou na sala, vinda do pátio externo, e ciscou alguma coisa no chão.

"Saia!", gritou Mma Makutsi. "Nada de galinhas aqui dentro!"

Às dez horas, Mma Makutsi levantou-se de sua escrivaninha e foi para a saleta dos fundos preparar o chá. Mma Ramotswe pedira-lhe um chá de *rooibos*, que era o seu preferido; momentos depois ela voltou à sala principal trazendo duas xícaras. Em sua bolsa ela carregava uma lata de leite condensado da qual retirou pequena quantidade para pôr em cada uma das xícaras. Tomaram o chá, olhando um garotinho à beira da rua atirar pedras num cão esquelético.

Às onze horas, tomaram uma outra xícara de chá, e ao meio-dia Mma Ramotswe levantou-se da cadeira e comunicou que iria caminhar pela rua e procurar nas lojas um perfume. Mma Makutsi permaneceria no escritório para atender ao telefone ou a qualquer cliente que pudesse aparecer. Mma Ramotswe sorriu ao dizer isso. Claro que não haveria nenhum cliente, e no fim do mês ela estaria fechando o escritório. Acaso Mma Makutsi teria alguma noção de como era precário e arriscado o emprego que havia conseguido? Uma mulher que passara nas provas com média 9,7 merecia coisa bem melhor.

Mma Ramotswe estava no balcão de uma loja olhando para um frasco de perfume quando Mma Makutsi irrompeu, avançando porta adentro, no maior alvoroço.

"Mma Ramotswe", foi dizendo, esbaforida. "Um cliente. Há um cliente no escritório. É um caso importante. Um homem desaparecido. Venha depressa. Não há tempo a perder."

As esposas de homens desaparecidos são todas iguais, pensou Mma Ramotswe. No início sentem ansiedade e estão convencidas de que alguma coisa terrível aconteceu. Logo as dúvidas começam a se insinuar, e elas ficam pensando se o marido não teria ido embora com alguma outra mulher (que é o que em geral acontece), e, finalmente, mostram-se furiosas. Na fase da fúria, a maioria delas não quer mais saber do marido, mesmo que ele seja encontrado. Elas só querem ter uma chance de gritar com ele.

Mma Malatsi estava na segunda fase, pensou Mma Ramotswe. A cliente começa a suspeitar que o marido saiu de casa para divertir-se a valer, estando no bem-bom, enquanto ela se sente abandonada no lar, e começa a exasperar-se. Talvez haja dívidas que precisam ser pagas, ainda que ela pareça não ter falta de dinheiro.

"Seria bom se você pudesse me contar um pouco mais sobre seu marido", disse Mma Ramotswe, enquanto Mma Malatsi começava a beber a xícara de chá forte de *rooibos* que Mma Makutsi havia preparado para ela.

"O nome dele é Peter Malatsi", disse Mma Malatsi "Está com quarenta anos e tem... tinha... tem um negócio de venda de móveis. É um bom negócio e ele se saiu bem Não está absolutamente fugindo de nenhum credor."

Mma Ramotswe concordou com um aceno de cabeça. "Logo, deve haver outro motivo", começou ela, e, em seguida, com muita cautela: "Sabe como são os homens, Mma. Talvez outra mulher...? Acha que...".

Mma Malatsi balançou a cabeça vigorosamente.

"Acho que não", disse ela. "Talvez há um ano isso tivesse sido possível, mas depois ele se tornou cristão e entrou para uma certa Igreja que estava sempre cantando e marchando por toda parte com uniformes brancos."

Mma Ramotswe fez anotações. Igreja. Cânticos. Fanatismo religioso? Seduzido por pregadora?

"Quem eram essas pessoas?", perguntou. "Pode ser que saibam alguma coisa sobre ele..."

Mma Malatsi deu de ombros. "Não sei ao certo", disse ela com uma leve irritação. "Na verdade, ignoro completamente. Ele me pediu para acompanhá-lo uma ou duas vezes, e eu me recusei. De modo que ele simplesmente passou a sair sozinho aos domingos. Na verdade, foi num domingo que ele desapareceu. Pensei que tivesse saído para ir à igreja."

Mma Ramotswe olhou para o teto. Não era um caso tão difícil assim. Peter Malatsi claramente tinha se mandado com uma das cristãs. Tudo o que precisava fazer agora era descobrir qual era o grupo e ir no seu encalço. Era a história previsível de sempre; só poderia ser uma cristã jovem, disso ela tinha certeza.

Ao fim do dia seguinte, Mma Ramotswe havia compilado uma lista de cinco grupos cristãos que podiam encaixar-se na descrição. Nos dois dias subseqüentes ela não perdeu de vista os líderes de três desses grupos, e convenceu-se de que nada sabiam sobre Peter Malatsi. Dois dos três tentaram convertê-la; o terceiro limitou-se a lhe pedir dinheiro, e recebeu uma nota de cinco pulas.

Quando ela localizou o líder do quarto grupo, o reverendo Shadreck Mapeli, percebeu que a busca estava encerrada. Quando ela mencionou o nome de Malatsi, o reverendo estremeceu e olhou sub-repticiamente por cima do ombro.

"Você é da polícia?", perguntou. "É um policial?"

"*Uma* policial", respondeu ela.

"Ah!", disse ele melancolicamente. "Eeh..."

"Ou melhor, não sou uma policial", apressou-se em dizer. "Sou uma detetive particular."

O reverendo pareceu acalmar-se um pouco.

"Quem mandou você?"

"Mma Malatsi."

"Humm," disse o reverendo. "Ele nos falou que tinha uma esposa."

"Pois é", disse Mma Ramotswe. "E ela está querendo saber por onde ele anda."

"Ele morreu", disse o reverendo. "Ele está com o Senhor."

Mma Ramotswe sentiu que ele estava dizendo a verdade, e que efetivamente a investigação tinha chegado ao fim. Agora tudo o que restava fazer era descobrir como ele havia morrido.

"O senhor precisa me contar", disse ela. "Não revelarei o seu nome a ninguém, se assim o desejar. Basta que me conte como foi que aconteceu."

Eles foram até o rio na pequenina van de Mma Ramotswe. Estavam na estação das chuvas, e tinha havido várias tempestades, o que tornava o caminho quase intransponível. Mas afinal conseguiram alcançar a margem do rio e estacionaram a van debaixo de uma árvore.

"É aqui que realizamos nossos batismos", disse o reverendo, apontando para um remanso isolado nas águas volumosas do rio. "Foi aqui que eu fiquei e foi aqui que os pecadores entraram n'água."

"Quantos pecadores vocês tinham?", perguntou Mma Ramotswe.

"Seis pecadores ao todo, incluindo Peter. Todos entraram juntos, enquanto eu me preparava para segui-los com meus assistentes."

"E então?", perguntou Mma Ramotswe. "Que aconteceu?"

"Os pecadores estavam com água até aqui." O reverendo indicou a parte superior do seu peito. "Virei-me de costas para mandar que o rebanho começasse a cantar, e então, quando em seguida dei meia-volta, percebi que algo estava errado. Havia apenas cinco pecadores dentro d'água."

"Um tinha desaparecido?"

"Sim", disse o reverendo, um pouco trêmulo ao falar. "Deus levara um deles para o Seu seio."

Mma Ramotswe olhou para a água. Não era um grande rio, e na maior parte do ano ficava reduzido a uns poucos lagos esparsos. Mas numa boa estação de chuvas, como a daquele ano, podia tornar-se torrencial. Alguém que não soubesse nadar poderia facilmente ser arrastado, refletiu ela, e, no entanto, se alguém fosse arrastado, o cadáver certamente seria encontrado mais adiante. Havia muitas pessoas que, por um motivo ou outro, desciam o rio, e sem dúvida acabariam topando com o cadáver. A polícia teria sido chamada. E certamente teria aparecido algo no jornal sobre um corpo não identificado descoberto no rio Notwane; o jornal vivia à procura de histórias como essa. Eles não teriam deixado escapar tal oportunidade.

Coisa de um instante, uma idéia cruzou-lhe o pensamento. Havia uma outra explicação, e só de pensar nela ficou arrepiada. Antes, porém, de aprofundá-la, tinha que descobrir por que o reverendo mantivera tal silêncio a respeito de tudo aquilo.

"O senhor não contou para a polícia", disse ela, tentando não assumir um tom muito acusatório. "Por que não?"

O reverendo olhou para o chão, e, pela experiência dela, era o que as pessoas faziam quando se sentiam sinceramente arrependidas. Os descarados incapazes de um arrependimento, ela aprendera com o tempo, olhavam sempre para o céu.

"Eu sei que deveria ter contado para eles. Deus me castigará por isso. Mas tive medo de que me responsabilizassem pelo acidente do coitado do Peter e que me levassem à Justiça. Eles poderiam exigir indenizações, e isso levaria a Igreja à falência e acabaria com a obra de Deus." Ele fez uma pausa. "Entende por que me mantive em silêncio e falei com o rebanho inteiro para não dizer nada?"

Mma Ramotswe moveu a cabeça em sinal de concordância e estendeu a mão para um toque delicado em seu braço.

"Não creio que o senhor tenha agido de forma errônea", disse ela. "Tenho certeza de que Deus quis que o senhor continuasse sua obra e que Ele não vai lhe querer mal. Não foi culpa sua."

O reverendo ergueu os olhos e sorriu.

"Bondosas palavras, irmã. Obrigado."

Naquela tarde, Mma Ramotswe pediu ao vizinho que lhe emprestasse um de seus cães. Ele tinha um grupo de cinco, e ela os detestava a todos por seus latidos incessantes. Esses cães latiam de manhã, como se fossem galos, e à noite, quando a lua se erguia no céu. Latiam para os corvos, latiam para as aves-martelo, latiam para os transeuntes; e às vezes latiam só porque o calor era excessivo.

"Preciso de um cão para me ajudar numa de minhas investigações", explicou ela. "Pode deixar que eu o devolvo são e salvo."

O vizinho sentiu-se lisonjeado pelo pedido.

"Dou-lhe este cão aqui", disse ele. "É o mais experiente e tem ótimo faro. Funcionará às maravilhas como cão de detetive."

Mma Ramotswe levou o cachorro com alguma preocupação. Era uma grande criatura bege com um cheiro estranho e enjoativo. Naquela mesma noite, assim que o sol se pôs, ela colocou-o na parte de trás da van, prendendo-lhe ao pescoço uma coleira amarrada a um pedaço de corda. Em seguida, percorreu o trajeto que levava ao rio, com os faróis ajudando a destacar na escuridão as silhuetas das acácias e dos cupinzeiros. De um modo estranho, sentia-se feliz na companhia do cão, apesar de sua presença desagradável.

Chegando ao remanso no rio, apanhou uma grossa estaca de dentro da van e enfiou-a no solo macio junto à beira d'água. Depois pegou o cão, fez com que descesse ao remanso e amarrou-o com firmeza na estaca. De uma sacola que trazia consigo, tirou um osso grande e o pôs em frente ao focinho do cachorro bege. O animal soltou um grunhido de prazer e na mesma hora lançou-se à faina de morder o osso.

Mma Ramotswe ficou esperando a alguns metros de

distância, com um cobertor a envolver-lhe as pernas para protegê-la dos mosquitos e o seu velho rifle apoiado nos joelhos. Ela sabia que a espera seria longa e torcia para que não acabasse adormecendo. Se isso acontecesse, entretanto, tinha certeza de que o cão a despertaria no momento devido.

Duas horas se passaram. Os mosquitos eram uma praga, e sua pele coçava bastante, mas aquilo era trabalho, e ela era incapaz de se queixar quando estava trabalhando. Até que de repente partiu do cão um rosnado. Mma Ramotswe aguçou quanto pôde sua visão no escuro. Ela conseguiu apenas distinguir a silhueta do cão e deu para ver que ele estava levantado, olhando para a água. O animal tornou a rosnar e deu um latido; depois ficou novamente em silêncio. Mma Ramotswe lançou para fora dos joelhos o cobertor e apanhou a lanterna poderosa que estava a seu lado. Agora falta pouco, pensou.

Ouviu-se um ruído próximo vindo da água e Mma Ramotswe compreendeu que chegara a hora de acender a lanterna. Quando o facho de luz irrompeu na escuridão, ela viu, bem à beira d'água, um imenso crocodilo com a cabeça voltada na direção do cão todo encolhido entre as pernas.

O crocodilo não estava ligando a mínima para a luz, que ele provavelmente achou que fosse da lua. Seus olhos estavam fixos no cachorro à medida que ia se avizinhando lentamente de sua presa. Mma Ramotswe ergueu o rifle à altura do ombro e viu o perfil da cabeça do crocodilo perfeitamente enquadrado no seu visor. Ela puxou o gatilho.

Quando a bala acertou o crocodilo, ele deu um grande salto, na verdade um salto mortal, e desabou de costas, metade dentro d'água, metade fora. Por instantes ele estrebuchou, depois não se moveu mais. O tiro havia sido certeiro.

Mma Ramotswe notou que estava tremendo quando

baixou o rifle. Seu Paizinho lhe ensinara a atirar e ensinara muito bem, mas ela não gostava de atirar em animais, especialmente em crocodilos. Essas criaturas traziam má sorte, mas era um dever que tinha de ser cumprido. E, afinal de contas, o que ele estava fazendo ali? Tais criaturas não tinham por que estar no rio Notwane; ele devia ter rastejado em terra um percurso de muitos quilômetros, ou lutado com a enchente do rio desde Limpopo. Pobre crocodilo — ali havia terminado sua aventura.

Ela pegou uma faca e cortou a barriga do bicho. O couro era macio e logo o estômago ficou exposto e as entranhas à mostra. Dentro havia seixos de que o crocodilo se servia para digerir sua comida, e vários pedaços de peixes malcheirosos. Mas não foi isso que a interessou; ela ficou mais interessada nas pulseiras, nos anéis e no relógio de pulso não digeridos que ali descobriu. Eram peças corroídas, uma ou duas delas com incrustações acidentais, mas que sobressaíam em meio ao conteúdo do estômago, dando testemunho das sinistras extravagâncias de apetite do crocodilo.

"Isto pertence a seu marido?", perguntou ela a Mma Malatsi, entregando-lhe o relógio de pulso resgatado do estômago do crocodilo.

Mma Malatsi pegou o relógio e olhou-o. Mma Ramotswe franziu a testa; ela detestava momentos como esse, em que não tinha outra escolha senão ser a portadora de uma má notícia.

Mas Mma Malatsi mostrou-se de uma calma extraordinária. "Bem, pelo menos sei que ele está com o Senhor", disse. "E isso é bem melhor do que saber que ele está nos braços de uma outra mulher, não é mesmo?"

Mma Ramotswe concordou movendo a cabeça. "Acho que sim", disse.

"A senhora foi casada, Mma?", perguntou Mma Malatsi. "Sabe o que é ser casada com um homem?"

Mma Ramotswe olhou para fora da janela. Havia uma acácia logo em frente, e, mais além, o morro coberto de rochas.

"Tive um marido", disse ela. "Há tempos tive um marido. Ele tocava trompete. Fui muito infeliz com ele, e hoje dou graças por não ter mais marido." Fez uma pausa. "Desculpe. Não tive a intenção de ser rude. A senhora perdeu o seu marido e deve lamentar muito."

"Um pouco", disse Mma Malatsi. "Mas a verdade é que tenho muito que fazer."

6
O MENINO

O menino tinha onze anos e era pequeno para sua idade. Tentaram tudo para fazê-lo crescer, mas ele não tinha pressa, e agora, quem o visse, diria que estava com oito ou nove em vez de onze anos. Não que isso o incomodasse um pouco; seu pai lhe havia dito: Eu também fui um garoto baixote. Hoje sou um homem alto. Olhe só para mim. Com você acontecerá o mesmo. É só esperar.

Mas, no seu íntimo, os pais receavam que houvesse algo errado com o menino; que a coluna vertebral tivesse entortado, talvez, e que isso o estivesse impedindo de crescer. Aos quatro anos ele caíra de uma árvore — quando procurava ovos de passarinho — e durante vários minutos ficou imóvel, sem conseguir respirar; até que sua avó saiu correndo aos gritos ao longo da plantação de melões, levantou-o do chão e carregou-o para casa, onde, ao chegar, ele ainda tinha um ovo despedaçado seguro numa das mãos. Ele se recuperou — ou foi o que imaginaram na época —, mas seu andar estava diferente, assim lhes pareceu. Levaram-no para a clínica, onde uma enfermeira olhou para os seus olhos e para dentro de sua boca, dando-o como perfeitamente são.

"Os meninos estão sempre levando tombos. Dificilmente sofrem alguma fratura."

A enfermeira colocou suas mãos nos ombros do menino e entortou-lhe o torso.

"Viram só? Não há nada de errado com ele. Nada. Se tivesse quebrado alguma coisa, teria berrado de dor."

Mas, anos depois, como ele continuasse baixote, a mãe pensou no tombo e culpou-se por ter acreditado naquela enfermeira que na verdade só tinha experiência com testes de esquistossomose e pesquisa de vermes.

O menino mostrava mais curiosidade do que outras crianças. Gostava de catar pedras no barro e poli-las com sua saliva. Algumas que ele achou eram especialmente bonitas — umas em tom azul-escuro, outras de um vermelho cor de cobre, como o céu no crepúsculo. Ele guardava as pedras ao pé da esteira de dormir, em sua choça, e foi com elas que aprendeu a contar. Os outros meninos aprendiam contando os bois, mas esse menino parecia não gostar de bois — e esta era mais uma característica sua que o destacava como uma criatura estranha.

Por causa de sua curiosidade, que o levava a escapadas pelo mato a serviço de objetivos próprios os mais misteriosos, seus pais estavam acostumados a perdê-lo de vista durante horas. Nada de mal poderia lhe acontecer, a menos que tivesse o azar de pisar em alguma cobra venenosa. Mas isso jamais ocorreu; lá pelas tantas, ele tornava a aparecer no curral dos bois, ou por trás de onde ficavam as cabras, segurando um estranho achado que houvesse feito — uma pena de abutre, uma centopéia *tshongololo* ressequida, o crânio esbranquiçado de uma serpente.

Um belo dia, lá estava ele fora de casa mais uma vez, percorrendo sozinho um dos atalhos que cortavam o matagal poeirento em todas as direções. Ele encontrara algo que o interessou muito — as fezes frescas de uma serpente — e seguiu adiante a fim de ver, frente a frente, a criatura de que provinham. Ele sabia do que se tratava por causa das bolas de pêlo dentro das fezes, características dos dejetos desses animais. O pêlo em questão era de coelho, sem dúvida alguma, por causa de sua cor e porque ele sabia que os coelhos habitantes de áreas rochosas eram a guloseima favorita das grandes serpentes. Se ele encontrasse a serpente, poderia matá-la com uma pedrada, tirar-lhe a pele, e com ela forrar lindamente um cinto para si mesmo e outro para o pai.

Mas estava ficando escuro, e ele ia ter que desistir. Jamais conseguiria ver a serpente numa noite sem lua; o jeito era parar por ali e fazer o caminho de volta embarafustando-se pelo matagal até chegar à estrada de terra que ia dar na aldeia, depois de acompanhar à beira, curva por curva e em toda a sua extensão, o leito seco do rio.

Encontrou facilmente a estrada e sentou-se por um momento em sua margem, afundando os dedos do pé na areia branca e macia. Ele estava com fome, e sabia que à noite haveria um pouco de carne para comer além do mingau, porque tinha visto sua avó preparar um cozido. Ela sempre lhe dava uma porção maior do que a que lhe era devida — maior, quase, que a de seu pai —, e isso enfurecia suas duas irmãs.

"Nós também gostamos de carne. Nós, meninas, gostamos de carne."

Mas a avó não se deixava convencer.

Ele se levantou e começou a caminhar ao longo da estrada. Tinha escurecido bastante agora, árvores e arbustos viraram massas negras informes que se fundiam umas nas outras. O grito de uma ave fez-se ouvir — uma ave de rapina noturna — sobre um fundo de insetos zumbindo persistentes dentro da noite. Ele sentiu a dor de uma picada miúda no seu braço direito, e deu um tapa no local atingido. Um mosquito.

De repente, projetada sobre a folhagem de uma árvore à sua frente, surgiu uma faixa de luz amarela. A luz brilhou, depois sumiu, e o menino deu meia-volta. Havia um caminhão vindo na estrada, por trás dele. Não poderia ser um carro, porque era impossível para um carro avançar em areia tão profunda e macia.

Ele se postou na lateral da estrada, à espera. As luzes dos faróis estavam quase a alcançá-lo; um pequeno caminhão, uma picape, com dois faróis saltitantes que ora iam para cima, ora para baixo, ao sabor dos buracos da estrada. Agora o haviam alcançado, estavam em cima dele, e ele ergueu a mão para tapar os olhos.

"Boa noite, meu jovem." A saudação tradicional, proferida de dentro da cabine do caminhão.

Ele sorriu e retribuiu a saudação. Dava para distinguir dois homens na cabine — um rapaz ao volante e um homem mais velho a seu lado. Percebeu que eram forasteiros, embora não conseguisse ver os rostos deles. Havia algo de estranho na maneira como o homem falava em setsuana.

"Está caçando animais selvagens? Quer pegar um leopardo nessa escuridão?"

Ele balançou a cabeça. "Não. Estou só caminhando para casa."

"Porque um leopardo poderia pegá-lo antes que você o pegasse!"

Ele riu. "Tem razão, Rra! Não gostaria de topar com um leopardo esta noite."

"Tudo bem. Nós levaremos você até sua casa. Fica longe?"

"Não. Não é longe. Fica logo adiante. Naquela direção."

O motorista abriu a porta e saiu, deixando ligado o motor, para permitir que o menino entrasse e se instalasse sobre o assento. Em seguida o motorista entrou, fechou a porta e engrenou a marcha. O garoto suspendeu os pés ao sentir o contato de um animal no chão, um focinho macio e úmido — um cão, talvez, ou uma cabra.

Ele deu uma olhada oblíqua para o homem à sua esquerda, o mais velho. Encará-lo fixo seria uma grosseria de sua parte, e era difícil ver grande coisa na escuridão. Mas deu para notar o que havia de errado com o lábio do homem, além de também ter conseguido enxergar os olhos dele. Em seguida desviou o olhar. Um menino jamais deveria fixar sua atenção assim num homem mais velho. Mas por que essas pessoas estavam aqui? Fazendo o quê?

"Lá está. Aquela lá é a casa de meu pai. Vejam. Logo ali adiante. Aquelas luzes."

"Estamos vendo."

"Posso ir caminhando daqui, se vocês quiserem. Se pararem, posso ir caminhando. Há um atalho."

"Não vamos parar. Há uma coisa que queremos que você faça para nós. Você pode nos ajudar com uma coisa."

"Eles estão me esperando de volta. Eles vão ficar me esperando."

"Há sempre alguém esperando por alguém. Sempre."

De repente ele teve medo, e virou-se para o motorista. O homem mais jovem sorriu para ele.

"Não se preocupe. Você só tem que ficar aí sentado quietinho. Você vai para um outro lugar esta noite."

"Para onde o senhor está me levando, Rra? Por que está me afastando de casa?"

O mais velho estendeu o braço e tocou no ombro do menino.

"Não vamos te fazer mal. Outra hora você volta para casa. Eles saberão que ninguém está te fazendo mal. Somos gente boa, entende? Somos gente boa. Escute só, vou te contar uma historiazinha enquanto viajamos. Isso vai te fazer feliz e vai te manter tranqüilo."

> Havia uns garotos que tomavam conta dos bois do tio rico. Esse era um sujeito rico de verdade. Tinha mais bois do que qualquer outra pessoa naquela parte de Botsuana. E eram bois deste tamanhão, se não maiores ainda.
>
> Um belo dia esses garotos descobriram que havia surgido um bezerro no extremo da boiada. Era um bezerro estranho, com muitas cores, diferente de qualquer outro bezerro que já tivessem visto. Uau! Eles haviam ficado muito satisfeitos com o aparecimento do bezerro.
>
> Esse bezerro era inusitado também por outras razões.

Ele sabia cantar uma canção de bois que os garotos escutavam sempre que chegavam perto dele. Não dava para eles ouvirem as palavras usadas por esse bezerro, mas era algo relacionado com assuntos bovinos.

Os garotos amavam esse bezerro, e, porque o amavam tanto, não notaram que alguns dos outros bois estavam se desgarrando. E só perceberam o que estava acontecendo quando já dois dos bois haviam desaparecido de vez.

Seu tio veio ter com os sobrinhos. Era um homem muito, muito alto, andando com uma bengala. Ele gritou com os garotos e deu muitas bengaladas no bezerro, dizendo que bezerros estranhos nunca traziam sorte para ninguém.

O bezerro morreu, mas antes de morrer sussurrou algo para os garotos que, dessa vez, conseguiram entendê-lo. Tratava-se de um assunto muito especial, e, quando os garotos contaram ao tio o que o bezerro havia dito, o homem se pôs de joelhos e desatou a chorar.

O bezerro era o seu irmão, veja só, que havia sido comido por um leão muito tempo atrás e que voltara. Esse homem simplesmente matara o irmão e nunca mais foi feliz. Ficou triste. Muito triste.

O menino observou o rosto do homem enquanto contava a história. Ele não imaginava o que aconteceria até aquele momento; agora sabia. Sabia o que ia acontecer.

"Segure esse menino! Prenda os braços dele! Ele vai me fazer sair da estrada se você não o segurar."

"Estou tentando. Ele se debate como um diabo."

"Trate de segurá-lo. Vou parar o caminhão."

7

MMA MAKUTSI LIDA COM A CORRESPONDÊNCIA

O êxito do primeiro caso encorajou Mma Ramotswe. A essa altura, ela encomendara — e recebera — pelo correio um manual para detetives particulares e o estava lendo exaustivamente com a maior atenção, tomando notas sem parar. Não havia cometido nenhum erro naquele primeiro caso, pensou ela. Ela descobrira qual a informação que precisava obter por um processo simples de listar as fontes prováveis e sair à sua procura. Isso não requeria um grande esforço. Desde que se procedesse metodicamente, era muito difícil dar errado.

Em seguida, teve um palpite a propósito do crocodilo e o que fez foi seguir esse palpite. O manual, mais uma vez, considerava essa prática como perfeitamente aceitável. "Não desprezem um palpite", recomendava. "Palpites são uma outra forma de conhecimento." Mma Ramotswe gostara dessa frase e a havia mencionado para Mma Makutsi. A secretária a escutara atentamente e logo datilografara a frase, passando-a a Mma Ramotswe.

Mma Makutsi, além de ser uma boa companhia, batia à máquina muito bem. Ela datilografara um relatório ditado por Mma Ramotswe sobre o caso Malatsi, bem como a conta a ser enviada a Mma Malatsi. Mas, afora isso, não havia realmente sido requisitada para fazer qualquer outra coisa, e Mma Ramotswe perguntava-se se o trabalho da agência justificava de fato a contratação de uma secretária.

Mas tinha que ser assim. Como poderia uma agência

de detetives particulares trabalhar sem nenhuma secretária? Ela seria motivo de riso se resolvesse tal coisa, e os clientes — se aceita a hipótese de que ainda haveria mais algum, o que era duvidoso — bem que poderiam se sentir espantados por isso.

É bem verdade que era função de Mma Makutsi abrir a correspondência. Não houve nenhuma nos três primeiros dias. No quarto, a agência recebeu pelo correio um catálogo, mais uma cobrança de imposto sobre propriedade, e no quinto dia uma carta dirigida ao proprietário anterior.

Até que, no começo da segunda semana, chegou um envelope branco manchado com marcas digitais, cujo conteúdo Mma Makutsi leu para Mma Ramotswe:

Cara Mma Ramotswe,

Li sobre a senhora no jornal e sobre essa grande e nova agência que abriu na cidade. Sinto muito orgulho por Botsuana ter agora entre nós uma pessoa como a senhora.

Sou professor na escolinha de Katsana, a dezoito quilômetros de Gaborone, que fica perto do lugar onde nasci. Fiz o curso de pedagogia na faculdade há muitos anos, tendo me formado com dupla distinção. Minha mulher e eu temos duas filhas e um filho de onze anos. O menino a que me refiro desapareceu recentemente e faz dois meses que ninguém o vê.

Fomos à polícia. Eles fizeram uma grande busca e perguntaram em toda parte pelo menino. Ninguém sabia nada sobre nosso filho. Arranjei uma licença da escola e estive passando em revista os arredores de nossa aldeia. Temos algumas colinas não muito distantes, e uns quantos penedos e cavernas por lá. Fui a cada uma dessas cavernas e examinei fenda por fenda. Mas nem sinal de meu filho.

Era um garoto que gostava de perambular pelos caminhos, porque tinha um forte interesse pela natu-

reza. Estava sempre colecionando pedras e coisas assim. Conhecia muito bem o mato e seria incapaz de envolver-se numa situação de perigo por ignorância. Já não existem leopardos nessas paragens e estamos muito distantes do Kalahari para que seja possível a aproximação de leões.

Estive em toda parte, chamando por ele, chamando, mas meu filho nunca me respondeu. Olhei em todos os poços de todos os fazendeiros e aldeias das redondezas, e pedi-lhes para ir ver a água. Mas nem sinal de meu filho.

Como pode um menino sumir assim da face da Terra? Se eu não fosse cristão, diria que um espírito do Mal se apossou de meu filho e levou-o com ele. Mas sei que coisas desse tipo não acontecem de verdade.

Não sou um homem rico. Não tenho como pagar os serviços de um detetive particular, mas peço-lhe, Mma, em nome de Jesus Cristo, que me ajude da maneira mais simples: por favor, quando estiver conduzindo suas investigações sobre outros casos, e falando com pessoas que estão a par do que acontece por aí, pergunte, por favor, se ouviram falar alguma coisa de um menino chamado Thobiso, que tem onze anos e quatro meses e é filho do professor da aldeia de Katsana. Por favor, basta perguntar-lhes isso, e, se ficar sabendo de qualquer coisa, por favor mande um bilhete para o abaixo assinado, eu, o professor.

Em nome de Deus,
Ernest Molai Pakotati,
(formado em pedagogia)

Mma Makutsi parou de ler e olhou para Mma Ramotswe no outro lado da sala. Por um momento, nenhuma das duas disse nada. Até que Mma Ramotswe rompeu o silêncio.

"Você sabe alguma coisa sobre isso?", perguntou ela.

"Você ouviu algum comentário sobre um garoto que teria desaparecido?"

Mma Makutsi franziu a testa. "Acho que sim. Acho que saiu alguma coisa no jornal sobre um menino que estava sendo procurado. Pensaram, me parece, que o menino talvez tivesse fugido de casa por alguma razão."

Mma Ramotswe ergueu-se e pegou o bilhete das mãos de sua secretária. Segurou-o como se estivesse manuseando uma prova apresentada perante um tribunal, ou seja, com o máximo cuidado para não invalidá-la. A sensação que lhe passava o bilhete — um mero pedaço de papel, em si mesmo tão leve — era a de estar carregado de sofrimento.

"Não creio que haja muito que eu possa fazer", disse ela abaixando a voz. "É claro que posso manter os ouvidos abertos. Posso, inclusive, dizer isso ao coitado do pai, mas o que mais posso fazer? Ele conhece muito bem o mato nos arredores de Katsana. Conhece as pessoas. Na verdade, não há muito que eu possa fazer por ele."

Mma Makutsi pareceu aliviada. "Não", disse ela. "Não temos como ajudar o pobre homem."

Uma carta foi ditada por Mma Ramotswe, que Mma Makutsi teve o cuidado de datilografar com capricho. A carta foi posta dentro de um envelope, selada e colocada na nova caixa vermelha de saída de correspondência, que Mma Ramotswe comprara no Centro de Livros de Botsuana. Era a segunda carta a sair da Agência Nº 1 de Mulheres Detetives, a primeira tendo sido a conta endereçada a Mma Malatsi, no valor de duzentos e cinqüenta pulas, em cujo sobrescrito Mma Makutsi datilografara: "Seu finado marido — a solução do mistério de sua morte".

À noite, na casa em Zebra Drive, Mma Ramotswe preparou para si própria um refogado de carne com abóbora. Ela adorava ficar na cozinha remexendo a comida na panela, revendo em pensamento os acontecimentos do dia, enquanto sorvia seu chá de *rooibos* de uma caneca grandona que mantinha em equilíbrio na ponta do fogão. Várias coisas tinham acontecido naquele dia, além da chegada da carta do professor. Aparecera um homem com o caso de uma dívida insolvível, que ela com certa relutância concordara em ajudá-lo a cobrar. Ela não estava certa de que aquilo fosse o tipo de coisa que um detetive particular devia fazer — o manual não dizia nada a respeito —, mas ele foi persistente e ela achou difícil recusar. Depois houve a visita de uma mulher que estava preocupada por causa do marido.

"Ele chega em casa cheirando a perfume", disse ela. "E sorrindo, também. Por que razão um homem chegaria em casa cheirando a perfume e sorrindo?"

"Talvez porque esteja saindo com outra mulher", arriscou Mma Ramotswe.

A mulher olhou-a estupefata.

"A senhora acha que ele faria isso? Meu marido?"

As duas discutiram a situação e ficou combinado que a mulher iria chamar às falas o marido sobre o assunto.

"É possível que haja uma outra explicação", disse Mma Ramotswe para tranqüilizá-la.

"Qual, por exemplo?"

"Bem..."

"Muitos homens põem perfume hoje em dia", sugeriu Mma Makutsi. "Eles acham que assim ficam cheirando bem. A senhora sabe o cheiro que os homens têm..."

A cliente virou-se em sua cadeira e encarou Mma Makutsi.

"Meu marido não cheira mal", disse. "É um homem muito limpo."

Mma Ramotswe dirigira a Mma Makutsi um olhar de censura. Ela teria que trocar umas palavras com ela para não se meter na conversa com os clientes.

Mas, por mais acontecimentos que houvesse tido o

dia, Mma Ramotswe não conseguia deixar de pensar na carta do professor e na história do menino desaparecido. Quanto padecera o pobre homem — e sua mulher também! Ele não havia mencionado a mãe, mas devia haver uma mãe, ou uma avó, certamente. Que pensamentos teriam passado por suas cabeças a cada hora transcorrida sem nenhum sinal do menino, e todo esse tempo ele poderia estar em perigo, preso em algum antigo poço de mina, talvez, rouco demais para conseguir gritar depois de tanto que gritara, enquanto os que poderiam salvá-lo agitavam-se em sua procura bem acima dele. Ou seqüestrado, quem sabe, dentro da noite. Que coração tão cruel teria sido capaz de fazer uma coisa dessas com uma criança inocente? Como poderia alguém resistir aos gritos do menino implorando que o levassem para casa? Que tais coisas pudessem acontecer ali mesmo, logo em Botsuana, logo ali, era algo que a deixava arrepiada de pavor.

Ela começou a especular se, afinal de contas, aquele seria de fato o trabalho certo para ela. Tudo bem que se queira ajudar as pessoas a solucionar suas dificuldades, mas e se além disso essas dificuldades se revelam de cortar o coração? O caso Malatsi havia sido muito estranho. Ela esperara que Mma Malatsi fosse ficar perturbada quando se defrontasse com as provas de que o marido fora comido por um crocodilo, mas ela não se desconcertara nem um pouco. Suas palavras na ocasião foram: “Mas a verdade é que tenho muito que fazer”. Que coisa mais extraordinária, que demonstração da mais completa insensibilidade, a pessoa dizer isso quando acaba de perder seu marido! Seria esse todo o valor que ela lhe dava?

Mma Ramotswe fez uma pausa, com a colher mergulhada pela metade sob a superfície do refogado em ebulição. Quando as personagens em seus livros se mostravam insensíveis a esse ponto, Agatha Christie esperava criar suspeita no leitor. Que pensaria Mma Christie se houvesse presenciado a frieza — a indiferença, melhor dizendo — com que reagiu Mma Malatsi? Ela pensaria: Essa mulher matou o marido! Por isso foi que ficou insensível à notícia de sua morte. Ela sabia o tempo todo que ele estava morto!

Mas e o crocodilo, o batismo e os outros pecadores? Não, ela devia ser inocente. Podia ser que ela houvesse desejado a morte dele, e que suas preces tivessem sido atendidas pelo crocodilo. Isso seria o bastante para tornar assassina uma pessoa aos olhos de Deus, se o desejado viesse de fato a acontecer? Deus saberia que a pessoa havia desejado a morte de alguém, porque para Deus não há segredos. Isso não era novidade para ninguém.

Ela interrompeu seus pensamentos. Estava na hora de retirar a abóbora da panela e comê-la. Em última análise, esta era a solução para todos esses grandes problemas da vida. A pessoa podia pensar e pensar e não chegar a parte alguma, mas, fosse como fosse, tinha que comer a sua abóbora. Era isso o que se chamava voltar à realidade. Dar à pessoa uma razão para seguir em frente. A abóbora.

8
UMA CONVERSA COM O SR. J. L. MATEKONI

Os livros de contabilidade acusavam resultados desanimadores. No final do primeiro mês de sua existência, a Agência Nº 1 de Mulheres Detetives estava decisivamente no vermelho. Haviam aparecido três clientes pagantes: dois deles vieram em busca de conselho, receberam-no e recusaram-se a pagar. Mma Malatsi pagara a sua conta de duzentos e cinqüenta pulas; Happy Bapetsi pagara duzentos pulas pelo desmascaramento de seu falso pai; e um comerciante local pagara cem pulas para descobrir quem estava usando seu telefone sem autorização para fazer ligações interurbanas para Francistown. Somadas as parcelas, chegava-se a um resultado de quinhentos e cinqüenta pulas; entretanto, só o salário pago a Mma Makutsi importava em quinhentos e oitenta pulas mensais. O que significava que havia um prejuízo de trinta pulas — isso sem levar em conta os outros itens de despesas gerais, tais como gastos de gasolina para a pequenina van e os gastos com eletricidade para o escritório.

Sem dúvida, qualquer negócio levava algum tempo até se firmar. Mma Ramotswe compreendia isso — a questão era: quanto tempo se conseguia agüentar tendo prejuízo? Ela possuía certa quantia que restara da herança do pai, mas não dava para continuar se sustentando pelo resto da vida com esse dinheiro. Deveria ter ouvido seu pai; o desejo dele fora que ela comprasse um açougue, e isso teria sido muito mais seguro. Havia até uma expressão que se usava para esses casos. "Apostar no certo", isso mesmo. Mas onde estaria o prazer, a emoção em seguir tal caminho?

Ela pensou no sr. J. L. B. Matekoni, proprietário da oficina mecânica Tlokweng Road Speedy Motors. Bem, esse era um negócio que sem a menor dúvida estava dando lucro. Não havia falta de clientes, já que todo mundo o tinha na conta de excelente mecânico. Aí estava a diferença entre ambos, ela pensou; ele era alguém que sabia o que estava fazendo, enquanto ela não.

Mma Ramotswe conhecera o sr. J. L. B. Matekoni havia muitos anos. Ele veio de Mochudi, e seu tio havia sido um amigo muito chegado do pai dela. O sr. J. L. B. Matekoni tinha quarenta e cinco anos — dez anos mais velho do que Mma Ramotswe, mas se considerava um contemporâneo dela, tanto assim que freqüentemente dizia, ao fazer uma observação qualquer sobre o mundo: "Para pessoas de nossa idade...".

Ele era um homem com boa situação financeira, e Mma Ramotswe se indagava por que ele jamais se casara. Não era bonito, mas seu rosto possuía uma expressão jovial e tranqüilizadora. Teria sido o tipo de marido que qualquer mulher gostaria de ter. Ele consertaria coisas, não sairia à noite e quem sabe até ajudaria em alguma das tarefas domésticas — algo que muito poucos homens nem sequer pensariam em fazer.

Mas permaneceu solteiro e morava sozinho num casarão perto do antigo campo de aviação. Às vezes, quando passava por ali, ela o via sentado à varanda — sozinho, na sua cadeira, olhando para as árvores que cresciam no jardim. Em que pensaria um homem como ele? Acaso estaria refletindo sobre como seria bom ter uma esposa, com crianças correndo pelo jardim, ou seu pensamento estaria voltado para a garagem e os carros que havia consertado? Impossível saber.

Ela gostava de visitá-lo na garagem e conversar com ele no escritório besuntado de graxa em meio às pilhas de recibos, faturas e pedidos de peças sobressalentes. Gostava de olhar para os calendários na parede, com figuras de uma simplicidade que era bem do tipo que atraía os homens. Gostava de tomar chá numa das canecas marcadas com as impressões digitais em graxa, enquanto seus dois ajudantes levantavam os carros acionando macacos e, uma vez embaixo deles, se atropelavam em toda sorte de trancos e esbarrões.

O sr. J. L. B. Matekoni apreciava essas visitas. Eles conversavam sobre Mochudi, ou sobre política, ou simplesmente relatavam um ao outro ocorrências do dia. Ele contava para ela quem estava tendo problemas com o carro, e em que consistiam esses problemas, e quem havia comprado gasolina do posto e para onde havia dito que se dirigia.

Naquele dia, entretanto, a conversa girou em torno de assuntos financeiros e, especificamente, em torno de custos e benefícios envolvidos na administração de um negócio.

"O item mais pesado são os gastos com o pessoal", disse o sr. J. L. B. Matekoni. "Está vendo os dois rapazes ali debaixo daquele carro? A senhora não faz idéia de quanto eles me custam. Somando os salários, as taxas de previdência, o seguro para cobri-los se aquele carro cair na cabeça deles. Tudo sai do meu bolso. E, terminado o dia, sobram apenas um ou dois pulas para mim. Nunca muito mais que isso."

"Mas pelo menos o senhor não está tendo prejuízo", disse Mma Ramotswe. "Eu estou com trinta pulas no vermelho no meu primeiro mês de atividade. E tenho certeza de que vai piorar."

O sr. J. L. B. deu um suspiro. "Gastos com o pessoal", disse. "É a sua secretária — a que usa aqueles óculos enormes. O dinheiro estará indo para ela."

Mma Ramotswe balançou a cabeça, concordando. "Eu sei", disse. "Mas é preciso ter uma secretária num escritório. Sem uma secretária, eu estaria lá presa e imobilizada o dia todo."

O sr. J. L. B. Matekoni pegou uma caneca. "Sendo assim, a senhora precisa arranjar clientes melhores", disse. "Precisa de uns dois ou três bons casos. Precisa de alguém rico que procure seus serviços."

"Alguém rico?"

"Sim. Alguém como... como o senhor Patel, por exemplo."

"E por que ele precisaria de um detetive particular?"

"Os homens ricos têm seus problemas", disse o sr. J. L. B. Matekoni. "Nunca se sabe."

Eles caíram em silêncio, enquanto observavam os dois jovens mecânicos retirar uma roda do carro em que estavam trabalhando.

"Que garotos mais bobos", disse o sr. J. L. B. Matekoni. "Não precisam fazer isso."

"Estive pensando", disse Mma Ramotswe. "Recebi uma carta outro dia. Deixou-me muito triste, e fiquei em dúvida se de fato eu deveria ser uma detetive."

Ela lhe contou o conteúdo da carta sobre o menino desaparecido, e explicou como se sentia incapaz de ajudar o pai.

"Não podia fazer nada por ele", disse. "Não sou milagreira. Mas senti pena do pobre homem. Ele achou que seu filho havia tido uma queda no mato ou que foi levado por algum animal. Como pode um pai suportar isso?"

O sr. J. L. B. Matekoni deixou escapar um risinho de descrença. "Li sobre isso no jornal", disse. "Li sobre essa busca. E sabia desde o início que não havia a menor chance."

"Por quê?", perguntou Mma Ramotswe.

Por um instante, o sr. J. L. B. Matekoni ficou quieto. O olhar de Mma Ramotswe estava dirigido para ele e, passando pela janela, para além dele, para a acácia do lado de fora, em que as folhas fininhas cinza-esverdeadas, mais parecendo folhas de gramíneas, estavam recolhidas para dentro protegendo-se do calor; e, mais além, para o céu vazio, tão pálido a ponto de se tornar branco; somado a isso, o cheiro da poeira.

"Porque o menino está morto", disse o sr. J. L. B. Matekoni, traçando um contorno imaginário no ar com seu dedo. "Nenhum animal o levou, pelo menos nenhum animal comum. Um *santawana*, talvez, um *thokolosi*, um desses espíritos do mal. Pode crer."

Mma Ramotswe permaneceu em silêncio. Ela imaginou o pai — o pai do menino morto — e por um breve momento lembrou-se daquela horrível tarde de Mochudi, no hospital, quando a enfermeira veio até ela, ajeitando com as mãos o uniforme, e ela viu que a enfermeira estava chorando. Perder um filho assim era algo que poderia acabar com o mundo de alguém. Não havia a possibilidade de se voltar às coisas como eram antes. A estrelas se apagaram. A lua desapareceu. Os pássaros emudeceram.

"Por que o senhor diz que ele está morto?", ela perguntou. "Ele pode ter-se perdido e aí..."

O sr. J. L. B. Matekoni balançou a cabeça. "Não", disse. "O menino foi levado para práticas de feitiçaria. E está morto, agora."

Ela pousou a caneca vazia sobre a mesa. Fora do escritório, na oficina, uma peça de fixação da roda caiu com estrepitoso tinido metálico.

Ela olhou para seu amigo. Esse era um assunto de que as pessoas não falavam. Era o único assunto capaz de intimidar até os mais firmes e corajosos corações. Esse era o grande tabu.

"Como pode ter certeza?"

O sr. J. L. B. Matekoni sorriu. "Ora, Mma Ramotswe. A senhora sabe tão bem quanto eu como essas coisas acontecem. Não gostamos de tocar no assunto, não é mesmo? É a coisa de que os africanos mais se envergonham. Sabemos que isso acontece, mas fazemos de conta que não. Sabemos muito bem o que acontece às crianças dadas como desaparecidas. Então não sabemos?"

Ela ergueu os olhos para ele. Era claro que estava falando a verdade, pois era um homem honesto e bom. E provavelmente tinha razão: por maior que fosse a vontade das pessoas de pensar em outras explicações, inocentes, para o que acontecera a um menino dado como desaparecido, o mais provável de ter acontecido era exatamente o que o sr. J. L. B. havia dito. O menino fora levado por um feiticeiro curandeiro que o matara para fazer um feitiço. Havia acontecido ali mesmo, em Botsuana, em pleno final do século xx, sob aquela altiva bandeira, em meio a tudo o que fazia de Botsuana um país moderno; o feito sinistro ecoava como um rufar de tambores, de priscas eras, como um chamado das trevas. O garotinho fora morto porque em algum lugar uma pessoa poderosa havia encomendado ao feiticeiro um feitiço para lhe dar forças.

Ela baixou os olhos.

"Pode ser que o senhor tenha razão", disse ela. "Pobre menino..."

"Claro que tenho razão", disse o sr. J. L. B. Matekoni. "E por que a senhora acha que esse pobre homem tinha que escrever essa carta justamente para a senhora? Porque a polícia nada fará para apurar como e onde o crime aconteceu. Eles têm medo. Todos eles. Têm tanto medo quanto eu ou aqueles dois rapazes que estão ali debaixo do carro. Muito medo, Mma Ramotswe. Medo por nossas vidas. Todos sem exceção — talvez até mesmo a senhora."

Àquela noite Mma Ramotswe foi deitar-se às dez, meia hora antes do que era seu costume. Às vezes ela gostava de ficar na cama, com a luz acesa, lendo uma revista. Agora estava cansada, e a revista ficava o tempo todo escorregando de suas mãos, vencendo seus esforços para manter-se acordada.

Apagou a luz e fez suas orações, sussurrando as palavras, apesar de não haver ninguém em casa que pudesse escutá-la. Era sempre a mesma oração, pela alma de seu pai, Obed, por Botsuana, pelas chuvas que fizessem crescer as safras e engordar os bois, e pelo seu bebê, agora a salvo nos braços de Jesus.

Nas primeiras horas da madrugada acordou em pânico, com o coração a dar pulos e a boca seca. Sentou-se e levou a mão até o interruptor de luz, mas, quando o acionou, nada aconteceu. Ela jogou para o lado o lençol — não havia necessidade de cobertor com o calor que estava fazendo — e escorregou o corpo para fora da cama.

A luz no corredor tampouco funcionou, nem a da cozinha, onde a lua criava sombras e formas no chão. Ela olhou através da janela, dentro da noite. Não havia luzes em parte alguma; um corte de energia.

Abriu a porta dos fundos e saiu para o pátio, pisando com os pés descalços. A cidade estava mergulhada na escuridão, as árvores eram formas obscuras e indeterminadas, massas de negrume.

"Mma Ramotswe!"

Ela não se moveu de onde estava, gelada de terror. Havia alguém no pátio observando-a. Alguém havia sussurrado seu nome.

Ela abriu a boca para falar, mas não saiu nenhum som. E seria perigoso falar, de qualquer modo. Foi então recuando bem devagar, centímetro por centímetro, em direção à porta da cozinha. Uma vez lá dentro, bateu a porta com toda a força e estendeu a mão para a fechadura. Ao girar a chave, a eletricidade voltou e a cozinha viu-se inundada de luz. A geladeira começou a ronronar. Uma luz vinda do fogão piscou para ela, acendendo e apagando: 3:04; 3:04.

9
O NAMORADO

Havia três casas fora do comum no país, e Mma Ramotswe sentia certo orgulho de ter sido convidada para duas delas. A mais famosa das três era Mokolodi, uma construção irregularmente planejada nos moldes de um castelo, situada no meio do mato ao sul de Gaborone. Essa casa, cujos portões de entrada estavam decorados com pássaros trabalhados em ferro, era provavelmente a residência mais espetacular do país, mais suntuosa, sem dúvida, que a Casa Phakadi, ao norte, esta situada demasiadamente perto dos reservatórios de esgotos para poder ser do agrado de Mma Ramotswe. Tal situação, porém, tinha suas compensações, já que os reservatórios de esgotos atraíam uma grande variedade de pássaros, e da varanda de Phakadi podiam-se observar os vôos dos flamingos pousando nas águas verdes poluídas. Contanto que o vento não estivesse soprando na direção do observador, é claro, o que freqüentemente era o caso.

Da terceira casa podia-se, quando muito, *suspeitar* que se tratasse de uma residência de fino trato, uma vez que pouquíssimas eram as pessoas convidadas a entrar nela; os demais habitantes de Gaborone, para construir suas suspeitas, tinham de depender do que se via de fora da casa — o que não era muito, pois ela estava toda cercada por altos muros brancos — ou dos relatos daqueles que por alguma razão especial eram acolhidos em seu interior. Esses relatos eram unânimes no louvor ao ambiente de absoluta opulência que caracterizava a casa.

"Tal e qual o Palácio de Buckingham", disse uma mulher que havia sido chamada para fazer um arranjo de flores por ocasião de algum festejo familiar. "Só que melhor. Acho que a rainha vive com um pouco mais de simplicidade que o pessoal lá de dentro."

O "pessoal" em questão era a família do sr. Paliwalar Sundigar Patel, dono de oito lojas — cinco em Gaborone e três em Francistown —, um hotel em Orapa e uma grande empresa de vestuário esportivo em Lobatse. Ele era, sem a menor dúvida, um dos homens mais ricos do país, se não o mais rico de todos, mas entre os batsuanas isso não tinha grande importância, pois nada desse dinheiro havia sido investido em gado, e dinheiro que não fosse investido em gado — e isto era sabido de todos — valia o mesmo que um amontoado de pó dentro da boca.

O sr. Paliwalar Patel viera para Botsuana em 1967, com a idade de vinte e cinco anos. Não tinha os bolsos cheios nessa ocasião, mas seu pai, comerciante num remoto rincão de Zululândia, emprestara-lhe o dinheiro para comprar sua primeira loja no African Mall. A loja foi um grande sucesso; o sr. Patel comprou mercadorias por uma ninharia de comerciantes em situação desesperadora e vendeu-as com lucro mínimo. O negócio progrediu, apropriando-se de loja após loja, todas administradas dentro da mesma filosofia comercial. Em seu qüinquagésimo aniversário ele parou de expandir o império e concentrou-se na educação da família.

Tinha quatro filhos — um filho homem, Wallace, duas filhas gêmeas, Sandri e Pali, e a caçula, Nandira. Wallace foi matriculado num caríssimo colégio interno em Zimbábue, para satisfazer a ambição do sr. Patel de que ele se tornasse um gentleman. Lá aprendera a jogar críquete e a ser cruel. Admitiram-no numa escola de odontologia, após uma vultosa doação feita pelo sr. Patel, tendo mais tarde voltado a Durban, onde abriu um consultório de odontologia cosmética. A certa altura ele abreviou seu nome —

por uma questão de conveniência — e tornou-se sr. Wallace Pate CD (Cirurgião-Dentista).

O sr. Patel protestou contra a mudança. "Por que você agora virou esse tal de senhor Wallace Pate CD (Cirurgião-Dentista), pode-se saber? Por quê? Você sente vergonha ou algo assim? Pensa que eu não passo de um senhor Paliwalar Patel FR (Fracassado) ou algo assim?"

O filho tentou aplacar a cólera do pai.

"Os nomes curtos são mais fáceis de reter, pai. Pate, Patel — dá na mesma. Então para que ter uma letra a mais no final? O moderno é optar pela brevidade. Hoje em dia temos que ser modernos. Tudo obedece à modernidade, até os nomes."

As gêmeas não demonstraram tais pretensões. Ambas foram mandadas de volta à província de Natal, na África do Sul, para arranjar maridos, missão cumprida por elas rigorosamente em obediência às expectativas paternas. Ambos os genros tinham se incorporado aos negócios da família e estavam provando ter boa cabeça para as cifras e uma sensata compreensão da vantagem de perseguir pequenas margens de lucro.

E havia Nandira, agora com dezesseis anos e aluna do colégio Maru-a-Pula em Gaborone, o melhor e o mais caro do país. Brilhante nos estudos, sempre recebendo notas e conceitos altíssimos na escola, havia para ela a expectativa de fazer um bom casamento no devido tempo — provavelmente no seu vigésimo aniversário, considerado pelo sr. Patel como sendo o momento correto para uma moça se casar.

A família inteira, inclusive os genros, os avós e vários primos afastados, morava na mansão Patel, perto do antigo Clube da Força de Defesa de Botsuana. Muitas casas ocupavam outrora aquele espaço, casas em antigo estilo colonial com grandes varandas e telas de arame contra moscas, mas o sr. Patel as derrubara todas e construíra a sua nova mansão partindo do zero. Na verdade, tratava-se de várias casas geminadas, formando um condomínio familiar.

"Nós, indianos, gostamos de morar num condomínio", explicara o sr. Patel ao arquiteto. "Gostamos de poder ver o que se passa na família, sabe como é."

Ao arquiteto foi dada plena liberdade para criar, e ele projetou uma casa com todas as extravagâncias arquitetônicas que outros clientes mais exigentes e com menos fundos haviam recusado ao longo dos anos. Para sua surpresa, o sr. Patel aceitou tudo, e a construção terminou sendo inteiramente do seu gosto. Foi decorada num estilo que só poderia ser caracterizado como rococó Delhi, com muitos dourados na mobília e nas cortinas, enquanto nas paredes amontoavam-se imagens de santos hindus e cervos monteses com olhos que acompanhavam a pessoa para onde quer que se dirigisse na sala.

Quando as gêmeas se casaram, numa cerimônia em Durban que custou muito caro e para a qual vieram mais de mil e quinhentos convidados, cada um deles recebendo aposentos próprios, a casa foi consideravelmente ampliada para esse fim. Os genros receberam, cada um, uma Mercedes-Benz vermelha, com suas iniciais na porta junto ao volante. Isso obrigou a uma ampliação da garagem também, já que agora passavam a ser quatro as Mercedes-Benz ali alojadas: a do sr. Patel, a da sra. Patel (dirigida por um motorista) e as duas pertencentes aos genros.

Um primo mais velho lhe havia dito no casamento em Durban: "Olha, homem, nós indianos temos que ter cuidado. Você não deveria estar esbanjando e exibindo o seu dinheiro à vista de todo mundo. Os africanos não gostam disso, como você bem sabe, e quando tiverem uma chance tirarão tudo da gente. Veja o que aconteceu em Uganda. Ouça o que alguns dos mais exaltados andam dizendo em Zimbábue. Imagine o que fariam os zulus se tivessem metade dessa chance. Precisamos ser discretos".

O sr. Patel balançara a cabeça. "Nada disso se aplica a Botsuana. Não há perigo aqui, fique certo. Eles são pessoas estáveis. Você precisava vê-los, com todos os seus diamantes. Os diamantes trazem estabilidade a um lugar, pode crer."

O primo pareceu ignorá-lo. "A África é assim, estou lhe dizendo", continuou ele. "Tudo está indo muito bem um dia, tudo perfeito, e de repente na manhã seguinte você acorda e descobre que cortaram o seu pescoço. Trate de ficar atento."

O sr. Patel levou a sério a advertência, até certo ponto, e elevou um pouco mais o muro que cercava sua casa, a fim de que as pessoas não pudessem olhar para dentro das janelas e constatar o luxo. E, se continuavam a rodar nos seus carrões, a verdade é que muitos outros iguais havia na cidade, não sendo isso uma razão para torná-los alvo de uma atenção especial.

Mma Ramotswe ficou encantada ao receber o telefonema do sr. Patel perguntando-lhe se acaso poderia visitá-lo, em sua casa, uma noite, em futuro próximo. Eles concordaram em marcar a visita para aquela mesma noite, e ela foi até em casa trocar a roupa por um vestido mais formal antes de se apresentar nos portões da mansão Patel. Pouco antes de sair, telefonou para o sr. J. L. B. Matekoni.

"O senhor falou que eu deveria arranjar um cliente rico", disse ela. "Pois agora tenho um. O senhor Patel."

O sr. J. L. B. Matekoni tomou fôlego. "Ele é um homem muito rico", disse. "Tem quatro Mercedes-Benz. Quatro. Três delas estão muito bem, mas uma tem sérios problemas na transmissão, e eu levei dias tentando arranjar um novo cárter..."

Não se podia simplesmente empurrar o portão e abri-lo, na mansão Patel; nem tampouco estacionar do lado de fora e buzinar, como todo mundo fazia em outras casas. Na mansão, pressionava-se uma campainha no muro e ouvia-se uma voz aguda saída de um pequeno alto-falante, acima da cabeça do visitante, que dizia:

"Pois não. Residência dos Patel. Que deseja?"

"Mma Ramotswe", disse ela. "É particular..."

Um estalido veio do alto-falante.

"Particular? Como assim?"

Ela estava a ponto de responder, quando se ouviu outro estalido e o portão começou a se abrir. Mma Ramotswe deixara sua pequenina van branca na esquina, para salvar as aparências, e entrou a pé no condomínio. Uma vez lá dentro, viu-se num pátio transformado em alameda de luxuriante vegetação. Longe, no final do pátio, ficava a entrada que dava acesso propriamente à casa, um vão de porta de grandes proporções flanqueado por altos pilares brancos e vasos de plantas. O sr. Patel surgiu diante da porta aberta e acenou para ela com sua bengala de apoio.

Ela já havia visto o sr. Patel antes, naturalmente, e sabia que ele tinha uma perna mecânica, mas nunca o vira de tão perto e não esperara que fosse tão baixo. Mma Ramotswe não era alta — tendo sido dotada de muita cintura mas pouca altura —, mesmo assim o sr. Patel precisou erguer os olhos para ela quando lhe apertou a mão e fez o gesto de convidá-la a entrar.

"A senhora já havia estado antes em minha casa?", perguntou, sabendo, é claro, que aquela era a primeira vez. "Já nos vimos numa de minhas festas?"

Essa também era uma mentira, ela sabia. O sr. Patel nunca dava festas, e ela ficou pensando que motivos ele teria para fazer de conta que sim.

"Não", disse ela simplesmente. "O senhor nunca me convidou."

"Oh! céus!", disse ele, contendo o riso enquanto falava. "Cometi um grande erro."

Ele a conduziu por um saguão que era um longo aposento com piso de mármore preto e branco, reluzente. Havia muito metal nesse saguão — do tipo valioso e igualmente reluzente —, o todo contribuindo para causar uma impressão de absoluto esplendor.

"Vamos até o meu gabinete", disse ele. "É o meu território exclusivo, onde ninguém da família tem permissão para entrar. Eles sabem que não devem me perturbar aqui, mesmo que a casa esteja pegando fogo."

O gabinete era outro amplo aposento, dominado por uma grande escrivaninha sobre a qual estavam colocados três telefones e um refinado suporte para canetas e tinteiro. Mma Ramotswe olhou para o suporte, que consistia em algumas prateleiras de vidro para descanso das canetas, as prateleiras se apoiando em miniaturas de presas de elefantes esculpidas em marfim.

"Sente-se, por favor", disse o sr. Patel, apontando para uma poltrona de couro branca. "Eu levo algum tempo para me sentar, porque me falta uma perna. Aí está. Pronto. Estou sempre na expectativa de conseguir uma perna melhor. Esta aqui é italiana e me custou muito dinheiro, mas acredito que deva haver melhores. Talvez nos Estados Unidos."

Mma Ramotswe afundou na poltrona e ficou olhando para o seu anfitrião.

"Irei direto ao assunto", disse o sr. Patel. "Não faz nenhum sentido ficar com muitos rodeios e perder de vista o essencial. Eu penso assim."

Fez uma pausa, esperando pela confirmação de Mma Ramotswe. Ela balançou ligeiramente a cabeça.

"Sou um homem voltado para a família, Mma Ramotswe", disse. "Tenho uma família feliz que vive toda nesta casa, a não ser meu filho, que é um dentista de prestígio em Durban. A senhora deve ter ouvido falar nele. As pessoas o chamam de Pate hoje em dia."

"Já ouvi, sim", disse Mma Ramotswe. "As pessoas falam dele com muito respeito, mesmo aqui."

O sr. Patel ficou radiante. "Está aí uma coisa boa de se ouvir. Mas meus outros filhos também são muito importantes para mim. Não faço nenhuma distinção entre uns e outros. Todos têm para mim o mesmo valor. O mesmíssimo."

"Esse é o melhor procedimento", disse Mma Ramotswe. "Se a gente favorece um deles, isso acaba gerando muito rancor."

"Pode crer, sim senhora", disse o sr. Patel. "Os filhos notam quando seus pais dão dois doces para um e um só para o outro. Eles sabem contar tanto quanto nós."

Mma Ramotswe mais uma vez balançou a cabeça, pensando consigo mesma aonde levaria essa conversa.

"Veja", disse o sr. Patel. "Minhas filhas mais velhas, as gêmeas, estão casadas com bons rapazes e moram aqui debaixo deste teto. Tudo isso é o que pode haver de mais excelente. Só fica faltando falar de uma filha, a caçula Nandira. Está com dezesseis anos e estuda no Maru-a-Pula. Está se saindo muito bem no colégio, mas..."

Fez uma pausa e olhou para Mma Ramotswe com os olhos quase fechando de tão apertados. "A senhora sabe como são os adolescentes, não é mesmo? A senhora sabe como se passam as coisas com os adolescentes nestes tempos modernos..."

Mma Ramotswe deu de ombros. "Eles freqüentemente são um grande problema para seus pais. Já vi pais em prantos por causa de seus filhos adolescentes."

De repente o sr. Patel ergueu a bengala de apoio e bateu com ela na perna mecânica para dar maior ênfase às suas palavras. O som produzido foi surpreendentemente surdo e metálico.

"É isso o que está me preocupando", disse ele com veemência. "É isso o que está acontecendo. E não vou tolerar tal coisa. Não em minha família."

"Que coisa?", perguntou Mma Ramotswe. "Adolescentes?"

"Rapazes", disse o sr. Patel com rancor. "Minha Nandira está saindo às escondidas com um rapaz. Ela nega, mas eu sei que há um rapaz. E isso não pode ser permitido, digam o que quiserem na cidade essas mentalidades modernas. Não pode ser permitido nesta família. Nesta casa."

Enquanto o sr. Patel falava, a porta de seu gabinete, que fora fechada assim que eles entraram, abriu-se, dando passagem a uma mulher. Era uma mulher da região, que se dirigiu a Mma Ramotswe polidamente em setsuana, antes de oferecer-lhe, para que se servisse, uma bandeja sobre a qual havia vários copos com sucos de frutas. Mma Ramotswe escolheu um copo com suco de goiaba e agradeceu à criada. O sr. Patel se serviu de um suco de laranja e em seguida, impacientemente, fez um gesto com a bengala para que a criada se retirasse, esperando até ela sair para continuar a conversa.

"Falei com ela sobre isso", disse. "Deixei tudo bem claro. Que não me interessa qual o procedimento de outras filhas — não é da minha conta, mas da conta dos pais delas. Deixei muito claro que ela não deve circular pela cidade com rapazes ou ser vista com rapazes depois das aulas. Está fora de discussão."

Ele bateu levemente com a bengala em sua perna mecânica e depois olhou para Mma Ramotswe esperando sua reação.

Mma Ramotswe limpou a garganta. "O senhor quer que eu faça alguma coisa com relação a isso?", disse calmamente. "Por isso foi que me convidou a vir aqui esta noite?"

O sr. Patel balançou a cabeça em concordância. "Foi exatamente por isso. Quero que descubra quem é esse rapaz, e então falarei com ele."

Mma Ramotswe ficou encarando o sr. Patel. Teria ele a mais remota idéia, pensou ela, de como se comportavam os jovens hoje em dia, especialmente num colégio como o Maru-a-Pula, onde havia todos esses alunos e alunas estrangeiros, até mesmo alunos e alunas filhos de funcionários da embaixada americana e lugares assim? Ela ouvira falar de pais indianos que tentavam arranjar os casamentos dos filhos, mas nunca na verdade havia presenciado esse comportamento. E ali estava o sr. Patel supondo que ela concordaria com ele; que compartilharia inteiramente do seu ponto de vista.

"Não seria melhor falar com ela?", perguntou delicadamente. "Se o senhor lhe perguntasse quem é o rapaz, vai ver que ela lhe diria."

O sr. Patel segurou sua bengala e bateu com ela na perna metálica.

"De jeito nenhum", disse com rispidez, a voz ficando estridente. "De jeito nenhum. Já lhe fiz essa pergunta durante três semanas, talvez quatro. E ela não me dá nenhuma resposta. Sempre o mesmo silêncio insolente."

Mma Ramotswe permaneceu sentada olhando para os próprios pés, consciente de que o sr. Patel a encarava cheio de expectativa. Ela resolvera tomar como princípio de sua vida profissional jamais recusar um cliente, a menos que este exigisse dela um procedimento criminoso. A regra parecia estar funcionando; ela já descobrira que suas idéias sobre um pedido de ajuda, sobre o que nele podia ser visto como moralmente certo ou errado, haviam passado por mudanças quando ela se tornara mais consciente de todos os fatores envolvidos. O mesmo poderia acontecer com o sr. Patel; mas, ainda que não acontecesse, haveria razões suficientes para recusá-lo? Quem era ela para condenar um pai indiano ansioso, quando na verdade sabia tão pouco sobre como essas pessoas orientavam suas vidas? Ela sentia uma solidariedade natural em relação à garota, é claro; que destino mais terrível ter um pai como aquele, empenhado em manter a filha numa espécie de gaiola dourada! Seu próprio Paizinho jamais se opusera a ela fosse no que fosse; ele confiara nela, e ela, por sua vez, nunca escondera dele coisa alguma — a não ser, talvez, a verdade sobre Note.

Ela ergueu o olhar. O sr. Patel continuava a encará-la

com seus olhos escuros, enquanto a ponta de sua bengala batia quase imperceptivelmente no chão.

"Descobrirei para o senhor", disse ela. "Embora deva lhe confessar que não me agrada realmente fazer tal coisa. Não me agrada a idéia de vigiar uma filha."

"Mas os filhos têm que ser vigiados — vigiados. Se os pais não vigiarem seus filhos, o que é que acontece? Responda-me!"

"Chega um momento em que eles precisam ter suas próprias vidas", disse Mma Ramotswe. "Temos que soltá-los."

"Absurdo!", gritou o sr. Patel. "Modernice absurda. Meu pai me bateu quando eu tinha vinte e dois anos! Sim senhora, bateu-me por causa de um erro que cometi na loja. E foi merecido. Não me venha com essas modernices absurdas."

Mma Ramotswe levantou-se.

"Sou uma mulher moderna", disse. "Tudo bem que nossas idéias são diferentes. Mas isso não tem nada a ver. Concordei em fazer o que o senhor me pediu. Agora basta que me mostre uma fotografia de sua filha, para que eu identifique quem é que devo vigiar."

O sr. Patel ergueu-se com esforço, suas mãos firmando a perna metálica ao fazer isso.

"Não vai ser preciso fotografia", disse. "Posso lhe apresentar a moça em pessoa. A senhora poderá vê-la."

Mma Ramotswe ergueu suas mãos em protesto. "Mas aí ela ficará me conhecendo", disse. "Tenho que passar despercebida."

"Ah", disse o sr. Patel. "Ótima idéia. Vocês detetives são homens muito espertos."

"Mulheres", disse Mma Ramotswe.

O sr. Patel olhou obliquamente para ela, mas não disse nada. Ele não tinha tempo para idéias modernas.

Ao sair da casa, Mma Ramotswe pensou: Ele tem quatro filhos; eu não tenho nenhum. Não é um bom pai, esse homem, porque ama demais os filhos — quer ser dono deles. O negócio é soltá-los. Temos que soltá-los.

E ela se lembrou daquele momento em que, sem sequer ter o apoio de Note, que alegou qualquer desculpa, ela enterrou o corpinho de seu bebê prematuro, tão frágil, tão leve, e levantou os olhos para o céu e quis dizer alguma coisa para Deus, mas não conseguiu, porque tinha a garganta atravessada por soluços, e não foi capaz de emitir nenhuma palavra, nada.

Pareceu a Mma Ramotswe que seria um caso fácil. Vigiar alguém sempre oferece dificuldades, porque é preciso o tempo todo ficar alerta para o que a pessoa vigiada está fazendo. Isso poderia significar longos períodos de espera do lado de fora de casas e escritórios, sem fazer nada, à espreita para ver se de repente a pessoa aparecia. Nandira passaria no colégio a maior parte do dia, não havia dúvida, e isso queria dizer que Mma Ramotswe poderia cuidar de outras coisas até as três da tarde, quando se encerravam as aulas. Era a partir desse momento que ela teria de segui-la e ver aonde Nandira ia.

Ocorreu, então, a Mma Ramotswe que seguir uma garota poderia ser algo problemático. Uma coisa era seguir alguém que fosse dirigindo um carro — bastava pôr no seu encalço a pequenina van branca. Mas, se a pessoa a ser vigiada estivesse se locomovendo de bicicleta — como muitas garotas faziam ao voltar para casa —, pareceria bastante estranho se a pequenina van fosse vista se arrastando pelas ruas em ritmo lento. Se ela fosse para casa caminhando, tudo bem, Mma Ramotswe poderia caminhar, ela própria, mantendo-se a uma distância razoável atrás dos seus passos. Poderia até mesmo pedir emprestado um dos terríveis cães amarelos do vizinho e fazer de conta que o estava levando para passear.

No dia seguinte à sua entrevista com o sr. Patel, Mma Ramotswe parou a pequenina van branca no estacionamento do colégio pouco antes de soar a sineta final de encerramento das aulas. A garotada foi saindo aos poucos, em pequenos grupos, e só depois das três e vinte foi que Nandira cruzou o umbral da porta de entrada do prédio, carregando numa das mãos sua pasta colegial e na outra um livro. Estava desacompanhada, e Mma Ramotswe pôde dar uma boa olhada nela de dentro da van. Era uma menina atraente, uma moça, melhor dizendo; uma dessas garotas de dezesseis anos que podiam passar por dezenove, ou mesmo vinte.

Ela percorreu o pátio e parou um instante, para falar com outra menina que estava debaixo de uma árvore, esperando os pais irem apanhá-la. Conversaram e daí a uns poucos minutos Nandira retomou seu passos em direção aos portões do colégio.

Mma Ramotswe esperou alguns instantes, e em seguida saiu da van. Quando Nandira já ia pela rua, Mma Ramotswe começou a segui-la devagar. Havia muitas pessoas circulando, e a presença da mulher detetive não chamava absolutamente a menor atenção. Numa tarde de fim de inverno era muito agradável andar pela rua; um mês depois estaria fazendo muito calor, e, aí sim, sua presença poderia causar estranheza.

Seguiu a moça ao longo da rua, e depois, quando dobrou a esquina. Ficou claro para ela que Nandira não estava indo diretamente para casa, já que a mansão dos Patel se situava em direção oposta ao caminho que ela havia escolhido. Nem estava ela se dirigindo para o centro da cidade, o que significava que estava indo encontrar-se com alguém numa casa de bairro. Mma Ramotswe ficou radiante de satisfação. Tudo o que provavelmente ela teria de fazer era descobrir a casa e em seguida seria a maior "moleza" saber o nome do proprietário e o do rapaz. Talvez ela pudesse até procurar o sr. Patel naquela mesma noite e revelar a identidade do rapaz. Isso haveria de impressioná-lo, e os honorários não poderiam ter sido mais fáceis de ganhar.

Nandira dobrou outra esquina. Mma Ramotswe deteve-se um pouco, antes de continuar seguindo-a. Seria fácil incorrer num excesso de autoconfiança ao seguir uma garota, e ela tratou de reavivar na memória as regras de uma perseguição. O manual pelo qual se orientava, *Os princípios da investigação particular*, de Clovis Andersen, enfatizava que jamais se deveria "grudar" no indivíduo que se estava seguindo. "Mantenha a rédea solta", escreveu o sr. Andersen, "ainda que isso signifique de tempos em tempos perder de vista a pessoa em questão. Sempre se pode retomar o contato depois. E alguns minutos de observação indireta é melhor do que uma confrontação com animosidade."

Mma Ramotswe considerou que já era o momento de dobrar a esquina. Fez isso, esperando ver Nandira distanciada na rua algumas centenas de metros adiante, mas, quando olhou, a situação de "observação indireta" a que se referira Clovis Andersen estava configurada: horizonte vazio, ninguém à sua frente. Virou-se e olhou na outra direção. Havia um carro à distância, saindo da garagem de uma casa, e mais nada.

Mma Ramotswe não sabia o que pensar. Era uma rua tranqüila com apenas três casas de cada lado — pelo menos, no rumo tomado por Nandira. Mas as casas tinham, todas elas, portões e garagens. Levando-se em conta que Nandira só estivera sob "observação indireta" por cerca de um minuto, certamente não poderia haver tido tempo de sumir para dentro de uma dessas casas. Mma Ramotswe a teria visto numa garagem ou entrando por uma porta da frente.

Se ela houvesse entrado numa das casas, pensou Mma Ramotswe, então teria de ser forçosamente numa das duas primeiras, pois com toda a certeza não teria sido capaz de alcançar as casas adiante. De modo que talvez a situação não fosse tão ruim como havia pensado que pudesse ser; bastava-lhe verificar na primeira casa à direita da rua e na primeira casa à esquerda.

Ficou imóvel por um momento, e afinal decidiu-se. Caminhando o mais depressa possível, fez o percurso de volta até a pequenina van branca, entrou no carro e dirigiu-o refazendo sobre quatro rodas o itinerário antes seguido a pé na perseguição a Nandira. Estacionando a van diante da casa à direita, caminhou até a porta da frente.

Quando bateu à porta, um cachorro começou a latir adoidado de dentro da casa. Mma Ramotswe tornou a bater e ouviu o som de alguém mandando o cachorro calarse. "Quieto, Bison; quieto, já sei, já sei!" Aí a porta se abriu e uma mulher ficou olhando para ela. Deu para Mma Ramotswe perceber que não era uma motsuana. Era uma africana ocidental, provavelmente de Gana, a julgar pela cor da pele e por suas roupas. Os ganenses eram o povo preferido de Mma Ramotswe; tinham um excelente senso de humor e eram quase inevitavelmente bem-humorados.

"Olá, Mma", disse Mma Ramotswe. "Desculpe incomodá-la, mas estou procurando Sipho."

A mulher franziu a testa.

"Sipho? Não mora nenhum Sipho aqui."

Mma Ramotswe balançou a cabeça.

"Estava certa de que era esta casa. Sou professora na escola secundária, sabe, e precisava deixar um recado para um dos garotos da quarta série. Pensei que esta fosse sua casa."

A mulher sorriu. "Tenho duas filhas", disse. "Mas nenhum filho. A senhora poderia descobrir um filho para mim, será?"

"Ora, veja", disse Mma Ramotswe, querendo parecer vexada. "Vai ver que é a casa do outro lado da rua. Pode ser?"

A mulher balançou a cabeça. "Ali mora uma família de Uganda", disse. "Têm um filho, mas de seis ou sete anos, acho."

Mma Ramotswe desculpou-se e voltou à rua. Ela havia perdido Nandira de vista logo na primeira tarde, e ficou pensando se a garota não teria se descartado dela de propósito. Seria possível que ela houvesse percebido que estava sendo seguida? Isso parecia muito pouco provável, o que significava que era puramente por falta de sorte que a havia perdido. No dia seguinte trataria de ser mais cautelosa. Ignoraria, por uma vez pelo menos, Clovis Andersen e ficaria um pouco mais colada na menina.

Às oito horas daquela noite, recebeu um telefonema do sr. Patel.

"A senhora já tem algum tipo de relatório para me passar?", perguntou. "Alguma informação?"

Mma Ramotswe lhe contou que infelizmente não fora capaz de descobrir para onde se dirigira Nandira depois das aulas, mas que esperava ter mais sucesso no dia seguinte.

"Não é lá grande coisa", disse o sr. Patel. "Não é lá grande coisa. Bem, pelo menos *eu* tenho uma informação para lhe passar. Ela voltou para casa três horas depois de terminadas as aulas — três horas — e me disse que simplesmente havia ficado em casa de uma amiga. Eu perguntei: que amiga? e ela se limitou a me responder que era uma moça que eu não conhecia. Ela disse *uma moça*, veja bem. Depois disso, minha mulher encontrou um bilhete sobre a mesa, um bilhete que Nandira deve ter deixado cair. Dizia: 'Amanhã a gente se vê, Jack'. Que Jack será esse? Quem é essa pessoa? Esse é um nome de mulher, por acaso?"

"Não", disse Mma Ramotswe. "Parece mais um rapaz."

"Aí está!", disse o sr. Patel, com o ar de quem estivesse na pista certa. "Esse é o rapaz, acho eu. É ele que precisamos descobrir. Jack de quê? Onde mora? Esse tipo de coisa — a senhora precisa me contar tudo."

Mma Ramotswe preparou para si uma caneca de chá de *rooibos* e foi deitar-se cedo. O dia havia sido insatisfatório em mais de um aspecto, e o telefonema tripudiante do sr. Patel só fizera completá-lo. Ela foi para a cama, com o chá de *rooibos* sobre a mesinha-de-cabeceira, e leu os jornais até as pálpebras começarem a fechar e ela pegar no sono.

Na tarde seguinte ela chegou atrasada ao estacionamento do colégio. Estava começando a pensar se teria perdido Nandira mais uma vez quando avistou a garota saindo da escola acompanhada de uma outra moça. Mma Ramotswe observou as duas percorrerem o pátio e pararem junto ao portão de entrada. Pareciam inteiramente envolvidas na conversa uma com a outra, naquela maneira excludente dos demais que caracteriza o diálogo entre adolescentes, e Mma Ramotswe tinha certeza de que, se ao menos conseguisse ouvir o que estava sendo dito, saberia as respostas para mais de uma pergunta. As garotas falam de seus namorados de um modo confiante e conspiratório, e ela estava convencida de que era esse o tema da conversa entre Nandira e sua amiga.

De repente um carro azul se aproximou e parou junto delas. Mma Ramotswe ficou tensa e pôs-se em alerta quando o rapaz se inclinou sobre o assento do carona e abriu a porta da frente. Nandira entrou, e sua amiga foi para o banco de trás. Mma Ramotswe deu partida ao motor da pequenina van branca e retirou-se do estacionamento no exato instante em que o carro azul se afastava da escola. Ela o foi seguindo a uma distância segura, mas pronta para diminuir o espaço entre eles se houvesse alguma chance de perdê-los. Ele não repetiria o erro da véspera, permitindo que Nandira sumisse sem deixar rastro.

O carro azul seguia em ritmo lento, e Mma Ramotswe não precisou fazer esforço para acompanhá-lo. Passaram pelo Hotel do Sol e depois foram em direção ao retorno do estádio. Lá eles viraram rumo ao centro da cidade e passaram pelo hospital e pela igreja anglicana a caminho do shopping center. O objetivo são as lojas, pensou Mma Ramotswe. Estão simplesmente a fim de fazer compras. Será? Ela havia visto adolescentes se encontrarem, depois das aulas, em locais como o Centro de Livros de Botsuana. Eles chamavam a isso "fazer hora", se não estava enganada. Eles ficavam de conversa fiada, ou contando piadas, fazendo tudo, menos comprar alguma coisa. Talvez Nandira desse essas escapulidas para fazer hora com o seu Jack.

O carro azul meteu-se num estacionamento perto do Hotel Presidente. Mma Ramotswe estacionou alguns carros mais longe e observou as duas garotas deixarem o carro acompanhadas por uma mulher mais velha, presumivelmente a mãe da outra garota. Ela disse algo para a filha, que balançou a cabeça, depois separou-se das meninas e foi andando em direção às lojas de ferragens.

Nandira e sua amiga passaram em frente aos degraus do Hotel Presidente, e em seguida se dirigiram vagarosamente para os Correios. Mma Ramotswe foi atrás delas, e deteve-se casualmente para olhar umas prateleiras com blusas de estamparia africana que estavam sendo expostas por uma mulher na praça.

"Compre uma dessas, Mma", disse a mulher. "São ótimas blusas. Nunca soltam a tinta. Veja só esta que eu estou usando. Foi lavada dez, vinte vezes, e continua igualzinha. Veja."

Mma Ramotswe olhou para a blusa da mulher — as cores de fato não haviam desbotado. Ela deu uma espiada com o canto do olho nas duas meninas. Estavam as duas entretidas olhando sapatos numa vitrina, não demonstrando a menor pressa para nada.

"A senhora não deve ter o meu tamanho", disse Mma Ramotswe. "Blusa para mim tem que ser muito grande."

A comerciante foi verificar nas prateleiras, depois tornou a olhar para Mma Ramotswe.

"Tem razão", disse. "A senhora é grande demais para caber nestas blusas. Grande demais."

Mma Ramotswe sorriu. "Mas são lindas blusas, Mma, e espero que encontre uma pessoa simpática e pequena para comprá-las."

Ela voltou a caminhar. As meninas haviam deixado a loja de sapatos e estavam perambulando rumo ao Centro de Livros. Mma Ramotswe havia acertado: elas estavam planejando fazer hora.

* * *

Muito poucas pessoas achavam-se no Centro de Livros de Botsuana. Três ou quatro homens folheavam revistas na seção de periódicos, e uma ou duas pessoas consultavam livros. Os empregados inclinavam-se sobre os balcões, tagarelando ociosos, e até mesmo as moscas pareciam tomadas de letargia.

Mma Ramotswe notou que as duas garotas estavam no extremo oposto da loja, olhando uma estante de livros na seção dedicada a textos escritos em setsuana. Que estavam fazendo ali? Pode ser que Nandira estudasse setsuana no colégio, mas era pouco provável que estivesse comprando algum dos livros escolares ou dos comentários bíblicos que dominavam a seção. Não, deviam estar esperando por alguém.

Mma Ramotswe caminhou resolutamente para a seção de publicações africanas e pegou um livro na estante. Era *As serpentes da África do Sul*, com muitas ilustrações. Ela fixou-se na figura de uma serpente marrom e perguntou a si mesma se já não havia visto uma igual. Seu primo fora picado por uma cobra como aquela anos atrás, quando eles eram crianças, e não teve nenhum problema. Seria a mesma? Ela olhou para a legenda embaixo da figura e leu. Podia muito bem ter sido a mesma cobra, porque o texto a descrevia como não venenosa e de modo nenhum agressiva. Mas o fato é que havia atacado seu primo; ou teria sido ele quem a atacou? Os meninos atacam cobras. Jogam pedras nelas e parecem incapazes de deixá-las em paz. Mas ela não tinha certeza se o primo Putoke havia realmente feito isso; tanto tempo se passara que na verdade não dava para ela se lembrar.

Ela olhou para as garotas. Continuavam no mesmo lugar, conversando de novo uma com a outra, e uma delas estava rindo. Alguma história sobre rapazes, pensou Mma Ramotswe. Por enquanto estão rindo, muito bem, que riam, mas não demorarão a perceber que toda essa história dos homens não era muito engraçada. Daqui a alguns anos seriam lágrimas no lugar de risos, pensou Mma Ramotswe, tristonha.

Ela voltou ao manuseio de *As serpentes da África do Sul.* Esta que apareceu agora, esta, sim, era uma serpente má. Vejam só a cabeça! Uau! E esses olhos perversos! Mma Ramotswe estremeceu e continuou a leitura: "A imagem acima é de uma mamba negra macho adulta com 1,87 m de comprimento. Como se vê no mapa de distribuição, essa serpente é encontrável em toda a região, se bem que demonstre certa preferência pela savana aberta. Difere da mamba-verde em termos de distribuição, hábitat e toxicidade do veneno. As cobras dessa espécie são das mais perigosas da África, ultrapassada em periculosidade somente pela víbora-do-gabão, cobra rara que vive nas florestas e que está presente em certas partes dos distritos orientais de Zimbábue.

"Relatos que referem ataques por mambas negras são muitas vezes exagerados, e histórias a propósito de essa cobra atacar homens a cavalo em pleno galope e sobrepujá-los são quase com toda a certeza apócrifas. A mamba é capaz de desenvolver velocidade considerável em distância bem curta, mas não teria condições de competir com um cavalo. Nem as histórias que mencionam morte quase instantânea são necessariamente verdadeiras, embora a ação do veneno possa de fato ser acelerada se a vítima picada entrar em pânico, o que muitas vezes acontece quando ela se dá conta de que foi picada por uma mamba.

"Há o registro confiável de um caso em que um rapaz de vinte e seis anos, gozando de boas condições físicas, foi picado por uma mamba no tornozelo direito em conseqüência de a haver pisado inadvertidamente dentro do mato. Não havia soro antiofídico disponível no lugar naquele momento, mas a vítima aparentemente conseguiu drenar parte do veneno ao infligir cortes profundos no local da picada (providência que hoje em dia não é considerada eficaz). Em seguida caminhou mais de seis quilômetros no mato em busca de ajuda, levando cerca de duas horas para ser atendido no hospital. Aplicaram-lhe um antídoto para o veneno e ele sobreviveu incólume ao acidente; se houvesse sido picado por uma víbora aríete, os danos necróticos seriam consideráveis, por causa do tempo decorrido à espera de socorro, e ele poderia até mesmo ter perdido a perna..."

Mma Ramotswe fez uma pausa. Uma perna. Ele precisaria de uma perna mecânica. O sr. Patel. Nandira. Ela ergueu os olhos e aguçou o olhar. O livro sobre serpentes havia de tal modo absorvido sua atenção que ela se descuidara de vigiar as meninas, e agora... — onde estavam elas? Em lugar nenhum. Tinham ido embora.

Ela empurrou *As serpentes da África do Sul* para dentro da estante e saiu correndo para a praça. Havia mais gente circulando agora, já que muitas pessoas faziam suas compras no final da tarde, para escapar do calor. Ela olhou em seu redor. Havia alguns adolescentes a curta distância, mas eram rapazes. Não, havia uma garota. Mas seria Nandira? Não. Olhou na outra direção. Havia um homem encostando sua bicicleta debaixo de uma árvore e ela notou que a bicicleta tinha uma antena de carro em cima dela. Por quê?

Ela seguiu em direção ao Hotel Presidente. Talvez as meninas houvessem simplesmente voltado ao carro para reunir-se à mãe, e, nesse caso, estaria tudo bem. Mas, quando chegou ao estacionamento, viu o carro azul saindo no outro extremo, com apenas a mãe dentro. Isso queria dizer que as garotas continuavam por perto, em algum ponto da praça.

Mma Ramotswe voltou aos degraus do Hotel Presidente e deu uma olhada geral na praça. Moveu o olhar sistematicamente — como Clovis Andersen recomendava —, olhando grupo por grupo de pessoas, esquadrinhando as rodas de compradores que se formavam diante de cada vitrina. Nem sinal das moças. Ela reparou na mulher com blusas de estamparia africana para vender. Estava segurando algo como um saco ou um pacote, e de dentro dele extraía o que parecia ser uma lagarta mopane.

"Mopanes?", perguntou Mma Ramotswe.

A mulher virou-se e olhou para ela.

"Sim." Estendeu o pacote para Mma Ramotswe, que se serviu de uma das lagartas arborícolas desidratadas e enfiou-a rapidamente na boca. Era uma guloseima a que não conseguia resistir.

"A senhora deve ver e acompanhar tudo o que acontece, Mma", disse ela enquanto engolia a lagarta. "Assim, de pé, e tendo essa visão panorâmica de tudo."

A mulher riu. "Vejo todo mundo. Todo mundo."

"A senhora viu quando duas garotas saíram do Centro de Livros?", perguntou Mma Ramotswe. "Uma indiana e a outra africana. A indiana mais ou menos desta altura?"

A vendedora tirou mais uma lagarta de dentro do pacote e enfiou-a na boca.

"Vi, sim", disse. "Elas se dirigiram para o cinema. Depois saíram para outro lugar. Não reparei para onde estavam indo."

Mma Ramotswe sorriu. "A senhora deveria ser uma detetive", disse.

"Como a senhora", comentou a mulher tranqüilamente.

Isso foi uma surpresa para Mma Ramotswe. Ela era bastante conhecida, mas não esperava necessariamente que uma vendedora de rua pudesse identificá-la. Meteu a mão dentro da bolsa e puxou uma nota de dez pulas, que em seguida apertou contra a mão da mulher.

"Obrigada", disse-lhe. "Isto é pela prestação de seus serviços. E espero que a senhora ainda venha a me ajudar de novo algum dia."

A mulher parecia encantada.

"Sei de tudo e posso contar tudo", disse. "Sou os olhos deste lugar. Esta manhã, por exemplo, quer saber quem estava conversando com quem lá adiante? Sabe quem? Ficaria espantada se eu lhe contasse."

"Deixe para outro dia", disse Mma Ramotswe. "Nós nos falaremos."

Não fazia nenhum sentido tentar descobrir qual o rumo que Nandira tomara naquele momento, mas era absolutamente essencial tirar partido da informação que já se achava em seu poder. O que fez Mma Ramotswe foi ir ao cinema e perguntar sobre o horário da sessão noturna, que ela concluiu ter sido a providência tomada pelas meninas quando para lá se dirigiram momentos antes. Em seguida voltou para a pequenina van branca e foi direto para casa, com o objetivo de jantar cedo e depois sair para o cinema. Ela vira o nome do filme; não era nada que estivesse interessada em assistir do começo ao fim, mas havia pelo menos um ano que não ia ao cinema e viu-se atraída pela idéia.

O sr. Patel telefonou antes de ela sair.

"Minha filha falou que vai sair para visitar uma amiga a propósito de um dever de casa", disse, mal-humorado. "Está mentindo mais uma vez."

"Sim", disse Mma Ramotswe. "Infelizmente, acho que sim. Mas sei para onde ela está indo, e estarei lá. Não se preocupe."

"Ela vai ver esse tal de Jack?", vociferou o sr. Patel. "Ela vai se encontrar com ele?"

"Provavelmente", disse Mma Ramotswe. "Mas não adianta nada o senhor se aborrecer. Amanhã lhe passo um relatório."

"De manhã bem cedo, por favor", disse o sr. Patel. "Acordo sempre às seis em ponto."

Havia muito poucas pessoas no cinema quando Mma Ramotswe chegou. Ela escolheu um assento bem atrás, na penúltima fila. Isso lhe dava uma boa visão da porta pela qual quem quer que entrasse no auditório teria que passar, e, mesmo que Nandira e Jack entrassem depois de apagadas as luzes, ainda assim Mma Ramotswe conseguiria distingui-los.

Mma Ramotswe reconheceu alguns dos espectadores. Seu açougueiro chegou pouco depois dela, e ele e sua mulher cumprimentaram-na com um aceno amistoso. Depois vieram um dos professores do colégio e a mulher que dava aulas de aeróbica no Hotel Presidente. Finalmente, o bispo católico, que chegou sozinho e ficou comendo pipoca ruidosamente na primeira fila.

Nandira chegou faltando cinco minutos para começar a primeira parte do filme. Estava desacompanhada e por um instante deteve-se na porta, olhando à sua volta. Mma Ramotswe sentiu quando os olhos da moça pousaram nela, e na mesma hora olhou para baixo, como se estivesse procurando algo no chão. Passado um momento, voltou a erguer os olhos e viu que a garota continuava a olhá-la. Mma Ramotswe tornou a pôr os olhos no chão, e viu um ingresso descartado, que ela se abaixou para apanhar.

Nandira atravessou resolutamente a sala de espetáculos até onde se achava Mma Ramotswe e sentou-se na cadeira a seu lado.

"Boa noite, Mma", disse educadamente. "Este assento está ocupado?"

Mma Ramotswe ergueu os olhos com um ar de surpresa.

"Não, não há ninguém", disse. "Está vago."

Nandira sentou-se.

"Estou a fim de ver esse filme", disse com animação. "Há muito tempo que estava querendo vê-lo."

"Ainda bem", disse Mma Ramotswe. "É bom ver um filme que sempre se teve vontade de ver."

Seguiu-se um silêncio. A moça estava olhando para ela, e Mma Ramotswe sentiu-se um tanto contrafeita. Como teria procedido Clovis Andersen em tais circunstâncias? Ela tinha certeza de que ele havia dito algo a respeito, mas não conseguia lembrar ao certo o quê. Situação: o perseguido se "gruda" no perseguidor, e não o contrário.

"Vi a senhora esta tarde", disse Nandira. "Vi-a no Maru-a-Pula."

"Ah, sim", disse Mma Ramotswe. "Eu estava esperando uma pessoa."

"Depois a vi no Centro de Livros", continuou Nandira. "A senhora estava folheando um livro."

"É verdade", disse Mma Ramotswe. "Estava pensando em comprar um livro."

"Depois a senhora fez perguntas a Mma Bapitse sobre mim", disse Nandira baixando a voz. "Aquela comerciante. Ela me contou que a senhora andou lhe fazendo perguntas sobre mim."

Mma Ramotswe fez uma anotação mental de que deveria ter cuidado com Mma Bapitse no futuro.

"Então, por que está me seguindo?", indagou Nandira, virando-se em seu assento para encarar Mma Ramotswe.

Mma Ramotswe tratou de pensar rápido. Não faria sentido negar a realidade, e, por outro lado, poderia usar a situação difícil em seu proveito. De modo que falou a Nandira das ansiedades de seu pai e de como ele a havia procurado.

"Ele está querendo saber se você anda saindo com rapazes", disse. "Isso o preocupa."

Nandira pareceu contente.

"Bem, se ele está preocupado, a culpa é toda dele se ando saindo com rapazes."

"Então é isso mesmo?", perguntou Mma Ramotswe. "Você anda saindo com uma porção de rapazes?"

Nandira hesitou. Depois, em voz baixa: "Não. Não é verdade".

"Mas e esse tal de Jack?", perguntou Mma Ramotswe. "Quem é ele?"

Por um momento, pareceu que Nandira não iria responder. Aqui estava mais um adulto querendo se intrometer na sua vida particular; no entanto, havia algo em Mma Ramotswe que a levava a confiar nela. Quem sabe ela poderia vir a ser útil... quem sabe...

"Jack não existe", disse ela em voz baixa. "Eu o inventei."

"Por quê?"

Nandira deu de ombros. "Quero que eles — minha família — pensem que tenho um namorado", disse. "Quero que pensem que há alguém que eu própria escolhi, e não alguém que eles acharam bom para mim." Fez uma pausa. "A senhora entende?"

Mma Ramotswe parou um pouco para refletir. Sentiu pena dessa pobre moça, superprotegida, e imaginou como em tais circunstâncias a pessoa podia querer fingir que tinha um namorado.

"Sim", disse ela, pousando a mão no braço de Nandira. "Entendo perfeitamente."

Nandira puxava e soltava a pulseira do seu relógio.

"E então? A senhora vai contar para ele?", perguntou.

"Bem, será que eu tenho muita escolha?", perguntou Mma Ramotswe. "Como é que posso dizer a ele que vi você com um rapaz chamado Jack quando ele na verdade não existe?"

Nandira suspirou. "É, acho que fiz por merecer isso. Joguinho mais idiota que eu fui inventar". Fez uma pausa. "Mas, uma vez que perceba que não existe nada, a senhora acha que ele é capaz de me dar um pouco mais de liberdade? Acha que me deixaria por uns tempos viver minha vida sem ter que prestar contas para ele, minuto a minuto, de cada passo que dou?"

"Eu poderia tentar convencê-lo a fazer isso", disse Mma Ramotswe. "Não sei se me dará ouvidos. Mas eu poderia tentar."

"Ah! por favor!", disse Nandira. "Por favor, tente!"

Assistiram ao filme juntas, e as duas gostaram muito. Depois Mma Ramotswe, desfrutando a companhia amigável e silenciosa em sua pequenina van branca, levou Nandira em casa, deixando-a no portão ladeado de altos muros. A moça ainda ficou olhando o carro se afastar, depois virou-se e apertou a campainha.

"Pois não. Residência dos Patel. Que deseja?"

"Liberdade", murmurou ela entredentes e, em seguida, levantando a voz: "Sou eu, papai. Acabo de chegar em casa".

Mma Ramotswe telefonou bem cedo para o sr. Patel na manhã seguinte, tal como havia prometido. Explicou-lhe que seria melhor para ela falar-lhe em casa, em vez de fazer uma exposição dos fatos pelo telefone.

"A senhora tem uma má notícia para mim", disse ele levantando a voz. "A senhora vai me contar algo bem desagradável. Ó, meu Deus! O que é?"

Mma Ramotswe asseverou-lhe que a notícia não era má, mas, ao entrar no gabinete do sr. Patel meia hora depois, continuava vendo sinais de ansiedade na expressão do rosto dele.

"Estou muito preocupado", disse ele. "A senhora não pode entender a preocupação de um pai. Para uma mãe é diferente. Um pai sente um tipo especial de preocupação."

Mma Ramotswe sorriu para tranqüilizá-lo.

"A notícia é boa", disse. "Não existe nenhum namorado."

"E o que me diz desse bilhete?", perguntou ele. "E esse tal de Jack? É tudo imaginação?"

"É", disse Mma Ramotswe simplesmente. "É, sim."

O sr. Patel mostrou-se perplexo. Levantou sua bengala de apoio e ficou dando algumas pancadinhas com ela na perna mecânica. Em seguida abriu a boca como se fosse falar, mas não disse nada.

"Veja só", disse Mma Ramotswe. "Nandira andou inventando para si própria uma vida social. Criou um namorado com a única intenção de introduzir um pouco de... liberdade em sua vida. O melhor que o senhor pode fazer é simplesmente ignorar isso. Dê-lhe só um pouquinho mais de espaço para levar sua própria vida. Não fique insistindo a todo momento para que ela lhe preste contas de como ocupa o seu tempo. Não há nenhum namorado e pode ser até que não venha mesmo a haver nenhum por uns tempos."

O sr. Patel pousou sua bengala no chão. Cerrou os olhos e pareceu imerso em profundos pensamentos.

"Por que eu deveria fazer isso?", disse, passado um momento. "Por que deveria ceder a essas idéias modernas?"

Mma Ramotswe tinha pronta a resposta. "Porque, se não o fizer, o namorado imaginário pode se tornar real. Aí está o porquê."

Mma Ramotswe observava-o batalhar a duras penas com o seu conselho. De repente, sem qualquer sinalização prévia, levantou-se, cambaleou um pouco antes de atingir o equilíbrio, e logo voltou o rosto para ela.

"A senhora é uma mulher muito inteligente", disse. "E vou seguir o seu conselho. Deixarei que ela leve sua vida em paz e, então, daqui a dois ou três anos, tenho certeza de que ela concordará conosco e me permitirá arranj... ajudá-la a encontrar um homem adequado com quem se casar."

"Isso não seria nada difícil de acontecer", disse Mma Ramotswe, suspirando aliviada.

"Sim", disse o sr. Patel calorosamente, "e eu só teria a agradecer à senhora por ter facilitado que acontecesse."

Mma Ramotswe pensava freqüentemente em Nandira cada vez que passava com a sua van em frente aos altos muros brancos do condomínio dos Patel. Ela esperava vê-la de quando em quando, agora que era capaz de identificá-la, mas isso nunca se deu, pelo menos até um ano mais tarde, quando, tomando o seu café-da-manhã na varanda do Hotel Presidente, ela sentiu que lhe davam pancadinhas no ombro. Virou-se na cadeira e defrontou-se com Nandira, acompanhada de um rapaz. O rapaz tinha cerca de dezoito anos, ela pensou, e uma expressão agradável e comunicativa.

"Mma Ramotswe", disse Nandira de um modo amistoso. "Bem que eu achei que fosse a senhora."

Mma Ramotswe apertou a mão de Nandira. O rapaz sorriu para ela.

"Este é meu amigo", disse Nandira. "Não creio que a senhora já tenha sido apresentada a ele."

O rapaz deu um passo à frente e estendeu a mão.

"Jack", disse.

10

MMA RAMOTSWE REFLETE SOBRE A TERRA ENQUANTO DIRIGE SUA PEQUENINA VAN BRANCA PARA FRANCISTOWN

Mma Ramotswe dirigia sua pequenina van branca, antes do amanhecer, ao longo das sonolentas ruas de Gaborone, passando pela Fábrica de Cervejas Kalahari, pela Estação de Pesquisas do Solo Árido e saindo em seguida para a estrada que levava ao norte. Um homem pulou do mato para a beira da estrada e tentou fazer sinal para que parasse, mas ela não estava disposta a parar em plena escuridão, pois nunca se podia saber que tipo de pessoa estaria querendo pegar uma carona àquela hora. Ele tornou a desaparecer nas sombras, e pelo espelhinho retrovisor ela pôde vê-lo murchar de desapontamento. Depois, quando o carro acabava de passar pelo desvio para Mochudi, o sol surgiu, erguendo-se sobre as vastas planícies que se estendiam em direção ao curso do Limpopo. De repente ele estava ali, sorrindo sobre a África, bola vermelho-dourada que deslizava dilatando-se, flutuante no espaço, a desprender-se sem esforço do horizonte, para dissipar os últimos farrapos de névoas matutinas.

As acácias destacavam-se nitidamente na luz bem definida da manhã e havia pássaros nelas pousados ou sobrevoando-as — poupas, turacos e outros passarinhos de que Mma Ramotswe desconhecia os nomes. Aqui e ali, bois mantinham-se próximos da cerca que acompanhava a estrada quilômetro após quilômetro. Eles erguiam a cabeça e ficavam olhando, ou moviam-se em marcha lenta, arrancando tufos de capim seco que se agarravam tenazmente à terra endurecida.

Essa era uma terra árida. Logo à pequena distância para oeste, começava o Kalahari, um sertão cujas terras eram de cor ocre e que se expandia por extensões inimagináveis até os vácuos gritantes do deserto de Namíbia. Se Mma Ramotswe desviasse sua pequenina van branca por uma das trilhas em que se ramificava a estrada principal, poderia dirigir por talvez cinqüenta ou sessenta quilômetros até que suas rodas começassem a afundar na areia e girar no desespero sem mover o carro. A vegetação iria aos poucos se tornar mais esparsa, mais dentro do perfil desértico. As acácias se espaçariam e haveria formação de rugas de terra fina, que a areia onipresente faria por aplainar e recortar em ameias. Haveria áreas nuas e de pedras cinzentas dispersas, e não haveria nem sinal de atividade humana. Viver com essa vastidão seca interior, marrom e endurecida era a sina dos batsuanas, e era isso que os tornava cautelosos e cuidadosos na administração de suas tarefas.

Quem fosse até lá, nos mais distantes rincões do Kalahari, poderia ouvir a presença de leões durante a noite. Pois os leões continuavam na região, nessas vastas paisagens, e se faziam distinguir nas trevas por seus rugidos e rosnados. Mma Ramotswe havia estado lá uma vez, quando jovem, em visita com seu amigo a um distante pasto arrendado. Dentro do Kalahari não havia local mais longínquo onde fosse possível criar gado, e ela havia então experimentado a solidão absoluta de um lugar sem pessoas. Ali era como se estivesse numa Botsuana destilada: a quintessência de seu país.

Foram na estação chuvosa, e a terra se achava coberta de verde. A chuva era capaz de promover transformações rápidas, e isso justamente acontecera então: o solo cobrira-se de brotos de capim doce, margaridas de Namaqualand, os pés de melancia e babosas com flores rasteiras em tons vermelhos e amarelos.

Eles haviam feito uma fogueira à noite, bem junto à saída das rústicas cabanas que serviam de abrigo nos pastos arrendados, mas a luz proveniente da fogueira parecia tão minúscula sob o grande e vazio céu noturno com suas distantes constelações! Ela se deitara colada ao seu amigo, e este lhe dissera que não havia razão para ter medo, uma vez que os leões manteriam distância das fogueiras, assim como os seres sobrenaturais, *tokoloshes* e outros do mesmo gênero.

Ela acordou de madrugada, e a fogueira estava baixa. Dava para perceber as cinzas em brasa olhando-se pelos interstícios dos ramos que formavam a parede da cabana. Distante, chegava o som de um rugido, mas ela não teve medo e saiu andando da cabana para postar-se a céu aberto e aspirar o ar puro e seco pulmões adentro. E pensou: não passo de uma pessoa minúscula na África, mas eu, como qualquer outro, tenho um lugar para sentar-me nesta terra e tocá-la e considerá-la como minha. Ela esperou que viesse mais um pensamento, mas não veio nenhum, e então recolheu-se de novo à cabana e ao calor das cobertas em sua esteira de dormir.

Agora, dirigindo a pequenina van branca ao longo desses quilômetros a perder de vista, ela pensou que um dia bem que poderia voltar a isolar-se no seio do Kalahari, e renovar a experiência daqueles espaços vazios, daquelas vastas pastagens que eram de partir o coração.

11

CULPA PELO CARRÃO

Três dias haviam se passado desde a resolução satisfatória do caso Patel. Mma Ramotswe encaminhara sua fatura de dois mil pulas, mais os custos operacionais, e havia recebido o pagamento na volta do correio. Isso a surpreendeu. Ela não conseguia acreditar que lhe pagassem essa soma sem protestos, e a presteza e o aparente contentamento com que o sr. Patel saldara sua dívida provocara-lhe dores cruciantes de culpa pelo simples vulto dos honorários.

Era curioso como certas pessoas se mostravam capazes de um intenso sentimento de culpa, ela pensou, enquanto outras não alimentavam nenhum. Certas pessoas sofriam o diabo por falhas ou deslizes mínimos de sua parte, ao passo que outras não estavam nem aí para traições ou desonestidades que porventura houvessem cometido. Mma Pekwane enquadrava-se na primeira categoria, pensou Mma Ramotswe. Note Mokoti, na segunda.

Mma Pekwane parecera ansiosa ao entrar no escritório da Agência Nº 1 de Mulheres Detetives. Mma Ramotswe servira-lhe uma xícara concentrada de chá de *rooibos*, como sempre fazia com as clientes nervosas, e esperara que ela se dispusesse a falar. Estava ansiosa por causa de algum homem, ela pensou; dava todos os indícios disso. O que seria? Alguma manifestação de mau comportamento masculino, sem dúvida, mas qual?

"Estou preocupada por meu marido ter feito uma coisa horrível", disse Mma Pekwane finalmente. "Sinto-me muito envergonhada por ele."

Mma Ramotswe balançou a cabeça gentilmente. Mau comportamento masculino.

"Os homens fazem coisas terríveis", disse. "Todas as mulheres se preocupam com seus maridos. A senhora não é a única."

Mma Pekwane suspirou. "Mas meu marido fez uma coisa horrível", disse ela. "Uma coisa horrível demais."

Mma Ramotswe retesou-se. Se Rra Pekwane houvesse matado alguém, ela teria que ressaltar com absoluta clareza a necessidade de se chamar a polícia. Jamais passaria por sua cabeça ajudar alguém a encobrir um assassinato.

"Que coisa terrível é essa?"

Mma Pekwane baixou a voz. "Ele roubou um carro."

Mma Ramotswe sentiu-se aliviada. Roubar carros era coisa corriqueira, quase nem chamava a atenção, devia haver muitas mulheres circulando pela cidade em carros roubados por seus maridos. Mma Ramotswe era incapaz de se imaginar fazendo isso, naturalmente, e Mma Pekwane tampouco, tudo levava a crer.

"Ele lhe disse que é roubado?", perguntou. "A senhora tem certeza?"

Mma Pekwane balançou a cabeça. "Ele disse que um homem lhe deu. Disse que o homem tinha duas Mercedes-Benz e só precisava de uma."

Mma Ramotswe deu uma risada. "Será que os homens realmente pensam que podem nos enganar tão facilmente?", disse. "Será que pensam que somos idiotas?"

"Acho que sim", disse Mma Pekwane.

Mma Ramotswe pegou seu lápis e desenhou algumas linhas em seu borrador. Olhando para os rabiscos, viu que havia desenhado um carro.

Olhou para Mma Pekwane. "A senhora quer que eu lhe diga o que fazer?", perguntou. "É isso que a senhora quer?"

Mma Pekwane pareceu refletir. "Não", respondeu. "Não é isso que eu quero. Já decidi o que quero fazer."

"E o que é?"

"Quero devolver o carro. Quero devolvê-lo ao seu dono."

Mma Ramotswe endireitou-se na cadeira. "A senhora então quer ir à polícia? Quer denunciar seu marido?"

"Não. Não quero fazer isso. Quero somente que o carro volte a seu dono sem a polícia saber. Quero que Nosso Senhor saiba que o carro voltou às mãos de seu legítimo dono."

Mma Ramotswe encarou sua cliente. Tratava-se, era forçoso admitir, de um desejo perfeitamente razoável. Se o carro fosse devolvido ao dono, a consciência de Mma Pekwane ficaria em paz e ela continuaria a ter o seu marido. Pensando bem, pareceu a Mma Ramotswe ser aquele um modo muito bom de lidar com uma situação difícil

"Mas então por que me procurou?", perguntou Mma Ramotswe. "Como posso ajudar?"

Mma Pekwane deu sua resposta sem vacilar.

"Quero que descubra quem é o dono do carro", disse. "Aí, então, quero que o roube de meu marido e o devolva a seu legítimo dono. É tudo o que eu quero que faça."

Mais tarde, naquela noite, enquanto voltava para casa na sua pequenina van branca, Mma Ramotswe pensou que não deveria nunca ter concordado em ajudar Mma Pekwane, mas o fato é que concordou, e agora estava comprometida. Não ia ser nada fácil, evidentemente, a menos que se procurasse a polícia, o que ela claramente não poderia fazer. Talvez Rra Pekwane merecesse ser entregue, mas sua cliente lhe pedira que as coisas não se passassem assim, e sua lealdade primordial era para com a cliente. Ou seja, tinha que ser descoberta outra maneira.

Naquela noite, depois de jantar galinha com abóbora, Mma Ramotswe telefonou para o sr. J. L. B. Matekoni.

"De onde vêm as Mercedes-Benz roubadas?", perguntou Mma Ramotswe.

"Do outro lado da fronteira", disse o sr. J. L. B. Matekoni. "Elas são roubadas na África do Sul, trazidas para cá, repintadas, têm o número original do motor raspado e depois são vendidas a baixo preço, ou mandadas para a Zâmbia. Por falar nisso, sei muito bem quem faz todas essas operações. Todos sabemos."

"Não preciso ficar sabendo disso", disse Mma Ramotswe. "O que preciso saber é como proceder para identificá-las depois de tudo isso ter acontecido."

O sr. J. L. B. Matekoni fez uma pausa. "É preciso saber onde olhar", disse. "Geralmente há um outro número de série em algum lugar — no chassi ou sob o capô. Não há maior dificuldade em descobri-lo, para quem sabe o que está fazendo."

"O senhor sabe o que está fazendo", disse Mma Ramotswe. "Pode me ajudar?"

O sr. J. L. B. Matekoni suspirou. Ele não gostava de carros roubados. Preferia não ter nada a ver com eles, mas esse era um pedido de Mma Ramotswe, de modo que só havia uma única resposta a ser dada.

"Diga-me onde e quando", respondeu ele.

Eles entraram no jardim dos Pekwane na noite seguinte, graças a um acerto com Mma Pekwane, que prometera verificar no momento combinado se o cão estaria dentro da casa e se o marido estaria entretido comendo um prato especial que ela prepararia para ele. De modo a não haver nada que impedisse o sr. J. L. B. de introduzir-se sorrateiramente sob a Mercedes-Benz estacionada no pátio e inspecionar com uma lanterna a carcaça do carro. Mma Ramotswe ofereceu-se para ficar debaixo do carro também, mas o sr. J. L. B. Matekoni duvidou que ela coubesse em espaço tão exíguo e declinou sua oferta. Dez minutos depois ele tinha um número de série anotado num pedaço de papel, e os dois saíram de mansinho do pátio dos Pekwane, caminhando pela rua até mais adiante, onde a pequenina van branca estava estacionada.

"Tem certeza de que isso é tudo de que eu precisarei?", perguntou Mma Ramotswe. "Basta essa informação para eles conseguirem localizar o dono legítimo?"

"É quanto basta", disse o sr. J. L. B. Matekoni. "Eles conseguirão."

Ela deixou-o diante do portão da casa dele e, quando o carro se afastou, ele lhe dirigiu um aceno de adeus em meio à escuridão. Ela teria como lhe retribuir o favor em breve, era garantido.

Naquele fim de semana, Mma Ramotswe cruzou a fronteira em sua pequenina van branca para chegar a Mafikeng, e foi direto para o Café da Estação. Comprou um exemplar do *Johannesburg Star* e sentou-se a uma mesa junto à janela para ler as notícias. Nada que prestasse, pensou, e, com esse julgamento, pôs o jornal de lado e passou seu tempo observando os freqüentadores do café.

"Mma Ramotswe!"

Ela procurou com os olhos, e ele lá estava, o Billy Pilani dos velhos tempos, mais velho agora, naturalmente, mas, a não ser por isso, o mesmo de sempre. Era como se ela o estivesse vendo, igualzinho, na Escola Pública de Mochudi, sentado à sua escrivaninha, sonhando.

Ela lhe pagou uma xícara de café com um *doughnut* avantajado e explicou para ele do que estava precisando.

"Quero que você descubra quem é o dono deste carro", disse, passando-lhe o pedaço de papel com o número de série anotado na caligrafia do sr. J. L. B. Matekoni. "Em seguida, depois de ter descoberto, quero que você avise ao dono, ou à companhia de seguros, ou seja a quem for, que eles podem vir a Gaborone e encontrarão o carro são e salvo num local combinado. Tudo o que terão de fazer é trazer placas sul-africanas com o número original inscrito nelas. E então poderão levar o carro de volta."

Billy Pilani pareceu surpreso.

"Tudo de graça?", perguntou. "Sem precisar pagar nada?"

"Nada", disse Mma Ramotswe. "Trata-se apenas de devolver uma propriedade a seu legítimo dono. Só isso. Você acredita na justiça disso, não, Billy?"

"Claro", disse Billy Pilani sem pestanejar. "Claro."

"E tem mais, Billy: quero que você se esqueça de que é um policial enquanto tudo isso estiver acontecendo. Você não vai fazer nenhuma espécie de prisão."

"Nem umazinha, de pouca importância?"

"Nem mesmo isso."

Billy Pilani telefonou no dia seguinte.

"Já estou de posse dos dados, que obtive na nossa lista de carros roubados", disse. "Falei com a companhia de seguros, que já desembolsou o prêmio. De modo que eles ficariam muito felizes de ter o carro de volta. Eles podem mandar um de seus homens do outro lado da fronteira para vir buscá-lo."

"Ótimo", disse Mma Ramotswe. "Que eles compareçam ao African Mall em Gaborone, na próxima terça-feira às sete da manhã, trazendo os números das placas."

Ficou tudo combinado, e às cinco da manhã, na terça-feira, Mma Ramotswe entrou de mansinho no pátio da casa dos Pekwane e encontrou, como era esperado, as chaves da Mercedes-Benz no chão em frente à janela do quarto, onde Mma Pekwane as havia jogado na noite anterior. Mma Pekwane lhe havia assegurado que o marido tinha um sono pesado e que nunca despertava antes de a Rádio Botsuana transmitir o som de sinos de vaca às seis.

Ele não ouviu quando ela deu partida ao motor e conduziu o carro para a rua; na verdade, só foi dar pela falta da Mercedes-Benz roubada pouco antes das oito.

"Chame a polícia!", gritou Mma Pekwane. "Depressa, chame a polícia!"

Ela notou que seu marido estava hesitante.

"Talvez mais tarde", disse ele. "Por enquanto, vou procurá-lo eu mesmo."

Ela olhou-o diretamente nos olhos, e por um instante viu que ele se esquivava. É culpado, pensou. Eu estava certa desde o início. É claro que ele não pode se queixar à polícia de que o carro que roubou foi roubado.

Ela procurou Mma Ramotswe esse mesmo dia mais tarde e agradeceu-lhe.

"A senhora fez com que eu me sentisse muito melhor", disse. "Agora vou conseguir dormir à noite sem nenhum sentimento de culpa pelo meu marido."

"Fico contente", disse Mma Ramotswe. "E talvez ele também tenha aprendido uma lição. Uma lição muito interessante."

"Qual lição?", perguntou Mma Pekwane.

"A de que o raio sempre cai no mesmo lugar duas vezes", disse Mma Ramotswe. "Por mais que as pessoas pensem o contrário."

12
A CASA DE MMA RAMOTSWE EM ZEBRA DRIVE

A casa havia sido construída em 1968, quando a cidade foi se expandindo gradativamente para além das lojas e dos prédios governamentais. Ficava numa esquina, o que nem sempre era uma boa coisa, porque as pessoas às vezes se detinham naquela esquina, debaixo das acácias que ali cresciam, e cuspiam para dentro do jardim, ou jogavam lixo por cima da cerca. De início, quando as via fazer isso, ela gritava da janela ou atirava-lhes a tampa de uma lata de lixo, mas elas pareciam não sentir a menor vergonha, essas pessoas, e simplesmente caíam na gargalhada. De modo que ela desistiu, e o rapaz que cuidava do seu jardim de três em três dias assumiu como parte de suas incumbências apanhar o lixo e retirá-lo. Esse era o único problema com a casa. Fora isso, Mma Ramotswe tinha dela o maior orgulho, e todos os dias pensava na sorte que havia tido em comprá-la pouco antes de os preços subirem tanto que as pessoas honestas já não teriam condições de pagá-la.

O quintal era grande, quase um quarto de hectare e era bem aquinhoado de árvores e arbustos. As árvores não eram nada de especial — acácias, em sua maior parte —, mas davam boa sombra e não morriam quando as chuvas eram adversas. E havia ainda as buganvílias púrpuras que foram entusiasticamente plantadas pelos proprietários anteriores e que quase tomaram conta de todo o espaço disponível à época em que Mma Ramotswe se mudou para lá. Ela precisou reduzir o seu número a fim de dar lugar para seus mamoeiros e aboboreiras.

Na frente da casa ficava uma varanda, que era o seu lugar preferido e era onde ela gostava de sentar-se pela manhã, quando o sol nascia, ou à noite, antes de os mosquitos fazerem sua aparição. Ela a havia expandido por meio de um toldo de malha sustentado por dois mastros, que filtrava uma boa parte dos raios de sol e favorecia o crescimento das plantas na luz verde assim criada. Lá ela cultivava begônias e samambaias, regadas diariamente, que formavam uma luxuriante mancha verde sobre o fundo marrom da terra.

Atrás da varanda estava a sala de estar, o maior cômodo da casa, com a imensa janela que dava vista para o que outrora havia sido um gramado. Na sala fora instalada uma lareira, grande demais para o recinto, mas motivo de orgulho para Mma Ramotswe. No consolo ela havia colocado sua porcelana especial, sua xícara de chá com a efígie da rainha Elizabeth II, e sua placa comemorativa com a efígie de sir Seretse Khama, presidente, Kgosi do povo bamanguato. Da placa, ele sorria para ela, e era como se desse uma bênção, como se soubesse. A mesma impressão causava a rainha, pois ela amava Botsuana também, e compreendia.

Mas no lugar de honra ficava o retrato de seu Paizinho, tirado pouco antes do sexagésimo aniversário dele. Estava usando o terno que comprara em Bulawayo, no Zimbábue, na visita que fez à sua prima, e sorria, apesar de Mma Ramotswe não ignorar que na época ele devia sofrer muito. Mma Ramotswe era realista, enraizada no presente, mas se permitia um único pensamento nostálgico, uma única indulgência, que consistia em imaginar seu Paizinho entrando pela porta e vindo ao seu encontro, com efusões e sorrisos dirigidos a ela, e dizendo: "Minha Preciosa! Você se saiu bem! Como me orgulho de você!". E ela imaginava que o levava a passeio por Gaborone, rodando em sua pequenina van branca, e mostrando-lhe o progresso que a cidade havia feito, e ela sorria só de pensar no orgulho que ele teria sentido. Mas não se permitia pensar assim muito freqüentemente, pois terminava debulhando-se em lágrimas, por tudo o que ficara no passado e por todo o amor que ela trazia consigo.

A cozinha era alegre. O chão de cimento, pintado e polido com tinta para assoalho vermelha, era mantido com todo o brilho pela criada de Mma Ramotswe, Rose, que já estava com ela havia cinco anos. Rose tinha quatro filhos, de diferentes pais, que viviam com a mãe dela em Tlokweng. Ela trabalhava para Mma Ramotswe e tricotava para uma cooperativa de tricoteiras, criando seus filhos com o pouco dinheiro que daí resultava. O mais velho era agora carpinteiro e contribuía para o sustento da casa, mas os menores estavam sempre precisando de sapatos e de calças novas, e ainda por cima um deles tinha dificuldades de respiração e precisava de um inalador. Mas, apesar de tudo, Rose cantava, e era assim que Mma Ramotswe tomava conhecimento de que ela já havia chegado de manhã, com os fragmentos da cantoria fluindo da cozinha para os cômodos internos.

13
POR QUE NÃO SE CASA COMIGO?

Felicidade? Era o que não faltava a Mma Ramotswe. Com sua agência de detetives e sua casa em Zebra Drive, ela era mais bem aquinhoada que a maioria, e sabia disso. Também tinha consciência de como as coisas haviam mudado. Quando estivera casada com Note Mokoti, se dera conta de uma profunda e avassaladora infelicidade que a seguia para toda parte como um cão negro.

Se tivesse escutado o que seu pai dizia, se tivesse escutado o marido da prima, nunca se teria casado com Note e os anos de infelicidade jamais teriam acontecido. Mas aconteceram, porque ela era cabeçuda, como são todos aos vinte anos, e quando simplesmente a gente é incapaz de ver, por mais que se julgue capaz. O mundo está repleto de cabeças de vinte anos, pensava ela, todas elas cegas.

Obed Ramotswe nunca aceitou Note, e disse isso à filha sem rodeios. Mas ela reagiu chorando e dizendo que ele era o único homem que ela iria encontrar na vida e que ele a faria feliz.

"Mas não fará mesmo!", disse Obed. "Esse homem vai bater em você. Vai usar você de todas as maneiras. Ele só pensa nele próprio e no que ele quer. Sei do que estou falando, porque estive nas minas e lá a gente vê todo tipo de homens. Já vi homens como esse antes."

Ela balançara a cabeça e saíra correndo da sala, e ele chamara por ela, com um grito agudo e aflito. Ela podia ouvir esse grito ainda hoje, e como lhe doía no coração! Ela magoara o homem que a havia amado mais do que qualquer outro, um homem bom e confiante que só queria protegê-la. Se ao menos a gente pudesse desfazer o passado; se a gente pudesse voltar atrás e evitar os erros, fazer escolhas diferentes...

"Se pudéssemos voltar atrás", disse o sr. J. L. B. Matekoni, servindo o chá na caneca de Mma Ramotswe. "Muitas vezes pensei nisso. Se pudéssemos voltar atrás e ficar sabendo na época o que sabemos hoje..." Balançou a cabeça, seduzido pela idéia. "Meu Deus do céu! Viveria uma vida tão diferente!"

Mma Ramotswe sorvia o seu chá. Estava sentada no escritório da Tlokweng Road Speedy Motors debaixo do calendário dos fornecedores de peças sobressalentes, passando o tempo com seu amigo, como ela costumava fazer quando sua própria agência estava sem movimento. Isso era inevitável; às vezes as pessoas simplesmente não estavam querendo tirar as coisas a limpo. Ninguém estava desaparecido, ninguém estava enganando suas mulheres, ninguém estava desviando fundos. Nessas ocasiões, o melhor que teria a fazer uma detetive particular seria pendurar um aviso de "fechado" na porta do escritório e ir plantar melões. Não que ela pretendesse plantar melões; uma xícara de chá tomada tranqüilamente, seguida de uma saída para compras no African Mall era uma forma de passar a tarde tão boa como qualquer outra. Depois ela poderia ir ao Centro de Livros ver se haviam chegado revistas interessantes. Ela adorava revistas. Adorava-lhes o cheiro e as figuras em cores vivas. Adorava revistas de decoração de interiores que mostravam como viviam as pessoas em países distantes. Elas tinham tantas coisas em suas casas, e coisas tão lindas! Quadros, ricas cortinas, pilhas de almofadas de veludo, maravilhosas para servirem de assento a uma pessoa gorda, iluminações curiosas em ângulos inusitados...

O sr. J. L. B. Matekoni animou-se com a conversa.

"Cometi centenas de erros em minha vida", disse, franzindo a testa com a lembrança deles. "Centenas e mais centenas."

Ela olhou para ele. Ela pensara que tudo havia corrido razoavelmente bem em sua vida. Ele fizera seu aprendizado como mecânico, economizara dinheiro e por fim comprara sua própria oficina. Construíra uma casa, casara-se (infelizmente sua mulher havia morrido) e tornara-se o presidente local do Partido Democrático de Botsuana. Conhecia alguns ministros (de forma muito superficial) e era convidado para um dos *garden parties* anualmente realizados na sede do governo. Tudo parecia um mar de rosas.

"Não consigo ver que erros possa ter cometido", disse ela. "De mim não há como dizer o mesmo."

O sr. J. L. B. Matekoni mostrou-se surpreso.

"Não posso imaginá-lo cometendo nenhum erro", disse ela. "O senhor é inteligente demais para isso. O senhor examinaria todas as possibilidades e acabaria escolhendo a certa. Sempre."

Mma Ramotswe riu para dentro.

"Eu me casei com Note", limitou-se a dizer.

O sr. J. L. B. mostrou-se pensativo.

"É verdade", disse. "Isso foi um erro danado."

Ficaram em silêncio por um momento. Em seguida, ele levantou-se. Era um homem alto e precisava ter cuidado para não bater com a cabeça quando ficava ereto. Com o calendário atrás dele e o papel pega-moscas pendendo do teto, limpou a garganta e falou.

"Gostaria que se casasse comigo", disse ele. "Isso não seria um erro."

Mma Ramotswe escondeu o seu espanto. Não teve um sobressalto, nem deixou cair sua caneca de chá, nem abriu a boca e não emitiu som algum. Em vez disso, sorriu e olhou firme para o seu amigo.

"O senhor é um homem bom e gentil", disse. "É como meu Paizinho... um pouco. Mas não posso voltar a me casar. Jamais. Sou feliz agora. Tenho a agência e minha casa. Minha vida está completa."

O sr. J. L. B. Matekoni sentou-se. Estava desconcertado e Mma Ramotswe estendeu o braço para tocá-lo. Ele recuou instintivamente, como faria diante do fogo um homem que se houvesse queimado.

"Sinto muito", disse ela. "Gostaria que soubesse que, se algum dia eu viesse a me casar, o que não acontecerá, escolheria um homem como o senhor. Escolheria até mesmo o senhor. Tenho certeza."

O sr. J. L. B. Matekoni pegou a caneca que ela estava usando e serviu-lhe mais chá. Ele agora estava em silêncio — não de raiva ou ressentimento —, mas porque toda a sua energia fora gasta naquela declaração de amor, e por ora não tinha mais nenhuma palavra a dizer.

14
GOSTOSÃO

Alice Busang estava nervosa diante da perspectiva de consultar Mma Ramotswe, mas logo se acalmou ao defrontar-se com a figura obesa e acolhedora sentada atrás da escrivaninha. Era o mesmo que falar com um médico ou um padre, pensou ela; nesse tipo de entrevista, nada do que se pudesse dizer seria capaz de chocar.

"Desconfio de meu marido", disse. "Acho que está envolvido com outras mulheres."

Mma Ramotswe moveu a cabeça em sinal de concordância. Sua experiência lhe dizia que todos os homens se envolviam com outras mulheres. As únicas exceções eram os ministros de Deus e os diretores de escola.

"A senhora o viu fazendo isso?", perguntou.

Alice Busang balançou a cabeça. "Estou sempre atenta, mas nunca o peguei com outras mulheres. Acho que ele é esperto demais."

Mma Ramotswe anotou isso num papel.

"Ele freqüenta bares, não?"

"Sim."

"É onde eles as encontram. Essas mulheres que passam seu tempo nos bares esperando pelos maridos de outras mulheres. Esta cidade está cheia de mulheres assim."

Ela olhou para Alice e fluiu entre elas uma breve corrente de compreensão. Todas as mulheres em Botsuana eram vítimas da fraqueza dos homens. Não havia praticamente nenhum homem dos tempos atuais que se casasse com uma mulher e sossegasse, disposto a cuidar dos filhos dela; homens assim pareciam ser coisa do passado.

"A senhora quer que eu o siga?", perguntou ela. "Quer que eu descubra onde ele consegue essas mulheres?"

Alice Busang, com um gesto de cabeça, respondeu afirmativamente. "Quero, sim", disse. "Quero ter provas. Só para mim mesma. Quero ter provas, para ficar sabendo com que tipo de homem me casei."

Mma Ramotswe estava ocupada demais para poder se encarregar do caso Busang antes da semana seguinte. Naquela quarta-feira ela parou com sua pequenina van branca nas imediações do Edifício Seleção de Diamantes, sede do escritório onde Kremlin Busang trabalhava. Recebera das mãos de Alice Busang uma foto dele, e agora a olhava, pousada em seu joelho; era um homem bonito, de ombros largos e amplo sorriso. Só de olhar para ele dava para ver que era um sedutor, e ela se perguntava por que Alice Busang tê-lo-ia escolhido para casar-se, se queria um marido fiel. Por vã esperança, é claro; uma esperança ingênua de que ele seria diferente dos outros homens. Bem, como eu disse, bastava olhá-lo para certificar-se de que as coisas não se passariam assim.

Ela o seguiu no tráfego, direcionando sua pequenina van branca no rastro do velho carro azul dele até chegarem ao Bar Go Go do Gostosão junto à estação de ônibus. Enquanto ele entrava no bar, ela ainda continuou sentada no carro, pondo um pouco mais de batom nos lábios e dando uns toques de creme no rosto. Minutos depois, fazia sua entrada no Go Go e começava a trabalhar para valer.

O Bar Go Go do Gostosão não estava apinhado de gente, muito pelo contrário, e não havia mais que uma ou duas outras mulheres lá, do tipo que ela classificou como pouco sérias. Ficaram olhando para ela, mas ela as ignorou e foi sentar-se no bar, com dois banquinhos a separá-la de Kremlin Busang.

Ela pediu uma cerveja e olhou à sua volta, como se tomando consciência do ambiente do bar pela primeira vez.

"Você nunca veio aqui antes, cara", disse Kremlin Busang. "É um bom bar."

Ela cruzou com o seu olhar. "Só venho a bares em grandes ocasiões", disse ela. "Como hoje."

Kremlin Busang sorriu. "Seu aniversário?"

"Sim", disse ela. "Deixe-me pagar-lhe uma bebida para comemorar."

Ela lhe pagou uma cerveja, e ele se mudou para o banquinho a seu lado. Ela viu que ele era um homem bonito, exatamente como mostrava a sua foto, e que suas roupas eram bem escolhidas. Beberam juntos, e depois ela pediu mais outra cerveja para ele. Ele começou a falar-lhe sobre seu trabalho.

"Eu seleciono diamantes", disse. "Sabe, é um trabalho difícil. Requer vista apurada."

"Eu gosto de diamantes", disse ela. "Gosto muito de diamantes."

"É uma sorte nossa termos tantos diamantes neste país", disse ele. "Incríveis, esses diamantes!"

Ela moveu ligeiramente sua perna esquerda, de modo a tocar a dele. Ele notou isso, pois ela o viu baixar os olhos, mas sem alterar a posição da própria perna.

"Você é casado?", perguntou ela em voz baixa.

Ele nem hesitou. "Não. Nunca fui casado. É melhor ser solteiro hoje em dia. Ter liberdade, sabe."

Ela concordou, com um sinal de cabeça. "Eu também gosto de ser livre", disse. "Dá para a gente escolher como quer passar o tempo."

"Exatamente", disse ele. "É isso mesmo."

Ela bebeu até esvaziar o copo.

"Tenho que ir", disse, e então, depois de uma curta

pausa: "Será que você gostaria de tomar uma bebida em minha casa? Lá eu tenho cerveja".

Ele sorriu. "É. É uma boa idéia. Eu não tinha mesmo nada para fazer."

Ele seguiu-a em seu próprio carro, e juntos entraram na casa dela e ligaram um som. Ela lhe serviu uma cerveja, de que ele bebeu a metade sem parar para respirar. Depois passou o braço em volta da cintura dela e lhe disse que apreciava mulheres gordas. Todo esse negócio de as mulheres quererem emagrecer era absurdo, e não funcionava de jeito nenhum com as africanas.

"É de mulheres gordas como você que os homens realmente gostam", disse.

Ela deu uma risadinha. Ele era encantador, não havia como negar, mas ela agora estava ali a trabalho e precisava ter um procedimento bem profissional. Precisava lembrar-se de que tinha necessidade de provas, e isso talvez fosse mais difícil de conseguir.

"Venha sentar-se aqui junto de mim", disse. "Deve estar cansado depois de ter passado o dia todo em pé, selecionando diamantes."

Ela havia preparado suas justificativas, que ele aceitou sem protestos. Precisava ir trabalhar no dia seguinte de manhã bem cedo, o que afastava a possibilidade de ele passar a noite com ela. Mas seria uma lástima encerrar aquele episódio tão bom sem que ficasse nenhuma lembrança dele.

"Quero bater uma foto nossa, só para guardá-la. Assim, posso olhar para ela e lembrar-me desta noite."

Ele sorriu-lhe e beliscou-a carinhosamente.

"Boa idéia."

Ela, então, ajustou o mecanismo da câmera para disparar com retardamento, e voltou, de um pulo, para o sofá, a fim de juntar-se a ele. Ele beliscou-a de novo, abraçou-a e beijou-a apaixonadamente, enquanto pipocava o flash.

"Podemos publicar isso no jornal, se você quiser," disse ele. "O senhor Gostosão com sua amiga senhorita Gorducha."

Ela riu. "Você é um sedutor, Kremlin, não resta a menor dúvida. Um sedutor dos pés à cabeça. Fiquei sabendo desde o primeiro momento em que te vi."

"Bem, alguém tem que cuidar das garotas", disse ele.

Alice Busang voltou à agência na sexta-feira e encontrou Mma Ramotswe à sua espera.

"Infelizmente posso dizer-lhe que seu marido é infiel", disse ela. "Posso provar."

Alice cerrou os olhos. Ela esperara isso, mas não o desejara. Ela o mataria, pensou; mas não, eu ainda o amo. Eu o detesto. Não, eu o amo.

Mma Ramotswe passou-lhe a foto. "Aí está a prova", disse.

Alice Busang olhou fixo para a foto. Não podia ser! Mas, sim, era ela mesmo! Era a mulher detetive.

"Você...", gaguejou ela. "Você ficou com meu marido?"

"Ele ficou comigo", disse Mma Ramotswe. "A senhora queria uma prova, não queria? Consegui uma prova acima de qualquer expectativa."

Alice Busang jogou a foto fora.

"Mas você... ficou com meu marido. Sua..."

Mma Ramotswe franziu a cara. "A senhora me pediu que o pegasse em flagrante, não foi?"

Os olhos de Alice Busang apertaram-se. "Sua puta!", vociferou. "Sua puta gorda! Você ficou com meu Kremlin! Sua ladra de maridos! Bandida!"

Mma Ramotswe olhou para sua cliente, consternada. Aquele seria um caso, pensou, em que teria de desistir dos honorários.

15
A DESCOBERTA DO SR. J. L. B. MATEKONI

Alice Busang foi conduzida até a saída da agência, sempre gritando seus insultos a Mma Ramotswe.

"Sua vadia gorda! Você se acha uma detetive? Você não passa de uma devoradora de homens, como todas essas garotas de bar! Que ninguém se engane! Essa mulher não é uma detetive. Isso aqui é a Agência Nº 1 para Roubar Maridos!"

Quando cessou o "rolo", Mma Ramotswe e Mma Makutsi se entreolharam. Que outra coisa podiam fazer senão rir? Aquela mulher soubera o tempo todo o que o marido aprontava, mas insistira em ter uma prova. E, quando a teve, pôs a culpa no mensageiro.

"Tome conta do escritório, enquanto eu vou dar uma chegada até a oficina", disse Mma Ramotswe. "Não posso deixar de contar ao senhor J. L. B. Matekoni isso que aconteceu."

Ele estava no seu cubículo envidraçado dentro do escritório, ajeitando uma tampa de distribuidor.

"Hoje em dia entra areia por tudo quanto é lado", disse. "Veja isso."

Ele extraiu um fragmento de sílica de dentro de um tubo metálico e mostrou-o triunfalmente à visitante.

"Esta coisinha de nada fez um grande caminhão parar de estalo", disse. "Este minúsculo grão de areia."

"Por falta de um prego, perdeu-se a ferradura", disse Mma Ramotswe, relembrando uma tarde de outros tempos na Escola Pública de Mochudi, quando a professora citou esse provérbio para a classe. "Por falta de uma ferradura, o..." Ela interrompeu-se. O resto da frase ficou atravessado na memória.

"... O cavalo caiu", adiantou o sr. J. L. B. Matekoni. "Também me ensinaram isso."

Ele pôs a tampa de distribuidor sobre a mesa e saiu para encher a chaleira. Era uma tarde quente, e uma xícara de chá faria com que se sentissem melhor.

Ela lhe falou de Alice Busang e de sua reação diante da prova das atividades de Kremlin.

"O senhor precisava tê-lo visto", disse. "Um autêntico sedutor. Brilhantina nos cabelos. Óculos escuros. Sapatos da moda. Ele não tinha idéia da impressão cômica que causava. Prefiro os homens com sapatos comuns e calças honestas."

O sr. J. L. B. Matekoni deu uma olhada ansiosa nos seus sapatos — surradas botas de suede cobertas de graxa — e nas suas calças. Seriam honestas?

"Não pude sequer cobrar dela os honorários", continuou Mma Ramotswe. "Não depois do que se passou."

O sr. J. L. B. Matekoni balançou a cabeça em concordância. Ele parecia preocupado com alguma coisa. Não voltara a apanhar a tampa do distribuidor e estava olhando fixo para fora da janela.

"O senhor está preocupado com alguma coisa?" Ela ficou pensando se, ao recusar sua proposta de casamento, tê-lo-ia magoado mais do que imaginava. Ele não era pessoa de guardar ressentimentos, mas ter-se-ia ofendido? Ela não queria perder sua amizade — de certo modo, era o melhor amigo que tinha na cidade, e a vida, sem sua confortadora presença, estaria nitidamente empobrecida. Por que o amor — e o sexo — complicam tanto a vida? Seria bem mais simples para nós não termos que nos preocupar com eles. O sexo não tinha nenhuma participação em sua vida, e ela considerava isso um grande alívio. Ela não tinha que se preocupar com sua aparência, com o que as pessoas pensavam dela. Que coisa mais terrível ser um homem, e ter o sexo no pensamento o tempo todo, como se diz que os homens têm. Ela havia lido numa revista que os homens, em média, pensavam em sexo sessenta vezes por dia! Ela não podia acreditar nesta cifra, mas era o que as pesquisas revelavam. Os homens (em média), enquanto cumpriam suas obrigações do dia-a-dia, tinham todos esses pensamentos na cabeça; pensamentos de meter e empurrar, como é do feitio dos homens, enquanto na verdade estavam tratando de coisas muito diferentes! Os médicos estariam pensando em sexo enquanto tomavam o seu pulso? Os advogados estariam pensando em sexo quando, sentados junto a suas escrivaninhas, tramavam estratégias impecáveis? Os pilotos estariam com esses pensamentos enquanto dirigiam seus aviões em pleno vôo? Simplesmente era impossível de acreditar.

E o sr. J. L. B. Matekoni, com a inocente expressão que se estampava em seu rosto franco, estaria com as idéias concentradas em sexo ao olhar para uma tampa de distribuidor ou ao suspender baterias de dentro do motor? Ela olhou para ele: como seria possível saber? Um homem pensando em sexo de repente começaria a lançar olhares de soslaio? Ou ficaria de boca aberta e mostraria sua língua rosada, ou...? Não. Isso era impossível.

"Em que está pensando, senhor J. L. B. Matekoni?" A pergunta saiu sem querer e ela na mesma hora lamentou tê-la feito. Era como se ela o houvesse desafiado a confessar que estava pensando em sexo.

Ele se levantou e fechou a porta que ficara ligeiramente entreaberta. Não havia ninguém que pudesse escutar o que diziam. Os dois mecânicos estavam no outro extremo da garagem, tomando seu chá da tarde e pensando em sexo, imaginou Mma Ramotswe.

"Se a senhora não tivesse vindo me procurar, eu teria ido procurá-la", disse o sr. J. L. B. Matekoni. "Descobri uma coisa, sabe."

Ela se sentiu aliviada; isso queria dizer que ele não

guardara ressentimento por ela ter recusado sua proposta de casamento. Olhou-o, em expectativa.

"Houve um acidente", disse o sr. J. L. B. Matekoni. "Não foi grave. Ninguém saiu ferido. Lá na parada junto do desvio. Um caminhão que vinha pelo desvio não parou. Bateu num carro que vinha da aldeia. O carro foi lançado na vala e ficou bastante amassado. O caminhão teve um farol esmagado e pequenos danos no radiador. E foi só."

"E então?"

O sr. J. L. B. Matekoni sentou-se e olhou para suas mãos.

"Fui chamado para tirar o carro da vala. Peguei meu caminhão de socorros e içamos com o guincho o veículo acidentado. Em seguida o trouxemos para cá. Depois eu lhe mostro."

Fez uma pequena pausa antes de continuar. A história aparentemente era bastante simples, mas parecia exigir dele um grande esforço para contar.

"Examinei os danos causados. Era um caso de lanternagem e eu poderia facilmente chamar o meu lanterneiro para que cuidasse do caso em sua oficina. Mas havia uma ou duas coisas que eu teria de fazer antes. Teria que verificar a parte elétrica, por exemplo. Esses carros novos, muito caros, têm tanta fiação que uma pequena batida aqui ou ali pode pôr tudo a perder. Você não consegue trancar as portas se houver algum corte nos fios. Ou os dispositivos anti-roubo fazem com que tudo fique emperrado. É muito complicado, como aqueles dois rapazes lá fora, bebendo seu chá quando deveriam estar trabalhando, estão justamente a ponto de descobrir.

"Em suma, tive que examinar uma caixa de fusíveis embaixo do pára-lama e, quando estava fazendo isso, inadvertidamente abri o porta-luvas. Olhei para dentro dele, não sei por quê, mas me senti compelido a olhar — e descobri uma coisa. Um pequeno saco."

A mente de Mma Ramotswe antecipava-se ao relato.

Matekoni havia topado com diamantes ilícitos — ela tinha certeza.

"Diamantes?"

"Não", disse o sr. J. L. B. Matekoni. "Pior que isso."

Ela olhou para o pequeno saco que ele havia retirado do seu cofre e colocado sobre a mesa. Era feito de pele animal — como uma espécie de sacola, digamos assim — e semelhante às bolsas que os basarvas ornamentavam com fragmentos de conchas de ostras e usavam para armazenar ervas e substâncias pastosas de que impregnavam suas flechas.

"Deixe que eu mesmo abro", disse ele. "Não quero fazer com que a senhora o toque." Ela ficou olhando-o desatar os cordões que fechavam a boca do saco. A expressão no rosto dele era de nojo, como se estivesse manuseando algo com cheiro desagradável.

Esse mau cheiro — de mofo seco — ficou patente quando ele retirou os três pequenos objetos do saco. Agora dava para ela entender. Ele não precisava dizer mais nada. Estava explicado por que ele parecia tão perturbado e contrafeito. O sr. J. L. B. Matekoni descobrira *muti*. Descobrira feitiços de curandeiros.

Ela não disse nada quando os objetos foram postos sobre a mesa. Que se poderia dizer desses lamentáveis despojos, o osso, o pedaço de pele, sobre o pequeno frasco de madeira, tampado com rolha, e seu medonho conteúdo?

O sr. J. L. B. Matekoni, relutante em tocar os objetos, cutucou o osso com um lápis.

"Veja", limitou-se a dizer. "Foi isso que eu achei."

Mma Ramotswe levantou-se da cadeira e deu uns passos em direção à porta. Sentiu ânsias de vômito, o estômago revirado como acontece quando se está diante de um cheiro nauseabundo, de um asno morto despejado numa vala, de um cadáver em putrefação.

A sensação passou e ela deu meia-volta.

"Vou levar esse osso para investigar", disse. "Pode ser que estejamos enganados. Talvez pertença a um animal A um antílope. A uma lebre."

O sr. J. L. B. Matekoni balançou a cabeça. "Não é o caso", disse. "Sei o que eles vão dizer."

"De qualquer modo", disse Mma Ramotswe, "ponha-o num envelope, que eu o levarei."

O sr. J. L. B. Matekoni abriu a boca para falar, mas pensou duas vezes. Ele iria adverti-la, dizer-lhe que era perigoso sair por aí com essas coisas, mas, assim fazendo, estaria de alguma forma admitindo acreditar em seu poder, e ele não acreditava. Ou acreditava?

Ela pôs o envelope no bolso e sorriu.

"Nada pode me acontecer agora", disse. "Estou protegida."

O sr. J. L. B. Matekoni tentou rir da piada dela, mas não conseguiu. Usar aquelas palavras era um desafio à Providência, e ele esperou que ela não tivesse que se arrepender mais tarde de havê-las dito.

"Há uma coisa que eu gostaria de saber", disse Mma Ramotswe ao deixar o escritório. "Quem era o dono desse carro?"

O sr. J. L. B. Matekoni olhou para os dois mecânicos. De onde estavam não poderiam ouvi-lo, mas, mesmo assim, ele baixou a voz ao contar para Mma Ramotswe:

"Charlie Gotso", disse. "Esse mesmo. O próprio."

Mma Ramotswe escancarou os olhos.

"Gotso? O figurão?"

O sr. J. L. B. Matekoni balançou a cabeça, em confirmação. Todos conheciam Charlie Gotso. Era um dos homens mais influentes do país. Era ouvido por... bem, era ouvido por quase todas as pessoas de importância dentro de Botsuana. Não havia no país uma porta que estivesse fechada para ele, ninguém que se negasse a atender-lhe um pedido de favor. Se Charlie Gotso pedisse a uma pessoa "por favor, faça-me tal coisa", a pessoa a fazia. Se não a fizesse, bem, talvez a vida começasse a lhe parecer mais difícil daí por diante. Sutilezas tais como: o requerimento de licença encaminhado para abrir um negócio podia deparar-se com atrasos inesperados; ou a pessoa começava a achar que havia sempre armadilhas para detectar excesso de velocidade em seu percurso até o trabalho; ou os colaboradores mostravam-se insatisfeitos e iam trabalhar para outra pessoa. Nunca havia prova de nada disso — as coisas não se passavam assim em Botsuana —, mas o efeito seria bem real.

"Puxa vida", disse Mma Ramotswe.

"Pois é", disse o sr. J. L. B. Matekoni. "Puxa vida."

16

DEDOS CORTADOS E COBRAS

De início — o que em Gaborone significa realmente trinta anos atrás —, havia muito poucas fábricas. Na verdade, quando a princesa Marina compareceu à cerimônia de descer a bandeira inglesa do topo do mastro no estádio, naquela noite de muito vento em 1966, e o Protetorado de Bechuanalândia deixou de existir, não havia fábrica nenhuma. Mma Ramotswe era então uma menina de oito anos, aluna da Escola Pública em Mochudi, e com apenas uma vaga consciência de que estava acontecendo algo de especial, e de que nesse dia se inaugurara aquilo que as pessoas chamavam de liberdade. Mas ela não se sentira nem um pouco diferente no dia seguinte, e perguntara a si mesma que sentido poderia ter essa tal de liberdade. Claro que agora ela sabia qual era esse sentido, e seu coração se enchia de orgulho ao pensar em tudo o que havia conseguido no curto espaço de trinta anos. A grande faixa territorial, com a qual os ingleses na verdade não sabiam o que fazer, prosperara a ponto de se tornar sobejamente a nação mais bem dirigida na África. As pessoas tinham todos os motivos para bradar com orgulho "Pula! Pula! Chuva! Chuva!".

Gaborone crescera, a ponto de se tornar irreconhecível. Quando ela lá chegou, ainda garotinha, havia apenas uns quantos círculos de casas em torno do shopping center e das poucas repartições públicas — muito maior do que Mochudi, é claro, e tão mais imponente, com os prédios do governo e a casa de Seretse Khama. Mas continuava na verdade, ainda bem pequena, para quem tivesse visto fotos de Johannesburgo, ou mesmo de Bulawayo. E nenhuma fábrica. Absolutamente nenhuma.

Em seguida, pouco a pouco, as coisas haviam mudado. Alguém construiu uma oficina que fabricava resistentes cadeiras para sala de estar. Depois um outro montou uma pequena fábrica de tijolos feitos de cinza e cimento. Outros se seguiram, e logo se estabeleceu um quarteirão na rua Lobatse que as pessoas começaram a chamar de Bairro Industrial. Isso foi motivo de um surto de orgulho; então está aí o que a liberdade nos trouxe, pensaram as pessoas. E vieram a Assembléia Legislativa e a Casa dos Dirigentes Locais, onde as pessoas podiam dizer o que desejassem — podiam e o faziam — e surgiram, também, todas aquelas pequenas fábricas e os empregos a ela associados. Agora havia até mesmo uma fábrica de caminhões na estrada para Francistown, que montava dez caminhões por mês para atender a encomendas procedentes de lugares tão distantes como o Congo; e tudo isso começara do nada!

Mma Ramotswe conhecia um ou dois gerentes de fábricas, além de um proprietário. Esse proprietário de fábrica, um motsuana que chegara ao país vindo da África do Sul, com o propósito de gozar da liberdade que lhe era negada do outro lado da fronteira, montara sua fábrica de parafusos com um minúsculo capital, umas poucas sobras de maquinaria de segunda mão compradas numa liquidação por falência em Bulawayo, e mão-de-obra que se resumia em seu cunhado, nele próprio e num rapaz com deficiência mental que ele encontrara sentado debaixo de uma árvore e que se mostrou razoavelmente capaz de catar parafusos. O negócio havia prosperado, em grande parte devido à simplicidade da idéia em que se baseava. Tudo o que a fábrica fazia era um único modelo de parafuso, do tipo que era necessário para fixar nas vigas de telhados chapas de zinco galvanizado. Era um processo simples que requeria tão-somente um único modelo de máquina — modelo que parecia incapaz de estragar-se e que raramente precisava de manutenção.

A fábrica de Hector Lepodise cresceu rapidamente e, à época em que Mma Ramotswe o conheceu, ele estava empregando trinta pessoas e produzindo parafusos que prendiam telhados de zinco a suas vigas em território setentrional tão extremo como Malaui. De início todos os empregados eram seus parentes, exceto o rapaz com deficiência mental, mais tarde promovido à função de preparar e servir o chá. Com o crescimento do negócio, a parentela não deu conta e Hector começou a empregar gente de fora. Ele não deixou, entretanto, de manter seus hábitos anteriores de empregador paternalista — havia sempre bastante tempo de folga para comparecer a enterros, bem como pagamento de salário integral aos que estivessem comprovadamente doentes — e, em conseqüência, seus empregados costumavam ser de uma ardorosa lealdade para com ele. Mas, com um pessoal de trinta funcionários, dos quais apenas doze eram parentes, era inevitável que surgisse alguém movido pelo intuito de explorar sua bondade, e eis quando Mma Ramotswe entra na história.

"Não posso provar", disse Hector, enquanto tomava café com Mma Ramotswe na varanda do Hotel Presidente, "mas nunca confiei naquele homem. Ele só veio trabalhar comigo há seis meses, e agora acontece isso."

"Onde ele havia trabalhado antes?", perguntou Mma Ramotswe. "Quais as referências que deram dele?"

Hector deu de ombros. "Ele tinha uma referência dada por uma fábrica do outro lado da fronteira. Escrevi para eles, mas não se dignaram me dar uma resposta. Alguns deles não nos levam a sério, sabe como é. Tratam-nos como se fôssemos um dos seus desgraçados bantustanos. A senhora sabe como eles são."

Mma Ramotswe assentiu com a cabeça. Ela sabia. Nem todos eles eram maus, claro. Mas muitos deles eram horríveis, o que de certo modo eclipsava as melhores qualidades dos que eram bons. Era uma tristeza.

"Como disse, ele só veio trabalhar comigo há seis meses", prosseguiu Hector. "Era muito bom operando a maquinaria, de forma que o pus para trabalhar na máquina nova que comprei daquele holandês. Ele se deu muito bem com a máquina, tanto assim que aumentei seu salário em cinqüenta pulas por mês. Aí, de repente, ele foi embora. E o caso é esse."

"Alguma razão?", perguntou Mma Ramotswe.

Hector franziu a cara. "Nenhuma, que eu saiba. Ele recebeu seu salário numa sexta-feira e simplesmente não voltou. Isso foi há cerca de dois meses. Só voltei a ter notícias dele por intermédio de um advogado em Mahalapye. Este me escreveu uma carta dizendo que seu cliente, o senhor Solomon Moretsi, estava iniciando uma ação legal contra mim para obter uma indenização de quatro mil pulas pela perda de um dedo, causada por um acidente de trabalho em minha fábrica."

Mma Ramotswe verteu mais uma xícara de café para ambos, enquanto digeria a continuação desse episódio. "E houve um acidente?"

"Temos um livro para registro de ocorrências no trabalho", disse Hector. "Se alguém se machuca, deve dar entrada no livro com uma descrição detalhada. Fui ver o que constava na data mencionada pelo advogado, e vi que tinha havido algo. Moretsi registrara um ferimento num dos dedos de sua mão direita. Ele escreveu que havia feito um curativo no local do machucado e que tudo parecia resolvido. Andei perguntando ao pessoal, e alguém disse que ele explicara que estava se ausentando da máquina por momentos para tratar de um dedo ferido. Elas acharam que não houvesse sido um ferimento sério, e ninguém mais ligou para aquilo."

"E então ele foi embora?"

"Sim", disse Hector. "Isso foi poucos dias antes que ele se fosse."

Mma Ramotswe olhou para o amigo. Sabia que ele era um homem honesto e bom patrão. Se alguém se houvesse ferido, ela tinha certeza de que ele tudo faria para ajudá-lo.

Hector sorveu um pouco do seu café. "Não confio naquele homem", disse. "Acho que jamais confiei. Simplesmente não acredito que ele tenha perdido um dedo em minha fábrica. Pode ter perdido um dedo em algum outro lugar, mas isso não tem nada a ver comigo."

Mma Ramotswe sorriu. "O senhor quer que eu encontre esse dedo para o senhor? Foi para isso que me convidou a vir ao Hotel Presidente?"

Hector deu uma risada. "Sim. E convidei-a também porque tenho prazer em estar sentado aqui junto à senhora, e gostaria de lhe pedir que se casasse comigo. Mas sei que a resposta há de ser sempre a mesma."

Mma Ramotswe estendeu a mão até tocar e acariciar o braço do amigo.

"Não há nada de errado com o casamento", disse. "Mas ser a primeira detetive mulher no país não facilita a vida de ninguém. Eu não poderia ficar em casa e cozinhar, o senhor bem sabe."

Hector balançou a cabeça. "Sempre lhe prometi que teria uma cozinheira. Mesmo duas, se quisesse. Poderia continuar sendo uma detetive."

Mma Ramotswe balançou a cabeça. "Não", disse. "O senhor pode continuar me pedindo em casamento, Hector Lepodise, mas infelizmente a resposta continua a ser não. Gosto do senhor como amigo, mas não quero um marido. Não quero saber de maridos nunca mais."

Mma Ramotswe examinou os papéis no escritório da fábrica de Hector. Era uma sala quente e desconfortável, sem nada que protegesse do barulho da fábrica, e com o espaço estritamente necessário para os dois fichários e as duas escrivaninhas que a mobiliavam. Os papéis achavam-se espalhados sobre a superfície de cada escrivaninha; recibos, faturas, catálogos técnicos.

"Se ao menos eu tivesse uma esposa", disse Hector. "Esse escritório certamente não seria uma tal bagunça. Haveria lugares para se sentar e flores num vaso sobre a minha mesa. Uma mulher faria toda a diferença."

Mma Ramotswe sorriu diante de sua observação, mas não disse nada. Ela apanhou o caderno esmolambado que ele colocara em sua frente, e começou a folheá-lo. Esse era o livro para registro de ocorrências, e lá estava, de fato, a entrada que detalhava o ferimento de Moretsi, com as palavras grafadas em maiúsculas numa caligrafia quase de analfabeto:

MORETSI CORTOU DEDO. DEDO 2 CONTANDO DO POLEGAR. FOI A MÁQUINA. MÃO DIREITA. CURATIVO QUEM PÔS FUI EU MESMO. ASSINADO: SOLOMON MORETSI. TESTEMUNHA: JESUS CRISTO.

Ela releu a entrada e depois olhou a carta do advogado. As datas coincidiam. "Meu cliente diz que o acidente ocorreu em 10 de maio passado. Ele compareceu ao Hospital Princesa Marina no dia seguinte. A ferida tinha um curativo, mas se iniciara um processo de osteomielite. Na semana seguinte, foi feita uma cirurgia e amputou-se o dedo atingido na articulação da falange próxima (ver em anexo o relatório do hospital). Meu cliente alega que este acidente foi inteiramente devido à negligência de V. Sª. em providenciar anteparos que protegessem da ação das peças da maquinaria em funcionamento na sua fábrica, e instruiu-me para mover em seu benefício uma ação por danos causados. Seria evidentemente da conveniência de todos os interessados se esta ação se resolvesse sem demora, com tal fim tendo sido o meu cliente aconselhado a aceitar a soma de quatro mil pulas e a desistir da indenização que venha a ser concedida pelo tribunal."

Mma Ramotswe leu o restante da carta, que, tanto quanto ela podia julgar, não passava de um jargão sem sentido que o advogado aprendera na faculdade de direito. Essa gente era impossível; com uns poucos anos de aulas na Universidade de Botsuana, eles se consideravam peritos em tudo. Que sabiam da vida? Tudo que sabiam era repetir como papagaios as frases de algibeira da sua profissão e insistir em sua teimosia até que alguém, em algum lugar, resolvesse pagar. Eles ganhavam pelo desgaste, pelo cansaço, na maioria das vezes, mas concluíam que era por habilidade. Poucos deles sobreviveriam se exercessem a profissão dela, que requeria tato e perspicácia.

Ela examinou a cópia do laudo médico. Era breve e dizia exatamente o que o advogado havia parafraseado. A data estava correta; o papel timbrado em que fora expedido o laudo parecia autêntico, e lá estava a assinatura do médico embaixo. Era um nome que ela conhecia.

Mma Ramotswe ergueu os olhos da papelada e fixou-os em Hector, que a encarava cheio de expectativa.

"Parece honesto", disse ela. "Ele cortou o dedo e o dedo infeccionou. O que foi que a companhia de seguros achou?"

Hector deu um suspiro. "Eles dizem que eu devo pagar. Dizem que cobrirão os meus gastos e que, a longo prazo, acabará saindo mais barato. Quando se começa a pagar advogados para cuidar da defesa, os custos logo ultrapassam a indenização a pagar. Aparentemente, eles vão acertar com o advogado o pagamento de dez mil pulas sem litígio, embora tenham me pedido para não contar isso a ninguém. Eles não gostariam de passar a imagem de 'presas fáceis'."

"O senhor não deveria fazer o que eles estão dizendo?", perguntou Mma Ramotswe. Parecia a ela que não adiantava negar que o acidente houvesse acontecido. Obviamente esse homem perdera um dedo e merecia alguma indenização; por que Hector insistia em criar esse caso todo, se nem sequer teria que pagar?

Hector adivinhou no que ele estava pensando. "De jeito nenhum", disse. "Recuso-me. Por que deveria pagar a alguém que acho que está tentando me enganar? Eu lhe pago desta vez, e depois ele vai tentar um golpe com outra pessoa. Prefiro dar esses quatro mil pulas a alguém que mereça."

Ele apontou para a porta que fazia a ligação do escritório com as oficinas da fábrica. "Ali fica uma mulher", disse, "que tem dez filhos. Isso mesmo: dez. E que é uma boa trabalhadora. Pense só no que ela poderia fazer com quatro mil pulas."

"Mas ela não perdeu um dedo", interrompeu Mma Ramotswe. "Pode ser que ele venha a precisar desse dinheiro se já não tem condições de trabalhar tão bem quanto antes."

"Bah! Bah! É um tratante, esse homem. Não pude despedi-lo porque não tinha nada contra ele. Mas sabia que não era boa coisa. E alguns dos outros também não gostavam dele. O rapazinho que faz o chá, esse que tem um problema no cérebro, esse percebe tudo. Era incapaz de servir chá para ele. Ele dizia que o homem era um cachorro e não podia tomar chá. Ele sabia, entende? Essas pessoas percebem as coisas."

"Mas há uma grande diferença entre alimentar suspeitas e ser capaz de provar algo", disse Mma Ramotswe. "O senhor simplesmente não poderia erguer-se na Suprema Corte em Lobatse e dizer que havia algo com esse homem que não era lá muito correto. O juiz apenas riria do senhor. Que é o que fazem os juízes quando as pessoas dizem coisas assim. Riem, simplesmente."

Hector ficou quieto.

"Faça o acordo", disse Mma Ramotswe sem levantar a voz. "Faça o que a pessoa do seguro está lhe dizendo para fazer. Do contrário, o senhor vai terminar com uma conta em valor muito superior a quatro mil pulas."

Hector balançou a cabeça. "Não pagarei por uma coisa que não fiz", disse com os dentes cerrados. "Quero que a senhora descubra o que esse homem está aprontando. Mas, se a senhora voltar daqui a uma semana me dizendo que estou enganado, então eu pagarei sem dar um pio. Estamos entendidos?"

Mma Ramotswe concordou com um aceno de cabeça. Ela podia entender a relutância dele em pagar por uma indenização que lhe parecia indevida, e os seus honorários por uma semana de trabalho não seriam altos. Era um homem rico e estava no seu direito de gastar o próprio dinheiro para fazer valer um princípio; e, se Moretsi estivesse mentindo, um fraudador teria sido desmascarado no processo. Assim sendo, ela concordou em agir, e logo estava circulando com sua pequenina van branca, imersa em reflexões sobre como poderia provar que o dedo perdido nada tinha a ver com a fábrica de Hector. Estacionou a van do lado de fora do seu escritório, entrou no ambiente agradavelmente refrigerado de sua sala de espera, e foi então que se deu conta de que não tinha absolutamente nenhuma idéia de como proceder. O caso tinha toda a aparência de ser sem esperanças.

Essa noite, deitada no quarto de sua casa em Zebra Drive, Mma Ramotswe encontrou dificuldade para conciliar o sono. Levantou-se, calçou os chinelos cor-de-rosa que usava desde que levara uma ferroada de um escorpião enquanto caminhava à noite dentro de casa, e foi para a cozinha preparar uma panela de chá de *rooibos*.

A casa tinha um ar muito diferente à noite. Tudo estava em seu devido lugar, mas de algum modo a mobília parecia mais angulosa e os quadros na parede mais unidimensionais. Ela se lembrou de alguém ter dito que à noite somos todos desconhecidos, mesmo para nós mesmos, e ela pôde constatar a verdade disso. Todos os objetos familiares de seu cotidiano pareciam pertencer a outra pessoa, uma pessoa chamada Mma Ramotswe que não era bem aquela que circulava pela casa com chinelos cor-de-rosa. Até mesmo a fotografia de seu Paizinho com o terno azul novinho em folha parecia diferente. Era alguém chamado Paizinho Ramotswe, é claro, mas não o Paizinho que ela conhecera, o Paizinho que tudo sacrificara por ela, e cujo último desejo havia sido vê-la firmemente estabelecida num negócio. Como se sentiria orgulhoso vendo-a, hoje, proprietária da Agência Nº 1 de Mulheres Detetives, conhecida de todas as pessoas de valor na cidade, inclusive de secretárias permanentes e de ministros do governo. E como teria se sentido importante se a houvesse visto nessa exata manhã quase esbarrando no alto comissário de Malawi, ao sair do Hotel Presidente, e o alto comissário lhe dizendo: "Bom dia, Mma Ramotswe, a senhora quase me derrubou ali, mas não existe ninguém por quem eu teria mais prazer em ser derrubado que pela senhora, honestamente!". Ser conhecida de um alto comissário! Ser nominalmente cumprimentada por pessoas assim! Não que ela se deixasse impressionar por tais pessoas, ainda que altos comissários; mas seu Paizinho se impressionaria, e ela lamentava que ele não tivesse vivido para ver a realização dos planos que tinha para a filha.

Ela preparou o chá e sentou-se para tomá-lo calmamente em sua cadeira mais confortável. Fazia uma noite quente e os cães ululavam por toda a cidade, instigando-se uns aos outros na escuridão. Não era um som em que as pessoas continuassem reparando ainda hoje, pensou ela. Eles estavam sempre presentes, esses cães ululantes, defendendo seus quintais contra toda espécie de sombras e ventos. Estúpidas criaturas!

Ela pensou em Hector. Era um homem teimoso — tinha essa fama —, mas ela, na verdade, o respeitava por isso mesmo. Por que deveria pagar? Como era mesmo que ele havia dito? "Eu lhe pago desta vez, e depois ele vai tentar um golpe com outra pessoa." Ela ficou pensando por um momento, em seguida pousou a caneca com chá sobre a mesa. A idéia lhe viera de repente, como pareciam vir-lhe todas as suas boas idéias. Talvez Hector fosse justamente a "outra pessoa". Talvez o empregado já houvesse reivindicado indenizações noutros lugares. Talvez Hector não fosse o primeiro!

O sono veio mais facilmente depois disso, e na manhã seguinte ela acordou confiante em que algumas investigações e talvez uma viagem a Mahalapye fossem quanto bastava para ela pôr abaixo a ação movida de má-fé por Moretsi. Tomou rapidamente o café-da-manhã e logo seguiu para o escritório. O inverno estava chegando ao fim, o que significava que a temperatura atingira o ponto certo, o céu radioso, de um azul-claro, sem nuvens. Havia um leve cheiro de fumaça de madeira no ar, cheiro que mexia com o coração dela porque lhe lembrava as manhãs em volta da fogueira em Mochudi. Ela ainda iria voltar para lá, pensou, quando houvesse trabalhado tempo suficiente para aposentar-se. Compraria uma casa, ou construiria uma, talvez, e pediria a alguma de suas primas para morar com ela. Plantariam melões no terreno e talvez até comprassem uma pequena loja na aldeia; e toda manhã poderiam sentar-se em frente à sua casa, aspirando o cheirinho da fumaça de madeira, e com a disposição de passar o dia conversando com os amigos. Como lhe davam pena as pessoas brancas, que não podiam fazer nada disso, sempre correndo de cá para lá, preocupadas com coisas que aconteceriam de qualquer maneira, independentemente do que elas fizessem. De que adiantava ter todo aquele dinheiro, se a pessoa jamais podia sentar-se quieta, ou simplesmente parar para olhar os seus bois comendo capim? Não adiantava nada, a seu ver; nada absolutamente, e no entanto aquelas pessoas não sabiam disso. De vez em quando a gente encontrava uma pessoa branca que entendia isso, que sabia como eram realmente as coisas; mas eram poucas e raras essas pessoas e em geral eram tratadas com desconfiança pelos outros brancos.

A mulher que varria o seu escritório já se encontrava lá quando ela chegou. Ela perguntou por sua família, e a mulher lhe contou as últimas novidades. Ela tinha um filho que era carcereiro no presídio e outro que era aprendiz de cozinheiro no Hotel do Sol. Os dois estavam se saindo bem, cada qual à sua maneira, e Mma Ramotswe mostrava-se sempre interessada em acompanhar seus progressos. Mas naquela manhã ela cortou o papo da faxineira — tão polidamente quanto possível — e afundou-se no trabalho.

O catálogo de serviços deu-lhe a informação de que precisava. Havia dez companhias de seguros ativas em

Gaborone; quatro delas eram pequenas, e provavelmente muito especializadas; das outras seis ela ouvira falar, sendo que destas ela prestara serviços a quatro. Fez uma lista com seus nomes, anotou os números de seus telefones e passou à ação.

A Eagle Company de Botsuana foi a primeira com que ela fez contato por telefone. Estavam dispostos a ajudar, mas não puderam prestar nenhuma informação. O mesmo aconteceu com a Mutual Life Company, da África do Sul, e com a Southern Star Insurance Company. Mas, quando chegou a vez da quarta, a Acidentes e Indenizações, que pediu cerca de uma hora para fazer uma busca nos arquivos, Mma Ramotswe descobriu o que estava querendo saber.

"Encontramos uma reivindicação de indenização sob esse nome", disse a mulher do outro lado da linha. "Há dois anos tivemos uma ação movida contra uma oficina mecânica na cidade. Um dos atendentes do posto de gasolina alegava ter ferido o dedo ao recolocar a bomba de gasolina no seu suporte. Ele perdeu um dedo e o empregador recorreu ao seguro para pagamento da indenização."

O coração de Mma Ramotswe deu um salto. "Quatro mil pulas?", perguntou ela.

"Muito próximo disso", respondeu a funcionária. "Acertamos o acordo em três mil e oitocentos."

"Era na mão direita?", insistiu Mma Ramotswe. "Segundo dedo, contando a partir do polegar?"

A funcionária folheou alguns papéis.

"Sim", disse. "Há um laudo médico. Menciona algo a respeito de... Não sei como se pronuncia... osteomi..."

"... elite", completou Mma Ramotswe. "Exigindo amputação do dedo na articulação da falange próxima?"

"Exatamente", disse a funcionária.

Havia mais um ou dois detalhes a esclarecer, e Mma Ramotswe fez isso antes de agradecer à funcionária e desligar o aparelho. Por alguns instantes ficou sentada em absoluto silêncio, saboreando a satisfação de haver desmascarado a fraude tão rapidamente. Mas havia ainda algumas brechas a preencher na história, para o que seria necessário ir a Mahalapye. Ela gostaria de encontrar-se com Moretsi, se possível, e também tinha em vista conversar com o advogado dele. Isso, pensou, seria um prazer que até certo ponto justificaria as duas horas de viagem por aquela horrível estrada até Francistown.

O advogado demonstrou a máxima boa vontade em vê-la naquela mesma tarde. Ele presumiu que ela havia sido contratada por Hector para fechar o acordo e imaginou que a enganaria com a maior facilidade, induzindo-a a encaminhar o fechamento nos seus próprios termos. Eles poderiam, inclusive, tentar uma indenização um pouco maior que quatro mil; ele poderia alegar que havia novos fatores na avaliação dos danos causados, fatores que tornariam necessário pedir mais. Ele usaria a palavra *quantum*, que era latina (parecia-lhe) e poderia mesmo se referir a uma recente decisão do Tribunal de Apelação ou até mesmo à Divisão de Recursos em Bloemfontein. Isso intimidaria qualquer um, quanto mais uma mulher! Sim, sim, ele tinha certeza de que o sr. Moretsi conseguiria estar presente. Era um homem muito ocupado, não havia dúvida; não, ele não, na verdade não podia mais trabalhar, pobre homem, em conseqüência do ferimento, mas ele se empenharia em fazê-lo comparecer.

Mma Ramotswe riu para si própria, discretamente, ao pousar o telefone no gancho. O advogado iria procurar seu cliente em algum bar, ela imaginou, onde provavelmente ele já estaria comemorando por antecipação o prêmio de quatro mil pulas. Pois é, esperava-o uma desagradável surpresa, e ela, Mma Ramotswe, seria a agente de Nêmesis.

Deixou o escritório a cargo da secretária e partiu para Mahalapye dirigindo a sua pequenina van branca. O dia se aquecera bastante e agora, ao meio-dia, fazia um tremendo calor. Mais alguns meses e esse calor se tornaria insuportável, e ela detestaria ter que percorrer em seu carro, sob essa temperatura, qualquer distância que fosse. Viajava com sua janela aberta e a corrente de ar que entrava refrescou a van. Ela passou pela Estação de Pesquisas do Solo Árido e pela estrada que saía em direção a Mochudi. Passou pelos morros a leste de Mochudi e seguiu em direção ao amplo vale que se estendia mais além. Em todo o seu redor não havia nada — somente um matagal interminável que se estendia até as fronteiras do Kalahari, num lado, e as planícies do Limpopo, no outro. Matagal vazio sem nada dentro, a não ser, aqui e ali, alguns bois, e o rangido de um desengonçado moinho de vento pingando um pouquinho d'água para os animais sedentos; nada, absolutamente nada mais que isso em que o país dela era tão rico — o vazio.

Ela se encontrava a meia hora de Mahalapye quando uma cobra avançou para atravessar a estrada. A primeira visão que teve do réptil foi quando metade de seu corpo já ocupava o asfalto — como um disparo de verde contra o alcatrão negro; logo passou por cima, tendo a cobra ficado sob a van. Ela prendeu a respiração e diminuiu a velocidade do carro, olhando pelo espelho retrovisor enquanto fazia isso. Onde teria ido parar a cobra? Teria tido tempo e conseguido atravessar a estrada? Não, de jeito nenhum; ela a havia visto ficar debaixo da van e tinha certeza de haver ouvido algo como um baque surdo.

Ela parou o carro à beira da estrada e tornou a olhar pelo espelho. Não havia nem sinal da cobra. Olhou para o volante e ficou tamborilando levemente nele com os dedos. Talvez o deslocamento do réptil houvesse sido rápido demais, impossível de ser visto; essas cobras eram capazes de se mover com velocidade impressionante. Mas ela olhara quase imediatamente, e era uma cobra grande demais para desaparecer assim em frações de segundo. Não, a cobra estava dentro da van em algum lugar, nos mecanismos de tração, ou debaixo do seu assento, talvez. Ela ouvira falar que isso acontecia vez por outra. As pessoas sem saber levavam cobras como passageiras e só iam se aperceber disso ao sofrer a picada. Ela ouvira falar de pessoas que morriam ao volante, enquanto dirigiam, picadas por cobras que haviam ficado presas nos canos e barras que percorrem a parte de baixo do carro em todas as direções.

Mma Ramotswe sentiu-se de repente compelida a sair da van. Abriu a porta, meio hesitante a princípio, mas logo empurrou-a com vontade e pulou fora, erguendo-se, ofegante, do lado do veículo. Havia uma cobra debaixo da pequenina van branca, ela agora tinha certeza disso; mas como fazer para tirá-la de lá? E que tipo de cobra era aquela? Deu para ver que era verde, lembrava-se, sinal de que pelo menos não era uma mamba. Não interessava se as pessoas falavam de mambas verdes, que certamente existiam, mas Mma Ramotswe sabia que a distribuição delas era muito restrita e que não podiam ser encontradas em parte alguma de Botsuana. Eram cobras arborícolas, em sua maioria, que não tinham seu hábitat entre arbustos espinhosos e esparsos. Mais provavelmente seria uma naja, ou cobra-capelo, pensou, já que era bastante grande e ela não tinha idéia de nenhuma outra cobra verde que fosse tão comprida.

Mma Ramotswe ficou sem se mexer. A cobra bem podia estar com a atenção voltada para ela naquele exato momento, pronta para atacar se ela tentasse qualquer aproximação maior; ou podia ter penetrado na cabine da van e aproveitava agora para se instalar debaixo do assento. Ela inclinou-se para a frente e tentou olhar debaixo da van, mas não conseguia abaixar-se o suficiente sem ter de apoiar mãos e joelhos no chão. Se fizesse tal coisa, e se a cobra resolvesse mover-se, temia o risco de não conseguir escapar a tempo. Tornou a erguer-se e pensou em Hector. Para isso era que serviam os maridos. Se ela o tivesse aceitado há muito tempo, hoje não estaria dirigindo sozinha a van até Mahalapye. Teria um homem com ela, e ele estaria se metendo debaixo do carro para expulsar a cobra de seu esconderijo.

A estrada estava muito tranqüila, mas de vez em quando aparecia um carro ou um caminhão, e agora ela percebeu um carro vindo da direção de Mahalapye. O carro diminuiu de velocidade ao se aproximar dela e parou. Havia um homem no assento de motorista e um garoto a seu lado.

"A senhora está com problemas, Mma?", indagou ele polidamente. "Enguiçou?"

Mma Ramotswe atravessou a estrada e falou com ele pela sua janela aberta. Aludiu à circunstância da cobra; ele desligou o motor e saiu do carro, instruindo o garoto a ficar onde estava.

"Elas se enfiam embaixo", disse. "Pode ser perigoso. A senhora fez bem de parar."

O homem se aproximou da van com extrema cautela. Depois, insinuando-se pela porta aberta do carro, com o braço esticado alcançou a alavanca que destravava o capô e puxou-a com força. Satisfeito por ela ter funcionado, caminhou lentamente até a frente da van e com o máximo cuidado começou a abrir o capô. Mma Ramotswe juntou-se a ele, olhando por cima de seu ombro, pronta para sair correndo tão logo avistasse a cobra.

O homem de repente ficou uma estátua.

"Não faça nenhum movimento brusco", disse, falando bem baixo e suavemente. "Lá está ela. Veja."

Mma Ramotswe espiou para dentro do motor. Por instantes ela não vislumbrou nada de inusitado, até que a cobra deu uma mexidinha e ela a percebeu. Ela tinha razão; era uma naja, enroscada no motor, movendo a cabeça vagarosamente para a esquerda e para a direita, como se à procura de alguma coisa.

O homem estava bem quieto. Em dado momento, tocou Mma Ramotswe no antebraço.

"Vá andando devagarinho até a porta, com todo o cuidado", disse. "Entre no carro e dê partida no motor. Entendeu?"

Mma Ramotswe concordou, com um aceno de cabeça. Depois, movendo-se o mais lentamente possível, acomodou-se no assento de motorista e estendeu o braço para alcançar e girar a chave.

O motor ligou-se de imediato, como de costume. A pequenina van jamais negara partida logo na primeira tentativa.

"Pise no acelerador", gritou o homem.

Mma Ramotswe cumpriu a ordem, e o motor rugiu vigorosamente. Ouviu-se um barulho na frente, um outro baque, e então o homem fez-lhe sinal para desligar. Mma Ramotswe obedeceu, e ficou à espera de que ele lhe dissesse que podia sair sem perigo.

"Pode sair", disse ele. "Era uma vez uma naja."

Mma Ramotswe saiu do carro e foi até a sua frente. Ao olhar para dentro do motor, viu a naja cortada em dois pedaços, imóvel.

"Ela havia se enroscado nas pás da ventoinha", disse o homem, fazendo uma cara de nojo. "Maneira desagradável de morrer, ainda que se trate de uma naja. Mas, enfim, ela podia ter se enfiado na cabine do carro e picado a senhora. Tudo bem. A senhora continua viva."

Mma Ramotswe agradeceu-lhe e seguiu em frente com sua van, deixando a naja à beira da estrada. Essa seria uma viagem para nunca mais ser esquecida, mesmo que nada acontecesse na meia hora final. Nada aconteceu.

"É o seguinte", disse o sr. Jameson Mopotswane, o advogado de Mahalapye, voltando a sentar-se no seu pouco atraente escritório, vizinho de um açougue. "O pobre do meu cliente vai se atrasar alguns minutos, porque meu recado convocando-o só o alcançou pouco tempo atrás. Mas a senhora e eu podemos discutir detalhes do acordo antes de ele chegar."

Mma Ramotswe saboreava o momento. Recostou-se na cadeira e espalhou o olhar pela sala pobremente mobiliada.

"Os negócios não vão indo tão bem hoje em dia", disse, acrescentando: "por aqui".

Jameson Mopotswane mostrou-se aborrecido.

"Não posso me queixar", disse. "Na verdade, ando atarefadíssimo. Chego às sete da manhã e não paro mais até as seis da tarde."

"Todos os dias?", perguntou Mma Ramotswe inocentemente.

Jameson Mopotswane fuzilou-a com o olhar.

"Sim", disse. "Todos os dias, sábados inclusive. Às vezes, até aos domingos."

"O senhor deve ter muito o que fazer", disse Mma Ramotswe.

O advogado viu nestas palavras uma intenção conciliatória e sorriu, mas Mma Ramotswe continuou: "Muito que fazer, sem dúvida, separando as mentiras que seus clientes lhe contam do que ocasionalmente — digo: ocasionalmente — possa ser verdade".

Jameson Mopotswane pousou sua caneta na escrivaninha e tornou a fuzilá-la com o olhar. Afinal, quem era essa mulher "abusada" e com que direito falava assim de seus clientes? Se era esse o modo como ela queria levar as coisas, então o prazer seria todo dele de não chegar a nenhum acordo. Os honorários lhe eram suficientes, ainda que pôr a questão na justiça pudesse retardar o recebimento da indenização por seu cliente.

"Meus clientes não mentem", falou ele, devagar. "Em todo caso, não mais que qualquer outra pessoa. E a senhora não tem por que sugerir que eles são mentirosos."

Mma Ramotswe ergueu uma das sobrancelhas.

"Ah! não?", replicou em desafio. "Então me diga uma coisa. Tomemos o caso do seu senhor Moretsi, por exemplo. Me diga: com quantos dedos ele ficou?"

Jameson Mopotswane encarou-a com desprezo.

"É fácil fazer graça com a desgraça alheia", rosnou ele. "A senhora sabe muito bem que ele ficou com nove dedos, ou nove e meio, se quiser ser mais precisa."

"Muito interessante", disse Mma Ramotswe. "Se for esse o caso, então como é possível explicar que ele tenha tido êxito em reivindicar uma indenização na seguradora Acidentes e Indenizações Kalahari, cerca de três anos atrás, pela perda de um dedo num acidente em posto de gasolina? Dá para o senhor me explicar?"

O advogado ficou imóvel na cadeira.

"Três anos atrás?", disse com voz sumida. "Um dedo?"

"Isso mesmo", disse Mma Ramotswe. "Ele pleiteou quatro mil pulas — veja só que tremenda coincidência — e fechou acordo por três mil e oitocentos. A companhia me deu o número do processo, se o senhor quiser conferir. Eles são sempre muito prestativos, sem dúvida alguma, quando a questão envolve o desmascaramento de alguma fraude na cobrança de seguros. Incrivelmente prestativos."

Jameson Mopotswane não teve o que dizer, e, de repente, Mma Ramotswe sentiu pena dele. Ela não gostava de advogados, mas ele estava tentando ganhar a vida, como todo mundo, e talvez ela o estivesse tratando com excessiva dureza. Ele podia ter que sustentar pais idosos, nunca se sabe.

"Mostre-me o laudo médico", disse ela, quase amavelmente. "Me interessaria vê-lo."

"Aqui está", respondeu ele. "Tudo parecia inteiramente autêntico."

Mma Ramotswe olhou para a folha de papel timbrado e em seguida moveu a cabeça afirmativamente.

"Olhe só", disse. "É tal como pensei. Veja a data ali. Passaram um verniz branco em cima e datilografaram uma nova data. Nosso amigo teve, sim, um dedo removido noutra ocasião, talvez até mesmo em conseqüência de um acidente. Mas aí tudo o que ele fez foi arranjar um frasco com verniz corretivo, mudar a data e criar um novo acidente. Simples, não?"

O advogado tomou a folha de papel e olhou-a contra a luz. Ele nem precisava ter feito isso; o verniz corretivo se evidenciava à primeira vista-d'olhos.

"Surpreende-me que o senhor não tenha notado", disse Mma Ramotswe. "Não chega a ser propriamente necessário um exame de laboratório forense para ver o que ele fez."

Foi a essa altura do envergonhamento do advogado que Moretsi chegou. Foi entrando no escritório e estendendo a mão para cumprimentar Mma Ramotswe. Ela olhou para a mão e viu o coto do dedo. Recusou a mão oferecida.

"Sente-se", disse Jameson Mopotswane friamente.

Moretsi pareceu surpreso, mas foi se sentando.

"Então a senhora veio aqui para pagar..."

O advogado interrompeu-o sem cerimônias.

"Ela não veio aqui para pagar coisa alguma", disse. "Essa senhora fez todo o caminho de Gaborone até aqui para lhe perguntar por que o senhor insiste em pleitear indenizações por dedos perdidos."

"Insisto em pleitear...?", disse ele, tropeçando nas palavras.

"Isso mesmo", disse Mma Ramotswe. "O senhor alega, creio, ter perdido três dedos. No entanto, se eu olhar para sua mão hoje, vejo que dois deles tornaram a crescer milagrosamente! Isso é um prodígio! Quem sabe o senhor descobriu alguma nova droga que permite aos dedos tornarem a crescer depois de terem sido decepados?"

"Três?", disse o advogado, perplexo.

Mma Ramotswe olhou para Moretsi.

"Pois então", disse ela. "Houve o pleito junto à companhia de seguros Acidentes e Indenizações Kalahari. Depois houve o... Não dá para o senhor me refrescar a memória? Tenho o nome anotado em algum lugar."

Moretsi olhou para o advogado em busca de apoio, mas só viu indignação.

"O da Companhia de Seguros Estrela do Sul", disse, em voz baixa.

"Ah!", disse Mma Ramotswe. "Muito obrigada. Isso aí."

O advogado apanhou o laudo médico e brandiu-o no ar, dirigindo-se a seu cliente:

"E você esperava me enganar com essa... alteração grosseira? Você esperava safar-se com isso?"

Moretsi não disse nada, da mesma forma que Mma Ramotswe. Para ela não havia motivo de surpresa, é claro; essas pessoas eram inteiramente inescrupulosas, independentemente de títulos e diplomas.

"De qualquer modo", disse Jameson Mopotswane, "isso põe um fim a suas trapaças. Você terá que enfrentar acusações de fraude, está me entendendo, e precisará arranjar outra pessoa que o defenda. Não conte comigo, meu caro."

Moretsi olhou para Mma Ramotswe, que o encarou olhos nos olhos.

"Por que fez isso?", perguntou ela. "Diga-me só como foi que pensou que poderia escapar impune dessa história."

Moretsi tirou um lenço do bolso e assoou o nariz.

"Tomo conta de meus pais", disse. "E tenho uma irmã com uma doença que está matando todo mundo hoje em dia. A senhora sabe do que eu estou falando. Ela tem filhos. Quem os sustenta sou eu."

Mma Ramotswe olhava dentro de seus olhos. Ela sempre pôde confiar em sua capacidade de perceber se uma pessoa estava dizendo a verdade ou não, e ela sabia que Moretsi não estava mentindo. Refletiu rapidamente. Não havia sentido em mandar esse homem para a cadeia. Com que resultado? Só serviria para aumentar o sofrimento de outros — dos pais e da pobre da irmã. Ela sabia do que ele estava falando e entendia o que aquilo significava.

"Pois bem", disse. "Não contarei nada disso à polícia. Meu cliente tampouco o fará. Mas, em troca, o senhor me prometerá que não haverá mais dedos perdidos. Entendido?"

Rapidamente Moretsi moveu a cabeça, em concordância.

"A senhora é uma boa cristã", disse. "Deus a acolherá sem problemas no Céu."

"Assim espero", disse Mma Ramotswe. "Mas também sou de amargar às vezes. Se o senhor reincidir nesse comportamento absurdo com o pessoal dos seguros, verá que posso me tornar bastante desagradável."

"Eu entendo", disse Moretsi. "Eu entendo."

"Sabem como é", disse Mma Ramotswe, lançando um olhar para o atento advogado, "há certas pessoas neste país, certos homens, que vêem as mulheres como seres frouxos, que é possível dobrar na direção que eles bem entenderem. Pois não é o meu caso. Fiquem sabendo, se lhes interessar, que esta tarde, quando vinha para cá, matei uma naja, das bem grandonas."

"Quê?!", exclamou Jameson Mopotswane. "Como foi isso?"

"Cortei-a ao meio", disse Mma Ramotswe. "Em dois pedaços."

17
O TERCEIRO METACARPO

Tudo isso funcionou como um desvio de atenção. Era gratificante resolver tão depressa um caso como aquele, e com satisfação plena do cliente, mas não dava para afastar do pensamento o fato de que havia um pequeno envelope pardo na gaveta cujo conteúdo não poderia ser ignorado.

Retirou-o dali discretamente, não querendo que fosse visto por Mma Makutsi. Ela achava que podia confiar nela, mas esse era um caso muito mais confidencial do que qualquer outro com que ela havia deparado até então. Era perigoso.

Ela deixou o escritório, dizendo a Mma Makutsi que estava indo ao banco. Vários cheques haviam entrado e ela precisava depositá-los. Mas ela não foi ao banco — não imediatamente, em todo caso. Dirigiu a van rumo ao Hospital Princesa Marina e seguiu as placas que diziam PATOLOGIA.

Foi detida por uma enfermeira.

"A senhora veio identificar um cadáver, Mma?"

Mma Ramotswe balançou a cabeça. "Vim procurar o doutor Gulubane. Ele não está me esperando, mas me atenderá. Sou sua vizinha."

A enfermeira olhou para ela com desconfiança, mas lhe disse que esperasse enquanto ia buscar o médico. Minutos depois, ele voltou dizendo que o médico não tardaria a recebê-la.

"A senhora não deveria incomodar esses médicos no

hospital", disse num tom de censura. "São pessoas muito ocupadas."

Mma Ramotswe olhou para a enfermeira. Que idade teria? Dezenove, vinte anos? No tempo de seu pai, uma garota de dezenove anos não teria falado daquele jeito a uma mulher de trinta e cinco — falado como se estivesse diante de uma criança que teimasse em fazer um pedido irritante. Mas agora as coisas eram diferentes. Novatos e principiantes não demonstravam o menor respeito por pessoas que eram mais velhas, e maiores também, do que eles. Seria o caso de ela lhe dizer que era uma detetive particular? Não, não valia a pena dialogar com uma pessoa assim. Melhor seria ignorá-la.

O dr. Gulubane apareceu. Estava usando um avental verde — só Deus sabe que horrível tarefa acabara de executar — e parecia muito satisfeito de ter sido incomodado.

"Venha comigo para o meu gabinete", disse. "Podemos conversar lá."

Mma Ramotswe seguiu-o por um corredor até uma saleta mobiliada com uma mesa inteiramente vazia, um telefone e um arquivo cinzento muito maltratado. Parecia a sala de um funcionário público de segunda categoria, a não ser pela presença de uma estante com livros médicos que revelavam sua verdadeira finalidade.

"Como o senhor sabe", começou ela, "atualmente sou uma detetive particular."

O dr. Gulubane exibiu um largo sorriso. Era notavelmente bem-humorado para alguém com um trabalho daquela natureza.

"A senhora não conseguirá me fazer falar dos meus pacientes", disse. "Mesmo apesar de estarem todos mortos."

Ambos riram da piada. "Não é o que eu quero", disse ela. "Tudo o que eu gostaria que o senhor fizesse seria identificar algo para mim. Algo que eu trouxe." Ela apanhou o envelope e espalhou seu conteúdo sobre a mesa.

O dr. Gulubane na mesma hora parou de rir e pegou o osso. Endireitou a posição dos óculos.

"Terceiro metacarpo", murmurou. "Criança. Oito. Nove. Por aí."

Mma Ramotswe ouvia sua própria respiração.

"Humano?"

"Claro", disse o dr. Gulubane. "Como disse, é de uma criança. O osso de um adulto seria maior. Isso se percebe à primeira vista. Uma criança com cerca de oito ou nove anos. Talvez um pouquinho mais."

O médico pousou o osso sobre a mesa e ergueu os olhos para Mma Ramotswe.

"Onde encontrou isso?"

Mma Ramotswe deu de ombros. "Alguém me mostrou. E o senhor também não conseguirá que eu fale de meus clientes."

A fisionomia do dr. Gulubane expressou repugnância.

"Essas coisas não deveriam estar circulando e sendo manuseadas por aí desse jeito", disse. "As pessoas não têm o menor respeito."

Mma Ramotswe balançou a cabeça, em concordância. "Mas o senhor pode me dizer mais uma coisa? Pode me dizer quando a... quando a criança morreu?"

O dr. Gulubane abriu uma gaveta e de lá retirou uma lente de aumento, com a qual examinou mais detidamente o osso, virando-o na palma de sua mão.

"Não faz tanto tempo", disse. "Há uma pequena quantidade de tecido aqui no alto. Não parece inteiramente ressecado. Talvez há alguns meses, talvez menos. Não dá para ter certeza."

Mma Ramotswe estremeceu. Uma coisa era lidar com ossos, mas lidar com tecido humano era outro assunto totalmente diferente.

"Outra coisa", disse o dr. Gulubane. "Como a senhora sabe que a criança a que pertence este osso está morta? Pensei que a senhora fosse a detetive — e, como tal, claro, deveria ter pensado: isto aqui é uma extremidade, as pessoas podem perder extremidades e continuar vivendo! Por acaso pensou nisso, senhora detetive? Aposto que não!"

Mma Ramotswe transmitiu a informação ao sr. J. L. B. Matekoni durante o jantar em casa dela. Ele prontamente aceitara seu convite e ela havia preparado uma grande panela de cozido e uma mistura de arroz e melões. Lá pelo meio da refeição, ela contou-lhe a visita ao dr. Gulubane. O sr. J. L. B. Matekoni parou de comer.

"Uma criança?" Havia consternação em sua voz.

"Foi o que o doutor Gulubane disse. Ele não pôde dar certeza quanto à idade. Mas calculou entre oito e nove anos."

O sr. J. L. B. Matekoni estremeceu. Teria sido muito melhor nunca haver encontrado o saco. Essas coisas aconteciam — todos sabiam disso —, mas as pessoas preferiam ficar de fora. Coisas que só podiam trazer problemas — especialmente se Charlie Gotso estivesse envolvido nelas.

"Que fazemos?", perguntou Mma Ramotswe.

O sr. J. L. B. Matekoni cerrou os olhos e engoliu em seco.

"Podemos ir à polícia", disse. "E, se fizermos isso, Charlie Gotso vai ficar sabendo que encontrei o saco. O que significará meu fim, ou algo muito próximo disso."

Mma Ramotswe concordou. A polícia tinha um interesse limitado em perseguir o crime, sendo que certos tipos de crime não lhe interessavam de maneira alguma. O envolvimento das figuras mais poderosas do país em assuntos de feitiçaria certamente estaria incluído nesta última categoria.

"Não me parece que devamos ir à polícia", disse Mma Ramotswe.

"Então simplesmente esquecemos o assunto?", o sr. J. L. B. Matekoni lançou a Mma Ramotswe um olhar de apelo.

"Não. Não podemos fazer isso", disse ela. "As pessoas

sempre esquecem e deixam de lado esse tipo de coisas, não é mesmo? Não podemos fazer o mesmo."

O sr. J. L. B. Matekoni baixou os olhos. Seu apetite parecia ter desaparecido agora, e o cozido esfriava em seu prato.

"A primeira coisa que precisamos fazer", disse ela, "é arranjar um jeito de quebrar o pára-brisa de Charlie Gotso. Em seguida o senhor telefona para ele e lhe diz que seu carro foi arrombado por ladrões enquanto estava na oficina. Diz-lhe que aparentemente nada foi roubado, mas que o senhor estará disposto a pagar por um pára-brisa novo. Depois é esperar e ver."

"Ver o quê?"

"Ver se ele volta aqui e diz que deu pela falta de algo Se ele fizer isso, o senhor lhe diz que estará pessoalmente empenhado em recuperar esse algo que está faltando, seja lá o que for. O senhor lhe dirá que tem um contato, uma senhora que é detetive particular, que é muito boa em recuperar pertences roubados. Essa sou eu, é claro."

O sr. J. L. B. Matekoni ficou de queixo caído. Simplesmente não dava para chegar até Charlie Gotso com essa facilidade. Era preciso mexer muitos pauzinhos para ter acesso a ele.

"E depois?", perguntou.

"Depois eu me encarrego de entregar o saco para ele e o senhor deixa o resto por minha conta. Eu vou extrair dele o nome do feiticeiro, e depois, bem, depois vamos pensar e veremos o que fazer."

Ela fez tudo parecer tão simples que ele terminou deixando-se convencer de que o expediente funcionaria. Isso é o que a confiança tem de extraordinário — é contagiosa.

O apetite do sr. J. L. B. Matekoni voltou. Ele terminou o cozido, serviu-se uma segunda vez e em seguida tomou uma xícara grande de chá antes que Mma Ramotswe o acompanhasse até o carro dele e lhe dissesse boa-noite.

Ela ficou parada à porta de sua casa, observando as

luzes do carro se distanciarem até desaparecer. No escuro, podia ver as luzes acesas da casa de seu vizinho, dr. Gulubane. As cortinas de sua sala de estar achavam-se abertas e o médico estava de pé junto à janela aberta olhando para dentro da noite. Ele não podia vê-la, uma vez que ela estava na escuridão e ele sob luzes acesas, mas era quase como se ele a estivesse observando.

18
UM MONTE DE MENTIRAS

Um dos jovens mecânicos bateu-lhe no ombro, deixando ali a marca de seu dedo com graxa. O rapaz estava sempre fazendo isso, o que irritava o sr. J. L. B. Matekoni imensamente.

"Se você quer chamar a minha atenção", ele havia dito mais de uma vez, "é só falar comigo. Tenho um nome. Sou o sr. J. L. B. Matekoni, e atendo quando me chamam. Não é preciso você vir e pôr os seus dedos sujos em cima de mim."

O rapaz desculpara-se, mas batera-lhe nos ombros no dia seguinte, e o sr. J. L. B. Matekoni compreendeu que estava travando uma batalha perdida.

"Há um homem procurando pelo senhor, Rra", disse o mecânico. "Ele está à sua espera no escritório."

O sr. J. L. B. Matekoni pôs de lado sua chave inglesa e limpou as mãos num pano. Ele estivera envolvido numa operação particularmente delicada — reduzir os níveis de vibração do motor da sra. Grace Mapondwe, bem conhecida pelo seu estilo esportivo de dirigir. Era motivo de orgulho para o sr. J. L. B. Matekoni que as pessoas soubessem que as melhorias introduzidas no funcionamento do motor da sra. Mapondwe se deviam aos esforços dele: valia, de certo modo, como um anúncio grátis. Infelizmente, ela havia arruinado o seu carro a tal ponto que, com o passar do tempo, estava se tornando muito difícil extrair energia daquele motor cada dia mais preguiçoso.

O visitante esperava no escritório, sentado na cadeira do sr. J. L. B. Matekoni. Apanhara um livreto de propaganda de pneus e o estava folheando quando o sr. J. L. B. Matekoni entrou na sala. No mesmo momento, ele jogou displicentemente o livreto para um lado e levantou-se.

O sr. J. L. B. Matekoni rapidamente se fixou na aparência do outro homem. Trajava uma roupa cáqui, como faria um soldado, e usava um cinto bastante caro de pele de cobra. O relógio de pulso também era sofisticado, com mostradores múltiplos e um proeminente ponteiro dos segundos. Era o tipo de relógio usado por aqueles para quem cada segundo é importante, pensou o sr. J. L. B. Matekoni.

"O senhor Gotso me mandou", disse ele. "O senhor lhe telefonou esta manhã."

O sr. J. L. B Matekoni concordou, com um balançar de cabeça. Fora fácil partir o pára-brisa e espalhar os fragmentos de vidro pelo carro. Fora fácil telefonar para a casa do sr. Gotso e comunicar que o carro havia sido arrombado; mas esta parte, agora, era a mais difícil: mentir cara a cara para alguém. Culpa de Mma Ramotswe, pensou. Eu sou um simples mecânico. Não pedi para me envolver nesses ridículos joguinhos de detetive. O que acontece é que sou fraco demais.

E ele o era — quando se tratava de Mma Ramotswe. Ela podia lhe pedir o que bem entendesse, e ele atenderia infalivelmente. O sr. J. L. B. Matekoni tinha, inclusive, uma fantasia inconfessa e culposamente curtida, na qual ele socorria Mma Ramotswe. Ambos estavam juntos no Kalahari e Mma Ramotswe era ameaçada por um leão. Ele gritava para atrair a atenção do leão, o animal voltava-se para ele e rosnava. Isso dava a ela a chance de escapar, enquanto ele liquidava o bicho com uma faca de caçador; uma fantasia inocente, poder-se-ia pensar, a não ser por um detalhe: Mma Ramotswe estava sem roupa.

Ele teria adorado salvá-la, nua ou fosse como fosse, das garras de um leão, mas isso era diferente. Ele havia precisado fazer, inclusive, um falso comunicado para a polícia, que o deixara realmente assustado, ainda que os policiais nem houvessem se dado o trabalho de vir investigar. Ele agora era um criminoso, supunha, e tudo por causa de sua fraqueza. Ele deveria ter-se negado. Deveria ter dito a Mma Ramotswe que ela não tinha nada que bancar a heroína.

"O senhor Gotso está muito aborrecido", disse o visitante. "O senhor esteve com esse carro durante dez dias. Agora o senhor nos telefona e diz que o carro foi arrombado. Onde está a sua segurança? É isso que o senhor Gotso pergunta: onde está a sua segurança?"

O sr. J. L. B. Matekoni sentiu escorrer-lhe um fio de suor nas costas. Isso era terrível.

"Sinto muito, Rra. Os lanterneiros atrasaram muito o serviço. Depois, ainda tive que trocar uma peça. Com esses carros caros, é uma dificuldade substituir alguma coisa neles..."

O homem mandado pelo sr. Gotso olhou para o seu relógio de pulso.

"Tudo bem, tudo bem. Sei como essa gente trabalha devagar. Me deixe só ver o carro."

O sr. J. L. B. Matekoni foi na frente mostrando o caminho de saída do escritório. O visitante parecia menos ameaçador agora; seria realmente assim tão fácil apaziguar a cólera de alguém?

Ficaram diante do carro. Ele já havia substituído o pára-brisa, mas apoiara contra uma parede próxima o que restava da frente estilhaçada. Ele também tomara a precaução de deixar uns tantos pedaços de vidro quebrado no assento do motorista.

O visitante abriu a porta da frente e espiou para dentro.

"Substituí o pára-brisa sem cobrar nada", disse o sr. J. L. B. Matekoni. "Também darei um grande desconto na fatura."

O outro homem não disse nada. Ele agora inclinava

o corpo para dentro do carro e em seguida abriu o porta-luvas. O sr. J. L. B. Matekoni observava-o em silêncio.

O homem saiu do carro e esfregou as mãos nas calças; ele se cortara num dos pedacinhos de vidro.

"Está faltando uma coisa que ficava no porta-luvas. O senhor sabe algo a respeito?"

O senhor J. L. B. Matekoni balançou a cabeça — três vezes.

O homem pôs o dedo dentro da boca e chupou onde estava cortado.

"O sr. Gotso esqueceu que tinha deixado uma coisa ali dentro. Só se lembrou quando lhe disseram que o carro havia sido arrombado. Ele não vai gostar de saber que esse objeto desapareceu."

O sr. J. L. B. Matekoni passou ao homem um trapo de pano.

"Lamento que o senhor tenha se cortado. O vidro se espalha por toda parte quando se estilhaça um pára-brisa. Por toda parte."

O homem riu com desdém. "Isso que aconteceu comigo não é grave. Grave é alguém ter roubado o que pertencia ao senhor Gotso."

O sr. J. L. B. Matekoni coçou a cabeça.

"A polícia é inútil. Nem sequer veio quando a chamamos. Mas sei de alguém que pode cuidar disso."

"É mesmo? E quem é?"

"Atualmente há uma detetive mulher que tem um escritório lá adiante, perto da colina Kgale. O senhor já viu?"

"Talvez. Talvez não."

O sr. J. L. B. Matekoni sorriu. "É uma moça espantosa! Está por dentro de tudo o que acontece. Se eu lhe pedir, ela será capaz de descobrir quem fez isso. Ela é capaz até de recuperar o pertence que foi roubado. Era o quê, afinal?"

"Um pertence. Um pequeno objeto pertencente ao senhor Charlie Gotso."

"Sei."

O homem retirou o trapo de pano que colocara sobre o corte e jogou-o no chão.

"O senhor pode então pedir à moça...?", disse, relutante. "Peça-lhe que veja se consegue recuperar essa coisa para o senhor Gotso."

"Farei isso", disse o sr. J. L. B. Matekoni. "Falarei com ela esta noite mesmo, e tenho certeza de que dará resultado. Enquanto isso, este carro está pronto e o senhor Gotso pode mandar buscá-lo quando quiser. Vou remover os últimos pedacinhos de vidro."

"Faça isso", disse o visitante. "O senhor Gotso não está a fim de cortar a mão."

O sr. Gotso não está a fim de cortar a mão! Você não passa de um garotinho, pensou o sr. J. L. B. Matekoni. Não passa de um garotinho truculento. Conheço muito bem o seu tipo! Lembro-me de você — ou de alguém muito semelhante a você — no playground da Escola Pública de Mochudi — atormentando a vida dos outros meninos, quebrando coisas, bancando o durão. Até mesmo quando o professor o castigava de chicote, você tirava a onda de ser corajoso demais para chorar.

E esse tal de sr. Charlie Gotso, com seu carro caro e seus modos sinistros — esse é outro garoto também. Não passa de um garotinho.

Ele estava decidido a falar mais alto que Mma Ramotswe nessa parada. Ela parecia convencida de que ele faria o que quer que ela o mandasse fazer, e só muito raramente perguntava se queria participar de suas maquinações. Sem dúvida, ele havia sido dócil demais em concordar com ela; esse era o problema, realmente — ela pensava que podia ter sempre a última palavra, porque ele jamais a enfrentara. Bem, ela iria ver dessa vez. Ele acabaria com todo esse jogo absurdo de detetive.

Ele saiu da oficina ainda sofrendo com a situação, enquanto ensaiava em sua mente o que teria a dizer a ela quando chegasse ao escritório.

"Mma Ramotswe, a senhora me fez mentir. A senhora me envolveu num caso ridículo e perigoso que simplesmente não é da sua conta. Eu sou um mecânico. Conserto carros — não sei consertar vidas."

A última frase impressionou-o pelo seu impacto. Claro — essa era a diferença entre eles. Ela era uma consertadora de vidas — como tantas mulheres o são —, ao passo que ele era um consertador de máquinas. Ele lhe diria isso, e ela teria que aceitar a verdade dessa afirmação. Ele não queria destruir a amizade entre eles, mas não podia continuar com essa encenação e enganando desse jeito. Ele jamais havia mentido — jamais —, mesmo em face das maiores tentações, e agora ali estava ele mergulhado numa rede de enganos que envolvia a polícia e um dos homens mais poderosos de Botsuana!

Ele a encontrou à porta da Agência Nº 1 de Mulheres Detetives. Ela estava jogando no quintal a borra de um bule de chá quando ele apareceu dirigindo a van de sua oficina.

"E então?", perguntou ela. "Saiu tudo como planejamos?"

"Mma Ramotswe, eu acho realmente que..."

"Ele veio pessoalmente ou mandou um de seus homens?"

"Um de seus homens. Mas, ouça, a senhora é uma consertadora de vidas, eu sou apenas..."

"E o senhor lhe disse que eu poderia recuperar a coisa? Ele lhe pareceu interessado?"

"Eu conserto máquinas. Não sei... Veja só, nunca menti. Nunca menti antes, mesmo quando era menino. Minha língua ficava paralisada se eu tentasse mentir, e eu não conseguia."

Mma Ramotswe virou o bule de borco, esvaziando-o numa sacudida final.

"O senhor se saiu muito bem desta vez. As mentiras são válidas quando por uma boa causa. Não é uma boa causa descobrir quem matou uma criança inocente? A mentira será pior que um assassinato, senhor J. L. B. Matekoni? É isso o que o senhor pensa?"

"O assassinato é pior. Mas..."

"Pois então. O senhor ainda não tinha pensado seriamente nisso. Agora o senhor sabe."

Ela olhou para ele e sorriu; e ele pensou: sou um homem de sorte. Ela está sorrindo para mim. Não tenho ninguém que me ame neste mundo. E aí está alguém que gosta de mim e sorri para mim. E ela tem razão quanto ao assassinato. É bem pior do que mentiras.

"Venha tomar um chá", disse Mma Ramotswe. "Mma Makutsi pôs para ferver a chaleira e enquanto tomamos chá podemos decidir o que fazer a seguir."

19
O SR. CHARLIE GOTSO, UM HOMEM DIPLOMADO

O sr. Charlie Gotso olhou para Mma Ramotswe. Ele respeitava mulheres gordas, e até havia se casado com uma cinco anos atrás. Ela se revelou uma mulher birrenta, criadora de casos, que finalmente ele mandou que se mudasse para uma fazenda perto de Lobatse, sem telefone e com uma estrada que se tornava intransponível em tempo de chuva. Ela se queixara de ele ter outras mulheres, insistentemente, estridentemente, mas, afinal, o que era que ela esperava? Teria chegado seriamente a pensar que ele, o sr. Charlie Gotso, se limitaria a uma única mulher, como qualquer funcionário público? Com todo o dinheiro e a influência que ele tinha? E com um diploma, ainda por cima? Esse era o problema de casar-se com uma mulher sem refinamentos de educação, que nada conhecia dos círculos em que ele se movia. Ele havia estado em Nairóbi e em Lusaka. Sabia o que pensavam as pessoas em lugares como esses. Uma mulher inteligente, uma mulher com um diploma, estaria mais bem informada; mas, por outro lado, essa mulher gorda lá em Lobatse já lhe dera cinco filhos, e este era um fato que precisava ser tomado em consideração. Se ao menos ela não se lamentasse de outras mulheres.

"A senhora é a mulher mandada por Matekoni?"

Ela não gostou da voz dele. Tinha a aspereza de uma lixa, e ele comia os finais das palavras preguiçosamente, como se não fosse problema seu ter de se expressar com clareza. Isso era nele uma manifestação de pouco-caso, ela sentiu; poderoso como era, por que teria que se preocupar em comunicar-se adequadamente com seus inferiores? Contanto que entendessem o que ele queria — isso era o essencial.

"O senhor J. L. B. Matekoni me pediu para ajudá-lo, Rra. Sou uma detetive particular."

O sr. Gotso olhou para ela, com um leve sorriso brincando nos lábios.

"Vi esse lugar onde trabalha. Vi a placa quando passei por lá. Uma agência de detetives particulares para mulheres, ou algo assim."

"Não somente para mulheres, Rra", disse Mma Ramotswe. "Nós somos detetives mulheres, mas trabalhamos para homens também. O senhor Patel, por exemplo. Ele nos consultou."

O sorriso ficou mais largo. "A senhora acha que pode explicar coisas aos homens?"

Mma Ramotswe respondeu com calma. "Às vezes. Depende. Às vezes os homens são orgulhosos demais para escutar. Para esse tipo de homens não podemos explicar coisa alguma."

Ele apertou os olhos. O comentário era ambíguo. Ela tanto podia estar sugerindo que ele era orgulhoso, como poderia estar falando de outros homens. Havia outros, é claro...

"Pois bem", disse o sr. Gotso. "A senhora sabe que perdi certo pertence que estava no meu carro. Matekoni diz que a senhora talvez saiba quem o levou e que talvez possa recuperá-lo para mim..."

Mma Ramotswe inclinou a cabeça, em concordância. "Eu fiz isso", disse. "Descobri quem arrombou o seu carro. Eram apenas garotos. Dois garotos."

O sr. Gotso ergueu uma das sobrancelhas. "Quem são? Diga-me o nome deles."

"Isso não posso fazer", disse Mma Ramotswe.

"Quero dar uns tapas neles. Vamos, diga-me quem são."

Mma Ramotswe encarou o sr. Gotso e cruzou com o

seu olhar. Por um instante, nenhum dos dois disse nada. Até que ela falou: "Dei-lhes minha palavra que não entregaria os nomes deles a ninguém, se eles me restituíssem o que roubaram. Foi uma troca". Enquanto falava, ela olhou o escritório do sr. Gotso à sua volta. Ficava logo atrás do shopping center numa rua secundária, sem maior destaque, assinalado no lado de fora por uma grande placa azul — EMPRESAS GOTSO. Por dentro, a sala era mobiliada com simplicidade, e, se não fosse pelas fotos penduradas na parede, dificilmente alguém saberia que aquele era o escritório de um homem poderoso. Mas as fotos eram reveladoras: o sr. Gotso com Moshoeshoe, rei do Lesoto; o sr. Gotso com Hastings Banda; o sr. Gotso com Sobhuza II. Esse era um homem cuja influência estendia-se para além das fronteiras.

"A senhora fez uma promessa em meu nome?"

"Sim, fiz. Era a única maneira de recuperar o pertence."

O sr. Gotso pareceu refletir por um momento; Mma Ramotswe olhou para uma das fotos com maior atenção. O sr. Gotso estava dando um cheque para alguma boa causa e todos sorriam; "Cheque de alto valor dado para caridade", dizia a manchete em recorte de jornal colocado embaixo.

"Muito bem", disse ele. "Imagino que isso era tudo o que a senhora poderia fazer. E, então, onde está esse pertence?"

Mma Ramotswe enfiou a mão em sua bolsa e dela retirou o pequeno saco de couro.

"Isto foi o que me deram."

Ela colocou o objeto sobre a mesa; ele estendeu o braço e o colheu em sua mão.

"Isto não é meu, claro. Isto era de um dos meus homens. Eu o procurava para ele. Não faço a menor idéia do que seja."

"É *muti*, Rra. Feitiço fornecido por um feiticeiro."

O olhar do sr. Gotso adquiriu a dureza do aço.

"É mesmo? Algum amuleto para os supersticiosos?"

Mma Ramotswe balançou a cabeça.

"Não, não creio. É algum recurso poderoso. Acho que provavelmente custou muito caro."

"Poderoso?" A cabeça dele mantinha-se absolutamente imóvel enquanto falava, ela notou. Só os lábios se moviam, soltando as palavras incompletas.

"Poderoso, sim. É coisa boa. Eu bem que gostaria de conseguir uma coisa dessas para mim. Mas não sei onde encontrá-la."

O sr. Gotso fez então um ligeiro movimento, e seus olhos lentamente voltaram-se para o rosto de Mma Ramotswe.

"Talvez eu possa ajudá-la, Mma."

Ela pensou rápido e lhe deu a resposta. "Gostaria que me ajudasse. Então, quem sabe, eu poderia ajudá-lo de algum modo."

Ele estendeu o braço para apanhar um cigarro de uma caixinha sobre a mesa, e agora o estava acendendo. A cabeça voltou à imobilidade.

"De que maneira poderia ajudar-me, Mma? A senhora me julga um homem solitário?"

"O senhor não é solitário. Ouvi dizer que o senhor é um homem cercado de amigas. Não precisa de mais outra."

"Ninguém melhor do que eu para julgar sobre isso."

"Não, acho que o senhor é um homem que aprecia informação. O senhor precisa disso para continuar poderoso. O senhor precisa de *muti* também, não é mesmo?"

Ele retirou o cigarro da boca e colocou-o sobre um grande cinzeiro de vidro.

"A senhora deveria ter mais cuidado ao falar coisas como essas", disse ele. As palavras agora saíam bem articuladas; ele era capaz de falar com clareza quando queria. "Pessoas que acusam os outros de feitiçaria podem se arrepender. Arrepender-se de verdade."

"Mas não o estou acusando de coisa alguma. Eu mesma lhe disse que já usei isso, não foi? Não, o que eu estava dizendo era que o senhor é um homem que precisa saber o que acontece nesta cidade. O senhor pode não acompanhar certas coisas se os seus ouvidos estiverem entupidos com cera."

Ele tornou a apanhar o cigarro e recomeçou a fumar. "A senhora teria coisas para me dizer?"

Mma Ramotswe balançou a cabeça, afirmativamente. "Ouço coisas muito interessantes no meu trabalho. Por exemplo, posso lhe falar daquele homem que está tentando construir uma loja junto da sua no shopping center. Sabe quem é? Gostaria de informar-se sobre o que ele fazia antes de vir para Gaborone? Ele não gostaria que as pessoas ficassem sabendo disso, acho."

O sr. Gotso abriu a boca e retirou um fragmento de fumo que se prendera nos seus dentes.

"A senhora é uma mulher muito interessante, Mma Ramotswe. Acho que a compreendo muito bem. Eu lhe darei o nome do feiticeiro se a senhora me passar essa útil informação. Ficamos combinados assim?"

Mma Ramotswe estalou a língua em sinal de concordância. "Está ótimo. Conseguirei desse homem algo que me ajudará a obter informação ainda melhor. E se souber de alguma outra coisa, bem, será um prazer para mim levá-la ao seu conhecimento."

"A senhora é muito gentil", disse o sr. Gotso, apanhando um bloquinho de papel. "Vou desenhar aqui um esboço de mapa. Esse homem vive no meio do mato, num lugar que não fica longe de Molepolole. Não é fácil de encontrar, mas com este mapa a senhora chegará lá direitinho. E já vou lhe avisando — ele não cobra barato. Mas, se a senhora disser que é amiga do senhor Charlie Gotso, verá que ele faz um desconto de vinte por cento. O que não é pouca coisa, não lhe parece?"

20
ASSUNTOS MÉDICOS

Ela agora tinha a informação. Tinha um mapa para descobrir um assassino, e ela o descobriria. Mas continuava tendo que dirigir a agência de detetives e cuidar dos casos que exigiam sua atenção — inclusive um caso que envolvia um tipo muito diferente de médico e um hospital.

Mma Ramotswe não tinha estômago para suportar hospitais, detestava o cheiro deles; estremecia ante o espetáculo dos pacientes sentados em seus bancos para tomar sol, no silêncio forçado por seus sofrimentos; entrava em franca depressão diante dos pijamas cor-de-rosa que eram fornecidos aos pacientes que vinham para se tratar de tuberculose. Os hospitais eram, para ela, um *memento mori* construído em tijolos e cimento; um horrendo lembrete do fim inevitável que nos esperava a todos, mas que ela considerava melhor ignorar enquanto estávamos às voltas com o ofício de viver.

Os médicos eram outro assunto, e Mma Ramotswe sempre se deixara impressionar por eles. Ela admirava, sobretudo, o seu senso do confidencial e tirava um grande consolo em saber que era possível contar a um médico algo de que ele, tal como um sacerdote, guardaria segredo por toda a vida. Não era uma qualidade que se encontrasse entre advogados, uma gente que, de modo geral, gostava de se gabar e que estava sempre pronta a contar uma história à custa de um cliente — aliás, por falar nisso, outros igualmente indiscretos eram os contadores, com a língua sempre solta para comentar quem ganhava quanto. Em se tratando dos médicos, entretanto, por mais que uma pessoa tentasse, não conseguiria tirar uma informação deles, inflexíveis adeptos do princípio de manter a boca fechada.

E era assim que tinha que ser, pensou Mma Ramotswe. Eu não gostaria que ninguém mais soubesse da minha... Que motivos tinha ela para envergonhar-se? Seu peso dificilmente poderia ser considerado matéria confidencial, e, de qualquer forma, ela se orgulhava de ser construída dentro dos padrões tradicionais da mulher africana, muito diferente dessas terríveis criaturas que mais pareciam uns palitos mostradas nas fotos de publicidade. Havia, ainda, os seus calos — bem, esses estavam mais ou menos em exibição quando ela usava sandálias. Mas, na verdade, ela nada tinha que precisasse esconder.

Já a prisão de ventre era um caso muito diferente. Seria horrível que o mundo inteiro ficasse sabendo de perturbações dessa natureza. Ela sentia muita pena das pessoas que sofriam de prisão de ventre, e eram inúmeras, pelo que ouvia dizer. Tantas que provavelmente poderiam formar um partido político — com chances de chegar ao governo, talvez —, mas o que faria tal partido se alcançasse o poder? Nada, ela imaginava. Tentaria fazer passar uma legislação, mas fracassaria.

Ela cortou seus devaneios e concentrou-se no caso que tinha em mãos. Seu velho amigo, o dr. Maketsi, telefonara-lhe do hospital perguntando-lhe se ele poderia dar uma chegada ao seu escritório quando voltasse para casa aquela noite. Ela prontamente respondeu que sim; ela e o dr. Maketsi eram ambos de Mochudi, e, embora ele fosse dez anos mais velho, Mma Ramotswe sentia-se muito próxima dele. De modo que foi logo cancelando a hora marcada com o cabeleireiro no centro da cidade, e permaneceu na sua escrivaninha pondo em dia uma tediosa papelada que se achava em atraso, até que ouviu na voz familiar do dr. Maketsi a saudação Ko! Ko! seguida da entrada dele no escritório.

Trocaram mexericos de família por algum tempo, tomando chá de *rooibos* e refletindo sobre as mudanças sofridas por Mochudi desde os bons tempos deles. Ela perguntou pela tia do dr. Maketsi, uma professora aposentada com quem metade da aldeia se aconselhava até hoje. Ela continuava a todo vapor, disse ele, e estava agora sendo pressionada para concorrer ao Parlamento, o que ainda poderia vir a fazer.

"Precisamos de mais mulheres na vida pública", disse o dr. Maketsi. "São pessoas muito práticas, as mulheres. Ao contrário de nós, homens."

Mma Ramotswe apressou-se em concordar. "Se houvesse mais mulheres no poder, elas não deixariam estourar as guerras", disse. "As mulheres não estão nem aí para toda essa brigalhada. Enfocamos a guerra pelo que ela é na realidade — uma questão de corpos despedaçados e mães em prantos."

O dr. Maketsi refletiu por um instante. Estava pensando na sra. Ghandi, que teve uma guerra, e na sra. Golda Meir, que também teve uma guerra, e ainda em...

"A maioria das vezes", concedeu ele. "As mulheres são delicadas na maioria das vezes, mas sabem ser duronas quando necessário."

O dr. Maketsi estava ansioso para mudar de assunto agora, receando que Mma Ramotswe pudesse prosseguir perguntando-lhe se sabia cozinhar, e ele não queria uma repetição da conversa que havia tido com uma jovem recém-chegada de uma permanência de um ano nos Estados Unidos. Ela lhe dissera, provocando-o, como se a diferença de idade entre ambos não tivesse nenhuma importância: "Se você come, você deveria cozinhar. É simples assim". Essas idéias vieram da América e podem ser muito boas em teoria, mas será que tornaram os americanos mais felizes? Sem dúvida tem que haver certos limites para todo esse progresso, toda essa mudança incessante. Ele ouvira falar recentemente de homens que eram obrigados por suas mulheres a trocar as fraldas de seus bebês. Ele estremecia só de pensar nisso; a África não estava preparada para tanto, pensava. Havia certos aspectos dos velhos padrões na África que eram muito apropriados e confortáveis — se a pessoa fosse um homem, bem entendido, como era o caso dele.

"Mas estes são assuntos intermináveis", disse ele jovialmente. "Falar de abóboras não faz com que elas cresçam." Sua sogra dizia isso freqüentemente, e, embora ele discordasse de quase tudo o que ela dizia, via-se fazendo eco às suas palavras mais vezes do que gostaria.

Mma Ramotswe riu. "Por que veio me procurar?", perguntou. "Quer que eu lhe arranje uma nova esposa, é isso?"

O dr. Maketsi estalou a língua numa censura de gozação. "Vim para tratar de um problema sério", disse. "Não para ficar falando sobre esposas."

Mma Ramotswe ouviu-o explicar como era delicado o seu problema, e assegurou-lhe que, da mesma forma que ele, acreditava em respeitar confidências.

"Nem mesmo a minha secretária conseguirá ouvir o que você tem a me dizer."

"Ótimo", disse o dr. Maketsi. "Porque, se eu estiver enganado sobre o que vou lhe dizer, e se alguém ficasse sabendo deste assunto, seria muito embaraçoso para mim — e para todo o hospital. Não quero que o ministro me procure."

"Compreendo", disse Mma Ramotswe. A curiosidade dela alcançara o grau máximo, e estava ansiosa por ouvir o que a tal ponto perturbava o seu amigo. Ela estivera assoberbada ultimamente por vários casos de caráter bastante fútil, inclusive um bem aviltante que envolvia rastrear a pista do cachorro de um homem rico. Um cachorro! A única detetive mulher do país não deveria ter que se rebaixar tanto, e na verdade Mma Ramotswe não o teria feito se não fosse pelo fato de que precisava dos honorários. A pequenina van branca adquirira um abominável ruído no motor, e o sr. J. L. B. Matekoni, chamado para examinar o problema, fizera ver delicadamente a Mma Ramotswe que o conserto sairia caro. E quão terrível e fedorento acabara se revelando o cachorro; quando ela finalmente descobriu o animal amarrado a uma corda e sendo puxado pelo grupo de moleques que o roubara, o cão recompensou sua libertadora com uma mordida no tornozelo.

"Estou preocupado com um dos jovens médicos daqui", disse o dr. Maketsi. "Ele se chama doutor Komoti. É nigeriano."

"Sei."

"É sabido que certas pessoas desconfiam dos nigerianos", disse o dr. Maketsi.

"Acredito que haja certas pessoas assim", disse Mma Ramotswe perscrutando os olhos do dr. Maketsi e logo em seguida desviando o olhar, quase com culpa.

O dr. Maketsi tomou o finalzinho de seu chá de *rooibos* e repôs a caneca sobre a mesa.

"Deixe-me falar-lhe sobre o nosso doutor Komoti", disse. "Começando da ocasião em que ele apareceu pela primeira vez para ter uma entrevista. Era minha função entrevistá-lo, se bem que, devo reconhecer, isso na verdade não passava de uma formalidade. Estávamos desesperadamente com falta de pessoal na época e precisávamos de alguém que fosse capaz de nos dar ajuda na sala de emergências. Não dá para sermos rigorosos demais na escolha, sabe como é. De qualquer modo, ele parecia ter um currículo razoável e dava muitas referências. Havia trabalhado em Nairóbi por alguns anos, e então telefonei para o hospital em que prestara serviços e eles confirmaram que preenchia todos os requisitos. Assim sendo, contratei-o.

"Começou há cerca de seis meses. Tinha muito serviço na sala de emergências. Você provavelmente tem uma idéia de como se passam as coisas lá. Acidentes de estrada, brigas, a rotina habitual das noites de sexta-feira. É claro que uma boa parte do trabalho consiste apenas em assepsia, fazer parar sangramentos, reanimar pacientes com paradas cardíacas — esse tipo de coisas.

"Tudo parecia ir bem, mas, depois de o doutor Komoti ter estado lá umas três semanas, o chefe do setor quis ter uma conversa comigo. Ele achava que o novo médico vinha se mostrando um pouco negligente e que algumas das coisas que ele fazia pareciam um tanto surpreendentes. Por exemplo, ele havia costurado muito mal várias feridas e os pontos tiveram que ser desfeitos e refeitos.

"Mas às vezes ele era realmente muito bom. Por exemplo, umas duas semanas atrás ele recebeu uma paciente com pneumotórax compressivo. É bastante sério. O ar escapa para o espaço em volta dos pulmões e faz o pulmão esvaziar-se e murchar como um balão estourado. Se isso acontece, é preciso drenar o ar o mais rápido possível para que o pulmão possa voltar a expandir-se.

"Não é coisa fácil para um médico de pouca experiência. É preciso saber onde colocar o dreno. Um erro na colocação pode até perfurar o coração ou causar toda sorte de outros danos. E, se não for feito rapidamente, o paciente pode morrer. Eu próprio passei por essa experiência de quase perder um paciente por causa disso poucos anos atrás. Tomei um susto e tanto.

"O doutor Komoti revelou-se muito bom nesse procedimento, e sem a menor dúvida salvou a vida dessa sua paciente. O chefe de setor apareceu lá pelo fim da intervenção e deixou-o concluir. Ficou impressionado e comentou isso comigo. Mas, por outro lado, esse mesmo médico não conseguiu diagnosticar um caso óbvio de baço dilatado na véspera."

"Ele é irregular, então, imprevisível?"

"Exatamente", disse o dr. Maketsi. "Um dia ele é estupendo, mas no dia seguinte quase mata um pobre dum paciente."

Mma Ramotswe pensou por um momento, lembrando-se de uma notícia publicada em *The Star*. "Li, outro dia, a respeito de um falso cirurgião em atividade em Johannesburgo", disse. "Ele exerceu a medicina por quase dez anos e ninguém jamais soube que ele não tinha diploma. Até que alguém por acaso teve acesso a essa informação, e então o desmascararam."

"É extraordinário", disse o dr. Maketsi. "Vez por outra estoura um caso assim. E essas pessoas às vezes ficam sem ser descobertas por muito tempo — em certos casos, durante anos."

"Vocês verificaram o diploma dele?", perguntou Mma Ramotswe. "Hoje em dia, com as fotocopiadoras e as impressoras a *laser*, ficou muito fácil falsificar documentos — qualquer um é capaz de fazer isso. Talvez ele nem seja médico. Ele poderia ser um auxiliar de enfermagem ou algo assim."

O dr. Maketsi balançou a cabeça. "Nós já fizemos todas essas verificações", disse. "Checamos em sua Escola de Medicina na Nigéria — foi uma verdadeira batalha, posso lhe dizer — e também no Conselho Geral de Medicina na Grã-Bretanha, onde ele trabalhou como arquivista por dois anos. Até conseguimos uma foto de Nairóbi, e o homem é o mesmo. De modo que estou bastante seguro de que ele seja exatamente quem afirma ser."

"Você não poderia simplesmente testá-lo?", perguntou Mma Ramotswe. "Não poderia tentar descobrir até que ponto vão os seus conhecimentos de medicina, fazendolhe algumas perguntas capciosas?"

O dr. Maketsi sorriu. "Já fiz isso. Encontrei ocasião para comentar com ele um ou dois casos difíceis. Na primeira oportunidade, ele se saiu muito bem e deu uma resposta bastante boa. Mostrou claramente saber do que estava falando. Mas, na outra, pareceu evasivo. Disse que queria pensar no assunto. Isso me desagradou, e então mencionei algo sobre o caso que havíamos discutido antes. Isso o pegou desprevenido, e o que fez foi limitar-se a murmurar umas considerações desalinhavadas e sem importância. Era como se houvesse esquecido o que me havia dito três dias antes."

Mma Ramotswe olhou para o teto. Ela sabia o que eram essas falhas de memória. Seu pobre Paizinho perdera a memória no fim da vida, e às vezes mal se lembrava dela. Mas isso era compreensível nos velhos, não num médico jovem. A menos que ele fosse doente, é claro, e nesse caso algum distúrbio houvesse afetado sua memória.

"Não há nada de errado com ele mentalmente", disse o dr. Maketsi, como se prevendo sua pergunta. "Que eu saiba", acrescentou. "Não se trata de um caso de demência pré-senil ou de nada parecido. O que eu receio é que haja envolvimento com drogas. Acho que possivelmente abuse de drogas e que metade do tempo em que trata dos pacientes é como se ele não estivesse propriamente presente."

O dr. Maketsi fez uma pausa. Ele soltou a sua bomba e voltou a sentar-se, como se as implicações do que acabara de dizer o houvessem silenciado. Isso era quase tão ruim quanto se estivessem permitindo ao jovem médico exercer ilegalmente a medicina. O ministro ouvira dizer que um médico estava tratando pacientes no hospital sob efeito de drogas, e bem que poderia começar a questionar o rigor da supervisão no hospital.

Ele imaginou como seria a entrevista. "Mas, doutor Maketsi, o senhor não viu, pela maneira como esse homem vinha se comportando, que ele estava drogado? É claro que vocês deveriam ser capazes de reconhecer coisas assim. Se, quando vou pela rua, percebo na mesma hora se alguém por quem passo andou fumando maconha, é claro que isso também deveria ser óbvio para alguém como o senhor. Ou será que estou amistosamente atribuindo a vocês uma capacidade de percepção maior do que a que têm na realidade?"

"Entendo por que você está preocupado", disse Mma Ramotswe. "Mas não tenho certeza se posso ajudá-lo. Não estou muito familiarizada com o mundo das drogas. É um universo que compete mais à polícia."

O dr. Maketsi assumiu uma expressão depreciativa. "Não me venha falar em polícia", disse. "Eles não sabem manter sigilo. Se eu for procurá-los para deslindar esse caso, eles o transformarão num inquérito policial puro e simples com os procedimentos de rotina para combater a droga. Darão uma batida, farão uma busca na casa dele e logo alguém estaria comentando o episódio. Na mesma hora estariam espalhando por toda a cidade que ele era um viciado em drogas." Fez uma pausa, atento a que Mma Ramotswe entendesse as sutilezas do seu dilema. "E digamos que ele não o seja, digamos que seja um engano meu. Eu teria simplesmente destruído a sua reputação sem qualquer motivo. Ele pode ser incompetente, de tempos em tempos, mas isso não justifica destruí-lo."

"E se realmente descobríssemos que ele é um usuário de drogas?", perguntou Mma Ramotswe. "Não sei como faríamos para conseguir isso, mas e se conseguíssemos? Vocês o despediriam?"

O dr. Maketsi balançou a cabeça vigorosamente. "Nós não pensamos sobre drogas nesses termos. Não é uma questão de bom ou mau comportamento. Eu encararia o caso como um problema médico e tentaria ajudá-lo. Tentaria analisar o problema."

"Mas não há o que *analisar* com essas pessoas", disse Mma Ramotswe. "Fumar maconha é uma coisa, tomar pílulas e tudo o mais é outra muito diferente. Mostre-me um único viciado em drogas que tenha se recuperado. Um que seja. Talvez eles existam, mas simplesmente nunca os vi."

O dr. Maketsi deu de ombros. "Sei que eles podem ser pessoas muito manipuladoras", disse. "Mas alguns deles largam o vício. Posso lhe mostrar estatísticas."

"Bom, talvez sim, talvez não", disse Mma Ramotswe. "A questão é: o que você quer que eu faça?"

"Apure a respeito dele", disse o dr. Maketsi. "Siga-o por alguns dias. Apure se ele está envolvido com drogas. Se estiver, apure se ele fornece drogas a outras pessoas no período em que você acompanhar o caso. Porque esse será um outro problema para nós. Mantemos vigilância estrita sobre drogas no hospital, mas as coisas podem fugir ao controle, e a última coisa que poderíamos querer seria um médico que entregasse drogas do estoque do hospital aos viciados. Não podemos admitir isso."

"Você o poria na rua, então?", provocou Mma Ramotswe. "Você não tentaria ajudá-lo?"

O dr. Maketsi riu. "Na rua, sem contemplação."

"Bom", disse Mma Ramotswe. "Deixe-me, então, informá-lo sobre meus honorários."

O dr. Maketsi mostrou desalento. "Estava preocupado com isso. É uma investigação tão delicada, dificilmente eu conseguiria que o hospital pagasse por ela."

Mma Ramotswe balançou a cabeça, com compreensão. "Você achou que eu, como velha amiga..."

"Sim", disse o dr. Maketsi a meia-voz, "achei que, como velha amiga, você poderia lembrar-se de quando seu Paizinho estava tão doente no final..."

Mma Ramotswe se lembrava. O dr. Maketsi viera infalivelmente a sua casa todas as noites durante três semanas e afinal havia conseguido internar o seu Paizinho num quarto particular do hospital, sem pagar nada.

"Lembro-me muito bem", disse ela. "Só mencionei os honorários para dizer a você que não haveria nenhum."

Ela possuía todas as informações de que precisava para começar a investigar o dr. Komoti. Tinha o seu endereço em Kaunda Way; tinha uma foto, fornecida pelo dr. Maketsi; e tinha anotado o número da caminhonete verde que ele dirigia. Também lhe haviam sido dados o número do seu telefone e o número de sua caixa postal no correio, embora não pudesse imaginar em que circunstâncias faria uso deles. Agora tudo o que tinha a fazer era começar a vigiar o dr. Komoti e informar-se sobre ele tanto quanto pudesse e o mais rápido possível.

O dr. Maketsi tivera o cuidado de providenciar para ela uma cópia da rotina de serviço a ser seguida no departamento de emergências nos quatro meses seguintes.

Isso significava que Mma Ramotswe saberia exatamente quando estava previsto que ele deixaria o hospital para ir para casa e também quando estava previsto que ele ficaria dando plantão noturno. Isso pouparia muito tempo e esforço no tocante a ficar esperando na rua, sentada na pequenina van branca.

Ela começou dois dias depois. Estava no seu ponto de observação quando o dr. Komoti saiu com sua caminhonete do estacionamento privativo da equipe médica do hospital, aquela tarde, e ela o seguiu discretamente no trajeto para o centro da cidade. Lá chegando, estacionou uns poucos carros à distância do dele, e esperou que ele andasse e se afastasse o suficiente do estacionamento para, então, sair da van. Ele entrou numa ou duas lojas e apanhou um jornal no Centro de Livros. Em seguida, voltou ao carro, dirigiu até sua casa e lá ficou — comportando-se direitinho, presumiu ela — até as luzes se apagarem dentro da casa pouco antes das dez naquela noite. Era uma tarefa tediosa ficar sentada esperando na pequenina van, mas Mma Ramotswe já estava acostumada e nunca se queixava uma vez que aceitara encarregar-se de um caso. Seria capaz de ficar sentada em sua van um mês inteiro se o dr. Maketsi lhe pedisse para fazer isso; era o mínimo que ela poderia fazer depois do que ele havia feito por seu Paizinho.

Nada aconteceu naquela noite, nem na noite seguinte. Mma Ramotswe já estava começando a pôr em dúvida se havia alguma variação na rotina da vida do dr. Komoti, quando de repente as coisas mudaram. Era uma noite de sexta-feira, e Mma Ramotswe já estava preparada para seguir o dr. Komoti de volta do trabalho. O médico demorou um pouco para deixar o hospital, mas finalmente saiu pela porta do atendimento de emergências, com um estetoscópio enfiado no bolso de seu jaleco branco, e subiu no seu carro.

Mma Ramotswe seguiu-o quando deixou a área do hospital, satisfeita de ele não ter tomado conhecimento de sua presença. Ela desconfiou de que ele poderia ir ao Centro de Livros buscar o seu jornal, mas, dessa vez, em lugar de tomar o rumo do centro da cidade, virou noutra direção. Mma Ramotswe gostou de que finalmente algo pudesse estar acontecendo, e concentrou-se com todo o cuidado em não perdê-lo de vista enquanto se aventuravam no trânsito. As ruas estavam mais movimentadas que de costume, já que era uma tarde de sexta-feira no final do mês — ou seja, dia de pagamento. Naquela noite haveria mais acidentes de tráfego do que o normal, e quem ficasse no lugar do dr. Komoti na sala de emergências estaria superocupado costurando ferimentos dos bêbados e pinçando estilhaços de pára-brisas na pele dos acidentados.

Mma Ramotswe ficou surpresa ao perceber que o dr. Komoti estava dirigindo seu carro para a rua Lobatse. Isso era interessante. Se ele estivesse envolvido com drogas, usar Lobatse como base seria uma boa idéia. Era suficientemente perto da fronteira e ele poderia estar passando material para dentro da África do Sul, ou recebendo-o de lá. Fosse como fosse, aquilo fazia dele um homem muito mais interessante de ser seguido.

Prosseguiram no rumo tomado, com a pequenina van branca forçando a marcha para não perder de vista o carro mais potente do dr. Komoti. Mma Ramotswe não se preocupava com que pudesse ser notada; o movimento no trânsito era intenso e não havia motivo para o dr. Komoti notar a pequenina van branca. Assim que chegassem a Lobatse, sim, ela teria que ser mais discreta, já que ali o tráfego se fazia com menor intensidade.

Quando não pararam em Lobatse, Mma Ramotswe começou a inquietar-se. Se ele fosse atravessar Lobatse e seguir em frente, era possível que estivesse de visita a alguma aldeia do outro lado da cidade. Mas isso era bastante improvável, já que pouco havia do outro lado de Lobatse — ou pouco que pudesse interessar a alguém como o dr. Komoti. Só sobrava, então, a fronteira, alguns quilômetros adiante na estrada. Claro! O dr. Komoti ia cruzar a fronteira, ela tinha certeza. Ele estava indo para Mafikeng.

Ao se aperceber de que o dr. Komoti estava se dirigindo para fora do país, Mma Ramotswe sentiu uma forte irritação diante de sua própria estupidez. Ela não trazia seu passaporte consigo; o dr. Komoti atravessaria a fronteira e ela teria que permanecer em Botsuana. E, uma vez do outro lado, ele poderia fazer o que quisesse — e o faria, sem dúvida — sem que ela tivesse como saber o que se passara.

Ela o observou parar no posto da fronteira; depois deu meia-volta na pequenina van branca e retornou, como um caçador que perseguiu a presa até os limites de seu território reservado e acaba tendo que desistir. Ele estaria ausente no fim de semana e inteiramente fora do seu alcance. Na semana seguinte, ela teria que voltar à tediosa tarefa de vigiar sua casa à noite, frustrada em saber que o lance proibido que tanto buscava surpreender já teria ocorrido durante o fim de semana. E, enquanto tratava de tudo isso, teria que adiar o encaminhamento de outros casos — casos que rendiam honorários e pagavam contas no posto de gasolina.

Quando chegou de volta a Gaborone, Mma Ramotswe estava no maior mau humor. Ela dormiu cedo, mas o mau humor continuava com ela na manhã seguinte quando foi ao shopping center. Como costumava fazer aos sábados pela manhã, tomou uma xícara de café na varanda do Hotel Presidente e ficou conversando com sua amiga Grace Gakatsla. Grace, que tinha uma loja de vestidos em Broadhurst, sempre conseguia animá-la com as histórias que contava sobre as excentricidades de suas clientes. Uma delas, esposa de um ministro do governo, recentemente comprara um vestido na sexta-feira e trouxera-o de volta na segunda-feira seguinte, dizendo que não lhe caía bem. No entanto, Grace havia comparecido no sábado ao casamento em que o vestido fora usado, e a roupa lhe parecera perfeita.

"É claro que eu não podia dizer-lhe na cara que ela era uma mentirosa e que minha loja não era de aluguel de roupas", disse Grace. "Apenas lhe perguntei se tinha gostado do casamento. Ela sorriu e disse que sim. Eu também declarei ter gostado. Obviamente, ela não me havia visto lá. Parou de sorrir e disse que daria, talvez, uma nova chance ao vestido."

"Ela é um tremendo porco-espinho, aquela mulher", disse Mma Ramotswe.

"Uma hiena", disse Grace. "Um tamanduá, com aquele seu nariz tão comprido."

Cessado o riso, Grace se retirou, permitindo que se restabelecesse o mau humor de Mma Ramotswe. Esta tinha a impressão de que se sentiria assim pelo resto do fim de semana; na verdade, chegava a afligir-se com a possibilidade de esse estado de espírito durar até o encerramento do caso Komoti — se é que haveria um encerramento.

Mma Ramotswe pagou sua conta e saiu, e foi então, quando descia os degraus da escada da frente do hotel, que viu o dr. Komoti no shopping center.

Por um momento, Mma Ramotswe ficou bem quieta. O dr. Komoti cruzara a fronteira na véspera, pouco antes das sete da noite. A fronteira fechava às oito, o que significava que ele não podia ter tido tempo de ir até Mafikeng, mais quarenta minutos de viagem, voltar e cruzar de novo a fronteira antes que ela fechasse. Logo, ele só havia passado uma noite lá e voltado bem cedo na manhã do dia seguinte.

Recuperou-se da surpresa de vê-lo e compreendeu que deveria aproveitar a oportunidade para segui-lo e ver o que faria. Ele se achava agora na loja de ferragens, e Mma Ramotswe ficou esperando do lado de fora, entretida com as mercadorias expostas na vitrina, até ele tornar a sair. Ele caminhou com determinação de volta para o estacionamento e ela o observou entrar no carro.

O dr. Komoti ficou em casa o resto do dia. Às seis da tarde, saiu para ir ao Hotel do Sol, onde tomou um drinque com dois outros homens, que Mma Ramotswe reconheceu como sendo dois compatriotas nigerianos. Ela sabia que um deles trabalhava para uma firma de contadores, e o outro, ela supunha, era um professor de escola primária não sabia de onde. Nada que parecesse suspeito nesse encontro. Deveria haver muitos grupos de pessoas assim se encontrando naquele mesmo momento em outros pontos da cidade — talvez pessoas acidentalmente aproximadas umas das outras pela intimidade artificial da vida de expatriados que conversavam sobre o país de origem.

Ele ficou durante uma hora e saiu, e essa foi toda a extensão da vida social do dr. Komoti naquele fim de semana. No domingo à noite, Mma Ramotswe resolveu que iria fazer o seu relatório para o dr. Maketsi na semana seguinte e dizer-lhe que infelizmente não havia nenhuma prova de ele estar envolvido com o círculo de viciados em drogas; muito pelo contrário, parecia ser um modelo de sobriedade e respeitabilidade. Não havia sequer um sinal de presença feminina, a menos que as mulheres estivessem escondidas dentro de casa e de lá não saíssem nunca. Ninguém havia entrado na casa enquanto ela vigiava, e ninguém havia saído dela, a não ser o próprio dr. Komoti. Ele simplesmente era um homem bastante chato de se vigiar.

Não deixava de ser intrigante, entretanto, a questão de Mafikeng e a ida-e-volta-relâmpago àquela cidade na noite de sexta-feira. Se ele houvesse ido fazer compras lá no Bazar OK — como era o costume de tantas pessoas —, certamente teria prolongado sua permanência pelo menos por parte da manhã do sábado, o que com toda a certeza não aconteceu. Seja o que for que tenha ido fazer lá, deve tê-lo feito seguramente na sexta à noite. Haveria alguma mulher — dessas exuberantes sul-africanas pelas quais os homens se sentem atraídos não se sabe bem por quê? Esta seria a explicação mais simples, e a mais provável também. Mas por que a volta às pressas no sábado de manhã? Por que não ficar para o sábado e levá-la a almoçar no Hotel Mmbabatho? Havia alguma coisa que não casava muito bem com essa explicação, e Mma Ramotswe achou que seria uma boa idéia segui-lo em sua ida a Mafikeng no próximo fim de semana, se ele lá fosse, e ver o que acontecia. Se não houvesse nada a ser observado, ela poderia fazer umas compras e voltar no sábado à tarde. De qualquer modo, era algo que ela vinha querendo fazer havia muito tempo, e seria como matar dois coelhos com uma cajadada só.

Acabou dando tudo certo com o dr. Komoti. Na sexta-feira seguinte ele deixou o hospital na hora de costume e dirigiu o carro rumo a Lobatse, seguido a distância por Mma Ramotswe em sua van. Cruzar a fronteira foi um pouco problemático, porque Mma Ramotswe tinha a preocupação de não se aproximar demais do carro do doutor ao passar pelo posto, e ao mesmo tempo de não perdê-lo de vista quando ele desse partida para o outro lado. Por alguns momentos pareceu que ela ia se atrasar, devido a um funcionário meticuloso ter folheado atentamente o seu passaporte, examinando os carimbos que documentavam suas idas e vindas a Johannesburgo e a Mafikeng.

"Diz aqui, no item *profissão*, que a senhora é detetive", falou em tom arrogante. "Como pode uma mulher ser detetive?"

Mma Ramotswe fuzilou-o com o olhar. Se ela prolongasse o encontro, poderia perder o dr. Komoti, cujo passaporte já estava sendo carimbado naquele momento. Em poucos minutos ele estaria liberado dos controles da fronteira, e a pequenina van branca não teria a menor chance de alcançá-lo.

"Muitas mulheres são detetives", disse Mma Ramotswe, com dignidade. "O senhor nunca leu Agatha Christie?"

O funcionário encarou-a, irritado.

"A senhora está querendo dizer que não sou um homem instruído?", resmungou. "É isso que a senhora está dizendo? Que eu não li esse senhor Christie?"

"Não estou dizendo tal coisa", respondeu Mma Ramotswe. "Os senhores são pessoas de boa educação e eficientes. Ainda ontem mesmo, quando estive na casa do seu ministro, disse para ele que considerava os seus funcionários da imigração muito polidos e eficientes. Tivemos uma boa conversa sobre isso durante o jantar."

O funcionário franziu a cara. Por um instante pareceu hesitar, mas logo apanhou o seu carimbo de borracha e carimbou o passaporte.

"Obrigado, Mma", disse. "Pode seguir."

Mma Ramotswe não gostava de mentir, mas às vezes era necessário, especialmente quando tinha pela frente pessoas promovidas acima de seus méritos. Enfeitar a verdade como ela havia feito — ela de fato conhecia o ministro, só que muito superficialmente — às vezes servia para estimular um pouco as pessoas, e com freqüência para o próprio bem delas. Talvez esse funcionário específico pensasse duas vezes antes de resolver implicar de novo com uma mulher sem qualquer motivo.

Ela subiu de volta na van e recebeu sinal para ultrapassar a barreira. O dr. Komoti agora deixara de ser visível, e ela teve que acelerar ao máximo a van até descontar o terreno perdido. Ele seguia numa velocidade tranqüila, de modo que ela tornou a abrir um pouco o intervalo entre os dois carros e manteve um distanciamento constante enquanto passavam pelos remanescentes da capital de Mangope e sua fantoche República de Bophuthatswana. Lá estava o estádio em que o presidente havia sido detido por suas próprias tropas quando se revoltaram; lá estavam as repartições públicas que administravam o Estado absurdamente fragmentado em nome de seus donos em Pretória. Era tudo um tal desperdício, pensou ela, uma tão absoluta loucura, e, com o devido tempo, tudo se desmanchou e apagou como a mera ilusão que sempre havia sido. Tudo fazia parte da farsa do *apartheid* e do sonho monstruoso de Verwoerd; tanta dor, tanto sofrimento longamente infligido — que a história viera acrescentar à soma total de sofrimento da África.

O dr. Komoti de repente virou à direita. Eles haviam chegado aos arredores de Mafikeng, num subúrbio de ruas e casas bem traçadas, com grandes jardins caprichosamente cercados. Foi pela garagem de uma dessas casas que ele enveredou, forçando Mma Ramotswe a passar direto pela casa para evitar suspeitas. Ela, entretanto, contou o número de casas que tinha deixado passar — sete — e em seguida estacionou a van debaixo de uma árvore.

Havia uma passagem que dava para os fundos das casas, do tipo que outrora era chamado de "passagem de serviço", e que se estendia da primeira à última. Mma Ramotswe saiu da van e foi caminhando até chegar à passagem. A casa em que entrara o dr. Komoti seria a oitava a partir dali — sete, mais aquela cuja lateral Mma Ramotswe percorrera para alcançar a passagem.

Espiando os fundos da oitava casa, ela se viu diante de um jardim que no passado devia ter merecido a atenção de seus donos — mas, isso, muitos anos atrás. Ele agora era um emaranhado de vegetação — amoreiras, arbustos de buganvílias que haviam crescido sem qualquer controle e atingiram proporções gigantescas, lançando para o céu rebentos de flores purpúreas, mamoeiros com frutos apodrecidos no pé. Seria um paraíso para cobras, pensou; poderia haver mambas espreitando no capim crescido e serpentes *boomslangs* penduradas nos ramos das árvores, todas à espreita de alguém como ela que fosse idiota o bastante para entrar.

Ela empurrou o portão do jardim com o maior cuidado. Era evidente que não vinha sendo usado havia muito tempo, as dobradiças emitiram guinchos terríveis, mas isso realmente não tinha maior importância, porque muito pouco som seria capaz de penetrar a vegetação que se interpunha como um escudo entre a cerca dos fundos e a casa, separados por mais ou menos cem metros. Na verdade, era praticamente impossível ver a casa do outro lado da folhagem, o que fez Mma Ramotswe sentir-se segura, pelo menos quanto a ser observada pelos habitantes da casa, se não quanto às cobras.

Mma Ramotswe avançou pé ante pé, pisando com muita cautela no terreno, esperando a qualquer momento ouvir o silvo de uma cobra em protesto pela invasão de seu território. Mas nada se mexeu, e ela em pouco tempo estava agachada debaixo de uma amoreira, que foi o mais próximo que ousou chegar da casa. À sombra da árvore ela tinha uma boa visão da porta dos fundos e da janela aberta da cozinha; no entanto, não dava para ver dentro da casa, já que esta era uma construção no antigo estilo colonial, com beirais amplos, o que tornava frio e escuro o interior. Era muito mais fácil espionar pessoas que moram em casas modernas, porque os arquitetos de hoje não tinham problemas com o sol e punham as pessoas em situações de nenhuma privacidade, expostas ao mundo para quem quisesse olhá-las do lado de fora, graças a janelas vastíssimas e sem proteção.

Que deveria ela fazer, então? Poderia permanecer onde estava, na esperança de que alguém saísse pela porta dos fundos; mas por que alguém se iria dar esse trabalho? E se, de fato, alguém aparecesse, que deveria ela fazer?

De repente uma janela nos fundos da casa se abriu, e um homem inclinou-se para fora. Era o dr. Komoti.

"Ei! Você aí! Você mesma, gorducha! Que está fazendo aí sentada debaixo de nossa amoreira?"

Mma Ramotswe viu-se tomada por um súbito e absurdo impulso de olhar por cima do ombro, como para dar a entender que havia mais alguém debaixo da árvore. Sentiu-se como uma colegial surpreendida roubando um fruto, ou praticando algum outro ato proibido. Não havia o que pudesse dizer; o jeito mesmo era assumir.

Levantou-se e saiu da sombra.

"Está calor", disse, levantando a voz. "O senhor pode me dar um pouco d'água?"

A janela se fechou e instantes depois abriu-se a porta da cozinha. O dr. Komoti estava de pé, no umbral, vestindo roupas muito diferentes daquelas que usava quando saiu de Gaborone. Tinha uma caneca com água numa das mãos, que passou para ela. Mma Ramotswe estendeu o braço para apanhá-la e bebeu a água, agradecida. Tinha, de fato, muita sede, e a água foi bem-vinda, embora tenha notado que a caneca estava suja.

"Que está fazendo em nosso jardim?", perguntou o dr. Komoti, não de um modo grosseiro. "Você é uma ladra?"

Mma Ramotswe mostrou-se magoada. "Não sou, não", disse.

O dr. Komoti olhou-a friamente. "Bem, se não é uma ladra, o que você quer? Está procurando trabalho? Se for esse o caso, nós já temos uma mulher que vem cozinhar nesta casa. Não estamos precisando de ninguém."

Mma Ramotswe estava para dar sua resposta quando alguém apareceu por trás do dr. Komoti e olhou por cima do ombro dele. Era o dr. Komoti.

"Que está acontecendo?", perguntou o segundo dr. Komoti. "Que é que essa mulher quer?"

"Vi-a no jardim", disse o primeiro dr. Komoti. "Estava me dizendo que não é uma ladra."

"E não sou mesmo", disse ela com indignação. "Estava simplesmente olhando para a casa."

Os dois homens pareciam intrigados.

"Por quê?", perguntou um deles. "Por que haveria você de querer olhar para esta casa? Ela não tem nada de especial, e, de qualquer modo, não está à venda."

Mma Ramotswe jogou a cabeça para trás e deu uma boa risada. "Ah, não estou aqui para comprá-la", disse. "Acontece que morei aqui quando era menina. Na época havia bôeres que moravam nela, um tal de senhor Van der Heever e sua mulher. Minha mãe cozinhava para eles, entendem, e nós morávamos nas dependências de empregados, lá no final do jardim. Meu pai mantinha o jardim em ordem..."

Ela fez uma pausa e lançou sobre os dois homens um olhar de reprovação.

"As coisas andavam melhores naquele tempo", disse. "O jardim era mais bem cuidado."

"Ah! sem dúvida", disse um dos dois. "Bem que gostaríamos de pô-lo em ordem algum dia. Mas somos homens muito ocupados. Os dois somos médicos, e temos que passar todo o nosso tempo no hospital."

"Ah!", disse Mma Ramotswe querendo demonstrar respeito. "Os senhores são médicos aqui no hospital?"

"Não", disse o primeiro dr. Komoti. "Eu faço cirurgia nas redondezas da estação da estrada de ferro. Meu irmão..."

"Eu trabalho para os lados de lá", disse o outro dr. Komoti, apontando vagamente na direção do norte. "Em todo caso, você pode olhar o jardim tanto quanto quiser, mãezinha. Esteja à vontade. Vamos lhe preparar uma caneca de chá."

"Oh!", exclamou Mma Ramotswe. "Os senhores são muito amáveis. Obrigada."

Era um alívio sair daquele jardim, com suas sinistras ameaças ocultas e seu ar de abandono. Por alguns minutos Mma Ramotswe fingiu examinar as árvores e os arbustos — ou o que se podia ver deles — e depois, com agradecimentos a seus anfitriões pelo chá, saiu caminhando rua abaixo. Sua mente trabalhava a todo vapor as informações que havia obtido. Havia dois drs. Komoti, o que não era nada de tão terrivelmente inusitado em si mesmo; no entanto, de algum modo ela sentiu que nisso residia a essência de todo aquele mistério. Não havia motivo, é claro, que impedisse dois gêmeos de ingressaram, ambos, na faculdade de medicina — gêmeos freqüentemente levavam vidas espelhadas, e às vezes chegavam a ponto de casar-se cada qual com a irmã da mulher do outro. Mas aqui havia algo que era particularmente significativo, e Mma

Ramotswe tinha certeza de que este "algo" estava bem ali olhando para a cara dela — era só uma questão de ela começar a vê-lo.

Ela entrou na pequenina van branca e dirigiu-a de volta pelo caminho que levava ao centro da cidade. Um dos drs. Komoti dissera que fazia suas cirurgias na cidade, perto da estação da estrada de ferro, e ela resolveu ir lá ver como era — não que uma placa de metal, se é que ele de fato possuía uma, pudesse revelar grande coisa, mas...

Ela conhecia ligeiramente a estação da estrada de ferro. Era um lugar que ela gostava de visitar, pois lembrava-lhe a velha África, os dias de desconforto nos trens apinhados, as viagens vagarosas de travessia das grandes planícies, ou a cana-de-açúcar que se costumava chupar para o tempo passar mais rápido, ou o bagaço da cana que se costumava cuspir para fora das amplas janelas. Aqui ainda era possível ver essa velha África — ou uma parte dela —, aqui, onde os trens que vinham do Cabo passavam devagar diante da plataforma em sua viagem via Botsuana para Bulawayo; aqui, onde as lojas indianas ao lado dos prédios da estação continuavam a vender cobertores baratos e chapéus para homens com uma pena espalhafatosa enfiada na fita.

Mma Ramotswe não queria que a África mudasse. Não queria que seu povo se tornasse igual a qualquer outro, desalmado, egoísta, esquecido do que significa ser africano, ou, pior ainda, envergonhado da África. Não seria nada senão africana, nunca, mesmo se alguém chegasse e lhe dissesse: "Esta pílula é a última novidade. É só tomá-la e na mesma hora você se torna uma americana". Ela diria não. Nunca. Muito obrigada.

Estacionou a van branca fora da estação da estrada de ferro e saiu. Havia muita gente por toda parte; mulheres que vendiam espigas de milho assado e refrescos; homens que falavam alto com seus amigos; uma família, de viagem, com malas de papelão e pertences entrouxados num cobertor. Uma criança que empurrava um carrinho de brinquedo feito de arame torcido, de fabricação caseira, esbarrou em Mma Ramotswe e escapuliu às pressas sem pedir desculpas, com medo de levar uma descompostura.

Ela se aproximou de uma das vendedoras e falou-lhe em setsuana.

"A senhora vai bem, Mma?", perguntou-lhe polidamente.

"Vou bem, e a senhora também, Mma?"

"Vou bem e dormi muito bem."

"Ótimo."

Concluídos os cumprimentos, ela disse: "Ouço dizer que há aqui um médico que é muito bom. Chama-se doutor Komoti. Sabe onde ele trabalha?".

A mulher moveu a cabeça afirmativamente. "Muitas pessoas procuram esse médico. Ele trabalha ali adiante, está vendo, onde aquele homem branco acaba de estacionar seu caminhão. É lá que ele trabalha."

Mma Ramotswe agradeceu à sua informante e comprou uma espiga de milho assado. Depois, sempre mordendo a espiga de milho, atravessou a praça poeirenta até chegar à malconservada casa de teto de zinco onde o dr. Komoti realizava suas cirurgias.

Para sua surpresa, a porta não estava trancada e, quando a empurrou para abri-la, deu de cara com uma mulher bem à sua frente.

"Sinto muito, mas o doutor não está, Mma", disse a mulher, ligeiramente irritada. "Sou a enfermeira. A senhora pode ver o doutor na segunda-feira à tarde."

"Ah!", disse Mma Ramotswe. "É triste ter que pôr em ordem o consultório numa noite de sexta-feira, quando todas as outras pessoas só estão pensando em sair."

A enfermeira deu de ombros. "Meu namorado vai me levar para sair depois. Mas eu gosto de ter tudo pronto para segunda-feira antes de começar o fim de semana. É melhor assim."

"Muito melhor", respondeu Mma Ramotswe, pensando depressa. "Eu na verdade não queria ver o doutor, não como paciente, em todo caso. Eu trabalhava para ele, veja bem, quando ele estava em Nairóbi. Era enfermeira no seu pavilhão. Só queria dar-lhe um alô."

Os modos da enfermeira tornaram-se mais amistosos.

"Farei um chá para a senhora, Mma", ofereceu ela. "Ainda está muito quente aí fora."

Mma Ramotswe sentou-se e esperou a enfermeira voltar com o bule de chá.

"A senhora conhece o outro doutor Komoti?", perguntou. "O irmão?"

"Ah, sim!", disse a enfermeira. "A gente sempre o vê. Ele vem aqui dar uma ajuda. Duas ou três vezes por semana."

Mma Ramotswe baixou sua xícara, bem devagar. Seu coração batia, acelerado; ela compreendeu que chegara ao âmago da questão, que a solução do mistério estava ali diante dela, bem ao seu alcance. Mas precisava disfarçar o seu interesse.

"Eles também procediam assim em Nairóbi", disse, com um leve movimento da mão como que para conferir pouca importância ao assunto. "Um ajudava o outro. E em geral os pacientes não sabiam que estavam vendo um médico diferente."

A enfermeira riu-se. "Aqui é a mesma coisa", disse. "Não sei se é honesto para com os pacientes, mas ninguém até hoje percebeu que eles são dois. Todo mundo parece muito satisfeito."

Mma Ramotswe tornou a pegar sua xícara e passou-a à enfermeira para que a enchesse mais uma vez. "E a senhora?", perguntou. "Consegue distingui-los?"

A enfermeira devolveu a xícara de chá para Mma Ramotswe. "Consigo graças a uma única diferença", disse. "Um deles é excelente médico, o outro é uma desgraça. Esse que é uma desgraça conhece muito pouco de medicina. Se a senhora me perguntasse, eu diria que é um milagre ele ter passado na faculdade."

Mma Ramotswe pensou, mas calou: quem disse que ele passou?

Ela ficou em Mafikeng aquela noite, no Hotel da Estação, que era barulhento e desconfortável, mas mesmo assim dormiu bem, como sempre acontecia quando acabava de encerrar uma investigação. Na manhã seguinte fez compras no Bazar OK e descobriu, para seu deleite, que havia um mostruário com vestidos de figurino bem folgado em promoção. Comprou três — dois mais do que necessitava — mas, como se tratava da proprietária da Agência Nº 1 de Mulheres Detetives, era preciso manter certa elegância.

Chegou à sua casa às três daquela tarde e telefonou para o dr. Maketsi, convidando-o a vir imediatamente ao seu escritório para ser informado dos resultados da investigação. Ele apareceu em dez minutos, e sentou-se à sua escrivaninha, de frente para ela, brincando ansiosamente com os punhos da camisa.

"Para começar", anunciou Mma Ramotswe, "não há drogas."

O dr. Maketsi suspirou de alívio. "Graças a Deus", disse. "Essa era minha única preocupação."

"Bem", disse Mma Ramotswe, relutante. "Não sei se você vai gostar do que eu vou lhe dizer."

"Ele não tem as qualificações necessárias", disse o dr. Maketsi com um filete de voz. "É isso?"

"Um deles tem as qualificações", disse Mma Ramotswe.

O dr. Maketsi confundiu-se todo. "Um deles?"

Mma Ramotswe recostou-se na cadeira com ar de quem estava para revelar um mistério.

"Era uma vez dois gêmeos", começou. "Um cursou a faculdade de medicina, se formou e se tornou um médico. O outro, não. O que tinha qualificação arranjou um emprego como médico, mas, por força de ser muito cobiçoso, achou que dois empregos como médico pagariam melhor do que um apenas. Assim, ficou com dois empregos, em cada um dos quais dava meio expediente. Nos horários em que não estava presente, seu irmão — que era seu gêmeo idêntico, lembre-se — desempenhava suas funções por ele. Ele usava o conhecimento médico que lhe era possível obter do irmão qualificado, e sem dúvida ouvia conselhos do irmão sobre como deveria proceder. É só isso. Essa é a história do doutor Komoti e de seu irmão gêmeo que mora em Mafikeng."

O dr. Maketsi continuou sentado em absoluto silêncio. Enquanto Mma Ramotswe falava, ele afundara a cabeça nas mãos e por um instante ela pensou que ele fosse chorar.

"Quer dizer que vão os dois ao hospital", falou finalmente. "Ora vai o que é qualificado, ora o irmão gêmeo."

"Isso mesmo", disse simplesmente Mma Ramotswe. "Três vezes por semana, digamos, vocês vêem o gêmeo qualificado, enquanto o não-qualificado realiza suas cirurgias numa clínica de Mafikeng, perto da estação da estrada de ferro. Nos outros dias eles trocam, e presumo que o qualificado então tente consertar, por assim dizer, os estragos efetuados pelo não-qualificado."

"Dois empregos pelo preço de um único diploma de médico", ponderou, meditativo, o dr. Maketsi. "Há muito, muito tempo não vejo um esquema tão astuto."

"Devo reconhecer que me deixou pasma", disse Mma Ramotswe. "Julgava já ter visto todas as variedades da desonestidade humana, mas, obviamente, a vida nos reserva destas surpresas, de tempos em tempos."

O dr. Maketsi coçou o queixo.

"Tenho que ir à polícia denunciar isso", disse. "Temos que instaurar um processo. Temos que proteger o público de pessoas desse tipo."

"A não ser que...", começou Mma Ramotswe.

O dr. Maketsi aproveitou a deixa.

"Você tem uma idéia melhor?", perguntou. "Assim que isso vier a público, as pessoas vão passar a ter receio.

Vai aparecer logo quem dê força para elas não irem ao hospital. Nossos programas de saúde pública só funcionam se houver confiança — sabe como é."

"Justamente", disse Mma Ramotswe. "Sugiro transferirmos o problema para outro lugar. Concordo com você: o público tem que ser protegido e o doutor Komoti precisa ser mandado embora, seja qual for a solução que vocês adotarem. Mas por que não transferem a iniciativa para uma outra jurisdição?"

"Você está sugerindo Mafikeng?"

"Exatamente", disse Mma Ramotswe. "Afinal, um delito está sendo cometido lá, e podemos deixar que os sul-africanos se encarreguem do problema. Os jornais aqui em Gaborone provavelmente nem tratarão do assunto. Tudo o que as pessoas aqui ficarão sabendo é que o doutor Komoti demitiu-se de repente, o que acontece de vez em quando pelas razões mais diversas."

"Bem", disse o dr. Maketsi. "Eu gostaria que tudo isso se mantivesse longe do conhecimento do ministro. Não creio que fosse ajudar em alguma coisa ele ficar... como direi?... aborrecido."

"Claro que não ajudaria em nada", disse Mma Ramotswe. "Se me permite, telefonarei para meu amigo Billy Pilani, que é capitão de polícia lá. Ele adoraria que o vissem desmascarar um médico charlatão. Billy gosta de fazer prisões espetaculares para chamar a atenção."

"Faça isso então", disse o dr. Maketsi, sorrindo. Essa era uma solução tranqüila para uma questão das mais extraordinárias, e ele ficou muito impressionado com a maneira como Mma Ramotswe conduzira o assunto.

"Sabe de uma coisa", disse ele, "não creio que nem minha tia em Mochudi seria capaz de lidar melhor do que você com um problema tão escabroso como esse."

Mma Ramotswe sorriu para o velho amigo. A gente pode ir vivendo e fazendo novos amigos a cada ano — a cada mês, praticamente —, mas nunca houve nenhum que substituísse as amizades de infância que sobrevivem na idade adulta. Estas são as que nos ligam uns aos outros com elos de aço.

Ela estendeu a mão e tocou o dr. Maketsi no braço, carinhosamente, como às vezes costumam fazer os velhos amigos quando não têm mais nada a dizer.

21
A MULHER DO FEITICEIRO

Um atalho de terra, praticamente fora de uso, suficiente para quebrar as molas de um carro; um morro, uma confusão de pedras espalhadas, tal como o mapa esboçado pelo sr. Charlie Gotso deixava prever; e, no alto, espraiando-se de horizonte a horizonte, o céu vazio, vibrando no calor do meio-dia.

Mma Ramotswe dirigia a pequenina van branca com o máximo cuidado, evitando as pedras que poderiam arrancar o cárter do carro, pensando na razão por que ninguém vinha por esse caminho. Era uma terra morta; nem bois, nem cabras; só o mato e as acácias anãs. Que alguém pudesse desejar morar aqui, longe de qualquer aldeia, longe de qualquer contato humano, parecia inexplicável. Terra morta.

De repente, viu a casa, escondida por trás das árvores, quase na sombra projetada pelo morro. Era uma casa feita de barro no estilo tradicional; paredes de tijolo aparente, umas poucas janelas sem vidraças, e um muro, que dava na altura dos joelhos, em volta do quintal. Um proprietário anterior, muito tempo atrás, havia pintado desenhos na parede, mas o desleixo e a passagem dos anos descascaram-nos e só restavam os seus espíritos.

Mma Ramotswe estacionou a van e respirou fundo. Ela havia lidado com fraudadores e se impusera a eles; havia topado a parada com esposas ciumentas; havia sabido se defender até mesmo do sr. Gotso; mas esse encontro de agora seria diferente. Esse era a própria encarnação do mal, o coração das trevas, a raiz da ignomínia. Esse homem, apesar de toda a encenação de seus rituais e feitiços, era um assassino.

Ela abriu a porta e saiu discretamente da van. O sol estava a pino e a sua luz espetava a pele de Mma Ramotswe. Aqui eles se achavam excessivamente situados no Oeste, muito perto do Kalahari, o que aumentava sua ansiedade. Essa não era a terra consoladora em que ela fora criada; essa era a África implacável, a terra sem água.

Ela foi caminhando em direção à casa, e, ao fazê-lo, sentiu que estava sendo observada. Não havia movimento algum, mas olhos que a observavam, olhos de dentro da casa. Chegando ao muro, respeitando os costumes, parou e disse em voz alta, a título de apresentação:

"Sinto muito calor. Preciso de água."

Não houve nenhuma resposta de dentro da casa, mas sim um farfalhar à sua esquerda, em meio aos arbustos. Ela virou-se, quase com sentimento de culpa, e olhou naquela direção. Era um besouro negro grandão, um setotojane, com seu pescoço endurecido, empurrando um minúsculo troféu, um inseto possivelmente morto de sede. Pequenos desastres, pequenas vitórias, tais como os nossos, pensou ela; se vistos de cima, não passamos de setotojanes.

"Mma?"

Ela virou-se num movimento enérgico. Uma mulher estava parada à porta, enxugando as mãos num pano.

Mma Ramotswe avançou alguns passos transpondo a brecha sem portão que havia no muro.

"Dumela Mma", disse, "sou Mma Ramotswe."

A mulher retribuiu o cumprimento com um movimento de cabeça: "Sou Mma Notshi".

Mma Ramotswe examinou-a. Era uma mulher de seus cinqüenta e tantos anos, ou algo por aí, com uma saia comprida do tipo que as hererós usam; mas essa não era uma hereró — ela podia garantir.

"Vim para visitar seu marido", disse. "Tenho um pedido a lhe fazer."

A mulher surgiu das sombras e pôs-se diante de Mma Ramotswe, encarando-a de modo desconcertante.

"A senhora está querendo alguma coisa? Quer comprar alguma coisa dele?"

Mma Ramotswe balançou a cabeça afirmativamente. "Ouvi dizer que ele é muito bom em resolver problemas. Tenho problemas com outra mulher. Ela está tirando meu marido de mim, e quero algo que impeça isso de acontecer."

A mulher cinqüentona sorriu. "Ele pode ajudá-la. É capaz de ele ter alguma coisa. Só que ele está fora. Está em Lobatse até sábado. A senhora terá que voltar outro dia."

Mma Ramotswe suspirou. "Minha viagem foi longa e estou com sede. Será que pode me dar água, irmã?"

"Posso, claro. Entre, por favor, e sente-se aqui dentro enquanto bebe sua água."

Era um cômodo pequeno, mobiliado com uma mesa pouco firme e duas cadeiras. Havia no canto uma arca para armazenar cereais, do tipo tradicional, e um baú de latão bastante amassado. Mma Ramotswe sentou-se numa das cadeiras enquanto a mulher foi buscar uma caneca esmaltada com água, que ela ofereceu à visita. A água estava um pouco rançosa, mas Mma Ramotswe bebeu-a agradecida.

Em seguida, pousou a caneca e olhou para a mulher.

"Vim aqui para conseguir uma coisa, como já lhe disse. Mas vim também para alertá-la."

A mulher abaixou-se para sentar-se na outra cadeira. "Alertar-me?"

"Sim", disse Mma Ramotswe. "Sou datilógrafa. Sabe o que é isso?"

A mulher balançou a cabeça afirmativamente.

"Trabalho para a polícia", continuou Mma Ramotswe. "E datilografei algo a respeito de seu marido. Eles sabem que ele matou aquele menino, aquele de Katsana. Sabem que ele é o homem que o pegou e matou para fazer *muti*. Eles logo vão prender seu marido e enforcá-lo. Vim para alertá-la de que vão enforcar a senhora também, porque dizem que também está envolvida nesse crime. Dizem que a senhora também matou. Sou contra enforcarem mulheres. Por isso vim para lhe dizer que a senhora poderia pôr um fim nisso tudo rapidamente se viesse comigo à polícia e contasse a eles o que aconteceu. Eles acreditarão na senhora e, assim, estará salva. Do contrário, morrerá em muito pouco tempo. No mês que vem, acho."

Ela fez uma pausa. A outra mulher largou o pano que vinha carregando e olhou para ela, com os olhos esbugalhados. Mma Ramotswe conhecia o cheiro do medo — aquele cheiro agudo, acre, que as pessoas emitem através dos poros da pele quando estão amedrontadas; agora o ar parado do ambiente estava carregado com aquele cheiro.

"Entende o que acabei de dizer para a senhora?", perguntou.

A mulher do feiticeiro cerrou os olhos. "Eu não matei aquele menino."

"Eu sei", disse Mma Ramotswe. "Nunca são as mulheres que fazem isso. Mas, para a polícia, não faz a menor diferença. Eles têm provas contra a senhora, e o governo quer enforcá-la também. Seu marido, primeiro; a senhora, depois. Eles não gostam de feitiçaria, sabe como é. Sentem vergonha. Acham que não é moderno."

"Mas o menino não morreu", desabafou a mulher. "Ele está no pasto arrendado para onde meu marido o levou. Está trabalhando lá. Continua vivo."

Mma Ramotswe abriu a porta para a mulher e fechou-a com estrondo quando a outra entrou. Em seguida deu a volta até a porta do motorista, abriu-a e acomodouse no assento. O sol esquentara o assento a ponto de fazer arder sua pele através do tecido do vestido; mas isso não tinha a menor importância agora. Tudo o que importava era fazer a viagem, cuja duração a mulher estimara em quatro horas. O relógio marcava uma da tarde. Elas chegariam ao destino pouco antes de o sol se pôr e poderiam começar a viagem de volta na mesma hora. Se tivessem que parar durante a noite, por a pista estar muito ruim, bem, nesse caso poderiam dormir na traseira da van. O importante era chegar até o menino.

A viagem foi feita em silêncio. A outra mulher tentou conversar, mas Mma Ramotswe ignorou-a. Não havia nada que pudesse dizer àquela mulher, nada que quisesse dizer a ela.

"A senhora não é uma mulher amável", disse finalmente a esposa do feiticeiro. "Não conversa comigo. Eu tento conversar com a senhora, mas a senhora não me dá atenção. A senhora se acha melhor do que eu, não é?"

Mma Ramotswe não se voltou completamente para ela. "O único motivo de a senhora estar me mostrando onde se encontra esse menino é porque está com medo. Não é porque deseje que ele volte para junto de seus pais. Não dá a mínima importância a isso, não é mesmo? A senhora é malvada, e estou lhe avisando que, se chegar ao conhecimento da polícia que a senhora e seu marido tiverem praticado mais alguma feitiçaria, eles virão apanhá-los e levá-los para a cadeia. E, se não vierem, tenho amigos em Gaborone que virão e farão isso por eles. Entende o que eu estou dizendo?"

As horas se passaram. Foi uma viagem difícil, em que atravessaram a estepe aberta, por caminhos os mais precários, até perceberem ao longe os cercados dos bois e o aglomerado de árvores em torno de umas poucas cabanas.

"Aquele é o pasto arrendado", disse a mulher. "Há dois basarvas lá — um homem e uma mulher — e o menino que tem trabalhado para eles."

"Como foi que vocês fizeram para retê-lo?", perguntou Mma Ramotswe. "Como sabiam que ele não fugiria?"

"É só olhar à sua volta", disse a mulher. "Veja que lugar mais solitário é esse. Os basarvas o pegariam antes que ele pudesse ir longe."

Algo mais ocorreu a Mma Ramotswe. O osso — se o menino continuava vivo, então de onde teria vindo o osso?

"Há um homem em Gaborone que comprou de seu marido um osso", disse ela. "Onde conseguiram aquilo?"

A mulher olhou-a com desprezo. "Podem-se comprar ossos em Johannesburgo. Então não sabia? Não custam caro."

Os basarvas estavam comendo um mingau grosseiro, sentados em duas pedras fora de uma das cabanas. Eram criaturas secas e mirradas, com olhos bem abertos de caçador, que fixaram nos intrusos. Logo em seguida, o homem pôs-se de pé e cumprimentou a mulher do feiticeiro.

"Os bois vão bem?", perguntou ela sem rodeios.

O homem fez um estranho ruído, estalando a língua.

"Vão bem. Não morreram. A vaca ali está dando muito leite."

As palavras foram ditas em setsuana, mas era preciso certo esforço para entendê-las. Aquele era um homem que falava com os estalidos e assobios característicos do Kalahari.

"Onde está o garoto?", indagou, ríspida, a mulher.

"Daquele lado", respondeu o homem. "Veja."

E então viram o menino, de pé junto a um arbusto, olhando-os, hesitante. Um garotinho coberto de pó, com calças rasgadas, e um pedaço de pau em sua mão.

"Venha cá", chamou a mulher do feiticeiro. "Venha cá."

O menino caminhou na direção deles, com os olhos grudados no chão que tinha à sua frente. Havia uma cicatriz no seu antebraço, um grosso vergão, e Mma Ramotswe na mesma hora detectou a sua causa. Aquilo era marca de chicotada com *sjambok*.

Ela estendeu o braço para a frente e pousou a mão no ombro dele.

"Como você se chama?", perguntou delicadamente. "Você é filho do professor da aldeia de Katsana?"

O garoto estremeceu, mas viu a preocupação nos olhos dela e disse:

"Sou esse menino, sim. Agora estou trabalhando aqui. Essas pessoas me puseram para tomar conta dos bois."

"E esse homem bateu em você?", sussurrou Mma Ramotswe. "Bateu?"

"Bate o tempo todo", disse o garoto. "Ele disse que, se eu fugisse, ele me pegaria no mato e enfiaria uma vara de ponta afiada em mim."

"Você está salvo agora", disse Mma Ramotswe. "Você vem comigo. Agora mesmo. Vai andando na minha frente. Eu cuido de você."

O menino olhou para os basarvas e começou a mover-se em direção à van.

"Vá em frente", disse Mma Ramotswe. "Eu estou indo também."

Ela o colocou no assento de passageiro e fechou a porta. A mulher do feiticeiro falou-lhe erguendo a voz:

"Espere alguns minutos. Quero só falar com estas pessoas sobre os bois. Em seguida podemos ir."

Mma Ramotswe deu a volta até a porta junto ao volante e entrou no carro.

"Espere", disse a mulher. "Não vou demorar."

Mma Ramotswe inclinou-se para a frente e deu partida no motor. Apertou a embreagem, engrenou a primeira e pisou no acelerador. A mulher chamou-a em altos brados e começou a correr atrás da van, mas, aturdida em meio à nuvem de poeira que se formou, tropeçou e caiu.

Mma Ramotswe virou-se para o menino, que parecia assustado e confuso a seu lado.

"Estou levando você para casa agora", disse ela. "Será uma longa viagem e teremos que interrompê-la por causa do cair da noite. Mas de manhã retomaremos o caminho e então a distância que nos espera já não será tão longa."

Ela parou a van uma hora depois, junto ao leito seco de um rio. Estavam completamente sós, sem ter à vista nem sequer a fogueira de algum distante pasto arrendado para atenuar o peso das trevas noturnas. Somente a luz das estrelas chegava até eles, uma tênue luz prateada que incidia sobre a figura adormecida do menino, embrulhado num saco que ela guardava na mala da van, com a cabeça apoiada no braço dela, a respiração regular, a mão repousando delicadamente na sua, e sobre a própria Mma Ramotswe, cujos olhos mantiveram-se abertos, contemplando o céu noturno, até que a imensidão deste terminou por conduzi-la suavemente ao sono.

Na aldeia de Katsana, no dia seguinte, o professor olhou pela janela de sua casa e viu uma pequenina van branca estacionar do lado de fora. Viu uma mulher sair do carro e olhar para a sua porta, e viu dentro do carro a criança — tinha algo de especial a criança, mas o quê? —; seria acaso uma mãe trazendo o filho para ter uma conversa com ele por algum motivo?

Ele saiu e foi ao encontro dela junto à mureta de seu quintal.

"O senhor é o professor, Rra?"

"Sim, sou o professor, Mma. Em que posso ajudá-la?"

Ela virou-se para a van e apontou a criança que estava dentro. Abriu-se a porta e surgiu seu filho. E o professor gritou, e correu adiante, e parou e olhou para Mma Ramotswe como se esperasse uma confirmação. Ela balançou a cabeça afirmativamente, e ele tornou a avançar correndo, quase tropeçando, com um dos sapatos desamarrado saindo do pé, para chegar ao filho e abraçá-lo, enquanto berrava com toda a força dos pulmões exclamações incoerentes, para que toda a aldeia pudesse ouvir e avaliar sua alegria.

Mma Ramotswe voltou andando para a sua van, não querendo intrometer-se nos momentos íntimos do encontro. Ela chorava; por seu próprio filho, também — lembrando a mão minúscula que tocara na sua, tão brevemente, enquanto tentava se agarrar a um mundo estranho que lhe estava escapando tão depressa. Havia tanto sofrimento na África que a pessoa se sentia tentada a simplesmente dar de ombros e afastar-se. Mas não se pode fazer isso, pensou. Simplesmente não dá.

22

O SR. J. L. B. MATEKONI

Até mesmo um veículo confiável como era a pequenina van branca, que vencia quilômetro após quilômetro sem se queixar, podia chegar a ponto de achar que a poeira era demais. A pequenina van branca não emitira nenhuma queixa na viagem até o pasto arrendado, mas agora, de volta à cidade, seu motor começava a ratear. Era a poeira, tinha certeza.

Ela telefonou para a Tlokweng Road Speedy Motors, sem intenção de incomodar o sr. J. L. B. Matekoni, mas a recepcionista havia saído para almoçar e foi ele quem atendeu. Ela não precisava se preocupar, disse. Ele apareceria para dar uma olhada na pequenina van branca no dia seguinte, um sábado, e talvez fosse capaz de consertá-la lá mesmo em Zebra Drive.

"Duvido", disse Mma Ramotswe. "A van está velha. É o mesmo que uma vaca velha. Vou precisar vendê-la, acho."

"Nada disso", disse o sr. J. L. B. Matekoni. "Tudo tem conserto. Tudo."

Até mesmo um coração que se partiu em dois pedaços?, pensou ele. Há jeito de se consertar isso? O professor Barnard, lá na Cidade do Cabo, poderia curar um homem cujo coração está sangrando, sangrando de solidão?

Mma Ramotswe foi fazer compras naquela manhã. Suas manhãs de sábado sempre foram importantes para ela; ela foi ao supermercado no shopping center e comprou comida e especialmente legumes das mulheres que atendiam na calçada diante da farmácia. Depois disso, foi ao Hotel Presidente e tomou café com seus amigos; em seguida foi para casa, acompanhando com um copo de Lion Beer a leitura dos jornais na varanda. Como detetive particular, era importante esquadrinhar o jornal e armazenar os fatos em sua mente. Tudo aquilo era útil, da primeira à última linha, quer tratasse dos previsíveis discursos dos políticos, quer das notícias da igreja. Nunca se podia saber quando algum conhecimento local se tornaria útil.

Se alguém pedisse a Mma Ramotswe para dar, por exemplo, os nomes de contrabandistas de diamantes condenados pela Justiça, ela tinha de cabeça a lista de todos eles: Archie Mofobe, Piks Ngube, Molso Mobole e George Excellence Tambe. Ela lera as reportagens sobre os julgamentos de todos eles, e guardara de cor as sentenças: seis anos, seis anos, dez anos e oito meses. Tudo ficou na memória e arquivado em sua mente.

E quem era o dono do Açougue Não Espere Mais no velho Naledi? Ora, Godfrey Potowani, é claro. Ela se lembrava da foto, publicada em jornal, de Godfrey em pé diante de seu novo açougue em companhia do ministro da Agricultura. E por que o ministro estava lá? Porque sua esposa, Modela, era prima de uma das mulheres Potowani que armaram toda aquela terrível confusão no casamento de Stokes Lofinale. Era esse o motivo. Mma Ramotswe não conseguia compreender que houvesse pessoas que não se interessassem por tudo isso. Como era possível alguém viver numa cidade como essa e não querer saber da vida de todo mundo, mesmo que não tivessem um motivo profissional para isso?

Ele chegou pouco depois das quatro, no seu caminhão de reboque azul da oficina que tinha a inscrição TLOKWENG ROAD SPEEDY MOTORS pintada de um dos lados. Vestia um macacão de mecânico, imaculadamente limpo, passado a ferro para não perder o vinco das calças. Ela mostrou-lhe a pequenina van branca, estacionada ao lado da casa, e ele retirou, fazendo-o descer dos fundos do caminhão, um macaco de manivela dos mais pesadões.

"Vou preparar-lhe uma xícara de chá", disse ela. "O senhor pode tomá-lo enquanto examina a van."

Da janela ela o observou. Viu-o abrir o compartimento do motor e dar batidinhas aqui e ali. Viu-o subir ao volante e dar partida no motor, que depois de uns tantos engasgos finalmente morreu. Ela o viu remover algo do motor — uma peça avantajada com fios e tubos salientes. Aquele era possivelmente o coração da van; seu leal coração que sempre batera tão regular e confiavelmente, e que agora, arrancado das entranhas do carro, parecia tão vulnerável.

O sr. J. L. B. Matekoni movia-se para a frente e para trás entre o seu caminhão e a van. Duas xícaras de chá foram tomadas, depois uma terceira, pois aquela era uma tarde quente. Em seguida, Mma Ramotswe foi para a sua cozinha, pôs legumes numa panela e regou as plantas que ficavam no peitoril da janela dos fundos. Estava perto de anoitecer, e no céu surgiam raias douradas. Essa era a sua hora predileta, quando os pássaros nos ares se jogavam para baixo e os insetos noturnos começavam a soltar seus gritos agudos. Nessa luz delicada, os bois estariam voltando aos seus cercados e as fogueiras do lado de fora das cabanas estariam crepitando e reluzindo para o preparo das refeições da noite.

Ela saiu para ver se o sr. J. L. B. Matekoni precisava de mais luz. Ele estava de pé ao lado da pequenina van branca, limpando as mãos em chumaços de algodão.

"Agora não deve dar mais trabalho", disse ele. "Fiz um ajuste que deixou o motor regulado e silencioso, como o zumbido de uma abelha."

Ela bateu palmas, de pura felicidade.

"Pensei que o senhor fosse ter que jogar tudo fora", disse.

Ele riu. "Eu lhe disse que tudo tem conserto. Até mesmo uma van velha."

Ele a seguiu para dentro de casa. Ela serviu-lhe uma cerveja e os dois foram sentar-se juntos no lugar preferido dela, na varanda, perto das buganvílias. Não longe dali, numa casa da vizinhança, estavam tocando música, os ritmos insistentes tradicionais da música urbana.

O sol se foi e escureceu. Ele sentou-se a seu lado na confortável obscuridade e ambos se puseram a escutar, com prazer, os sons da África, acomodando-se para a noite. Um cão latiu nas proximidades; o motor de um carro marcou sua presença veloz e sumiu na distância; chegou até eles o sopro do vento, um vento quente, empoeirado, com fragrância de acácias.

Ele olhou para ela na escuridão, para essa mulher que significava tudo para ele — mãe, África, sabedoria, compreensão, coisas gostosas de comer, abóbora, frango, o cheiro do hálito suave dos bois, o céu branco estendido sobre o matagal sem fim, e a girafa que chorava dando suas lágrimas às mulheres para que untassem suas cestas. Oh, Botsuana, meu país, meu lar.

Estes eram os seus pensamentos. Mas como poderia dizer algo de tudo isso para ela? Todas as vezes em que tentou dizer-lhe o que tinha no coração, as palavras que lhe ocorriam pareciam tão inadequadas. Um mecânico não pode ser poeta, pensou, as coisas não são dessa maneira. Disse então simplesmente:

"Estou muito contente de ter consertado sua van. Ia sentir um grande desgosto se alguém houvesse mentido para a senhora e dito que não valia a pena consertá-la. Há pessoas assim no ramo da mecânica de automóveis."

"Eu sei", disse Mma Ramotswe. "Mas o senhor não é assim."

Ele não disse nada. Há momentos em que a pessoa simplesmente tem que falar, ou se arrependerá para o resto da vida por não ter falado. Mas toda vez que ele tentara falar para ela o que estava em seu coração, falhara.

Já lhe pedira que se casasse com ele, e não tivera muito sucesso. Faltava-lhe confiança em si próprio, pelo menos ao tratar com pessoas; com os carros era diferente, claro.

"Sinto-me muito feliz de estar aqui sentado com a senhora..."

Ela se virou para ele. "O que foi que o senhor disse?"

"Eu disse: por favor, case-se comigo, Mma Ramotswe. Sou apenas o senhor J. L. B. Matekoni, não passo disso, mas por favor case-se comigo e me faça feliz."

"Mas claro que sim", disse Mma Ramotswe.

1ª EDIÇÃO [2003] 2 reimpressões
2ª EDIÇÃO [2003]

ESTA OBRA FOI COMPOSTA PELO GRUPO DE CRIAÇÃO
EM GARAMOND E FOI IMPRESSA PELA GEOGRÁFICA EM OFSETE
SOBRE PAPEL ALTA ALVURA DA COMPANHIA SUZANO
PARA A EDITORA SCHWARCZ EM NOVEMBRO DE 2003